나비야

청산 青山 가자 제❶권

나비야

청산 靑山 가자 제❶권

초판 1쇄 인쇄　　2011년 04월 20일
초판 1쇄 발행　　2011년 04월 27일

지은이 | 김명돌
펴낸이 | 손형국
펴낸곳 | (주)에세이퍼블리싱
출판등록 | 2004. 12. 1(제315-2008-022호)
주소 | 서울특별시 강서구 방화3동 316-3 한국계량계측회관 102호
홈페이지 | www.book.co.kr
전화번호 | (02)3159-9638~40
팩스 | (02)3159-9637

ISBN 978-89-6023-583-0 04810
ISBN 978-89-6023-582-3 04810(세트)

나비야

청산 靑山 가자 제1권

김 명 돌 지음
| 에세이 작가총서 366 |

나 홀로 도보여행,
마라도에서 통일전망대까지

ESSAY

책 머 리 에

    초등학생 막내아들에게 요즘 장기 두는 법을 가르치면서 장기 한 판에 책 한 권 읽기로 약속하고 『만화 삼국지』와 『만화 초한지』를 읽히고 있다. 장기판에는 항우의 초나라와 유방의 한나라가 등장하는데, 이들의 전쟁인 초한전(楚漢戰)은 인간사의 수많은 교훈을 준다.

    역발산기개세(力拔山氣蓋世) 항우가 진나라 도읍 함양에 입성하여 3세 황제 자영을 죽인 후 아방궁에 불을 지르고, 금은보화와 미녀를 거두어 고향인 강동으로 금의환향하고 싶어 한다. 그러자 신하 한생이 "이곳에 도읍을 정하고 천하를 호령하시옵소서." 한다. 이에 항우는 멀리 동쪽 고향하늘을 바라보며 말한다. "부귀한 몸이 되어 고향으로 돌아가지 않는 것은 '비단옷을 입고 밤길을 가는 것(錦衣夜行)' 과 같아서 누가 알아줄 것인가." 그 후 항우를 죽이고 천하를 통일한 7년 후 유방은 반란을 일으킨 경포를 물리치고 개선하여 돌아가는 중에 그립던 고향 패(沛)에 들렀다. 역사적인 금의환향이었다. 고향에서 거나하게 술에 취한 유방은 축(비파처럼 생긴 악기)을 두드리며 자작곡을 흥겹게 불렀다.

    큰 바람 불고 구름 높이 오르니

    위풍을 천하에 떨치고 고향에 돌아왔네

    용맹한 인재들 사방을 지켜 태평천하를 이룩하리

    용인에서 생업의 터전을 잡은 지 10년이 되는 해, 배낭을 메고 고향 안동을 찾아가는 '나 홀로 도보여행'을 했다. 2007년 1월 2일부터 9일간의 260km 도보여행이었다. 가난의 질곡과 배움에 대한 한에서 벗어나 자족하는 가운데 지난날을 회상하고 새로운 내일을 염원하며 그리운 어머니와 고향을 찾아가는 금의환향(?)의 길이었다. 고향을 떠난 지 30여 년이 지나서 '나 돌아가리라~' 하는 귀거래사를 부르며 유유자적 나그네 되어 가는 길이었다. 다음해인 2008년 1월 1일부터는 8일간의 280km 두 번째 도보여행을 했다. 안동에서 다시 용인으로 올라오는 나 홀로 도보여행이었다. 지난해는 과거에 급제하여 문경새재를 넘어가는 입신양명(立身揚名)한 선비의 마음이었다면, 이번에는 청운의 꿈을 안고 죽령고개를 넘어오는 한가한 선비의 마음이었다. '생거진천 사거용인'이 '생거용인 사거용인'이 되어, 살기 좋은 고장임을 자랑하는 용인에서 소중한 인연들과 더불어 여유롭고 아름답게 사는 새로운 삶을 꿈꾸는 여행이었다.

눈보라 몰아치는 두 번의 여정에서 이룬 도전과 성취는 보다 확장된 새로운 꿈을 꾸게 했다. 즉 장대한 국토 종단의 도보여행이었다. 그리고 결국 2010년 2월 세 번째 나 홀로 도보여행 '마라도에서 고성 통일전망대까지' 25일간의 790km 국토 종단을 실행에 옮겼다. 실로 괄목할 만한 발전이었다. '천리 길도 한 걸음부터'라는 만고의 진리를 '2천리를 한 걸음씩' 걸으면서 실증했다. 티끌 모아 태산을 이루는 적소성대(積小成大)요, 두 발로 걷는 한 걸음의 위대함을 깨닫는 쾌거였다.

일찍이 산을 좋아하고 여행을 좋아하는 역마살이 끼어 마음 내키면 일상의 얽매임에서 벗어나 훌쩍 어디론가 멀리 자유롭게 훨훨 날아다니곤 했다. 국토 종단! 이는 신선한 착상이었다. 선각자들같이 바람처럼 구름처럼 주유천하를 하고 싶었다. 여러 가지 장애물이 있었지만 언제나 포기해야 할 기회비용은 있는 법. 큰아들이 휴가를 마치고 다녀가는 날을 길 떠나는 날로 잡았다.

　"나는 오후에 제주도로 간다. 제주에서 다시 배를 타고 해남 땅끝마을로 와서 걸어서 네가 있는 부대로 갈게. 너를 면회하고 고성 통일전망대까지 갈 생각이다."

　그렇게 여행은 시작되었다. 구체적인 여행코스도 일정도 없었다. 시작은 제주도에서, 다시 해남 땅끝으로 와서 인제 원통 군부대를 들러 통일전망대로 가는 길. 발길 닿는 대로, 마음 내키는 대로 이리저리 떠돌다가 날이 저물면 가까운 곳에서 숙소를 정하자는 생각이었다. 시작이 반이다. 하늘을 날고 바다를 건너 땅끝의 해안가를 걸으니 하루하루 시간이 가면서 자연스레 코스가 결정되고 여행의 멋이 깊어져갔다.

　최남단 바닷가에서 설렘과 흥분으로 시작된 여행은 전라도, 충청도, 강원도 내륙을 거쳐 최북단의 동해바다에서 절정에 이르고, 통일전망대에 도착하는 그 날은 의도적으로 미루어져갔다. 아쉬움으로 여행을 마무리할 수가 없었다. 하루 40km를 걷던 발걸음은 10km로 줄고, 몸과 마음은 구만리 창천을 날고 망망대해를 떠돌며 흘러흘러 갔다. 통일전망대로 가는 날,

하늘은 동장군(冬將軍)을 보내어 하얀 꽃가루를 날리며 내가 가는 길을 축복해주었다. 하늘도 바다도 대지도 하얗게 뒤덮인 순백의 세계를 만끽하며 더 이상은 갈 수 없는 그곳, 통일전망대에서 금강산을 바라보고 해금강을 바라보았다. 그리고 두 손을 모으고 마음을 모았다.

그렇게 국토 종단의 도보여행은 끝이 났다. 감격적이고 감동적인 내 인생의 아주 특별한 여행은 끝을 맺었다. 그리고 그날은 내 인생에서 역사적인 특별한 날이 되었다. 하지만 내 마음은 벌써 '다음 목표는?' 하며 더욱 큰 새로운 시작의 구상으로 전이된다. 창조적인 변화, 소박한 도전의 열정은 오늘의 나를 만들었다. 백척간두(百尺竿頭)에서 때로는 좌절하거나 포기하고도 싶었지만, '고지가 저긴데' 하며 끝을 보고 싶었다. 그리고 그곳에 다다르면 끝은 없었다. 끝도 없고 시작도 없었다. 시작은 끝이었고, 끝은 곧 시작이었다. 끝도 시작도 작위적인 표현일 뿐이었다.

여행은 세상의 학교요, 몸으로 체득하는 책이다. 여행에서 만나는 모든 인연들은 세상을 가르쳐 보여주는 스승이다. 여행은 자신을 객관화시켜준다. 나무가 아니라 숲을 보게 한다. 물속에 있는 물고기는 자신의 모습을 볼 수 없다. 여행은 객관화된 자신을 발견하는 계기가 된다. 몸은 우리 국토라는 공간의 길을 걸었지만, 마음은 우리 민족의 역사와 문화를, 지나가는 고장의 향토사를, 수많은 시인묵객들과 민초들, 나 자신의 가족사와 개인사를 만났다. 함께 소리 내어 웃고 울었다. 시간과 공간을 초월해서 내 마음이 담긴 나만의 길을 걸었다. '나비야 청산 가자! 범나비야 너도 가자! 노래하며 청산을 찾아가는 자유의 길, 편력의 길을 갔다.

현재는 과거의 산물이요, 미래는 현재의 산물이다. 미래의 행복과 불행은 오늘을 살아가는 결과물이다. 운명의 그림자가 아닌 선택의 의지에 달려 있다. 끝없는 도전은 인간의 문명을 발전시켰다. 창조적인 변화를 추구하고 도전하는 국가와 사람만이 새로운 하늘, 새로운 땅을 만날 수 있다. 열심히 달려온 지난날들이었다. 대한민국 국토를 종단하는 나 홀로 도보여행은 고행의 길이자 성찰의 길이며 순례자의 길이었다. 회상의 길이요 참회의 길이며 정진의 길이었다. 뿌리를 찾아가고 어머니를 만나는 귀향의 길이었다. 청산에서 먼저 세상을 떠나신 그리운 아버지를 만나고 사랑하는 아우를 만나 목 놓아 울었다.

사람의 일생은 유한하다. 진시황제는 불로초를 구하고 부활을 기대한 파라오는 미라를 만들었지만, 모두가 아침이슬 같은 나그네 된 짧은 생을 살다가 갔다. 영원한 것은 없으며 모든 것은 잊히고 사라진다. 흔히 호랑이는 죽어 가죽을 남기고 사람은 이름을 남긴다(虎死留皮 人死留名)고 한다. 글을 쓰는 것은 이름을 남기고 생의 자취를 남기는 것이다. 한(恨)이 많은 사람들이 글을 쓴다고 한다. 자신에게든 타인에게든 하고 싶은 이야기가 많다는 것이다. 나의 2천리 길 도보여행이 육필(肉筆)로 쓴 글이라면, 이 글은 지금까지의 삶을 정리하는 미라이다. 그 속에 가슴 아픈 날들을 묻어두고 싶다. 글을 쓰는 것은 길을 걷는 것과 마찬가지로 즐겁고도 외롭고 힘든 여정이었다. '글'의 'ㅡ' 받침을 'ㅣ'로 바꾸면 '길'이 된다. 길을 가듯 글을 쓰는 것은 자신과의 먼 추억여행이요, 희망에 찬 미래를 꿈꾸며 현재라는 길흉화복의 선물을 기뻐하는 여행이다. 보석 같은 눈물이 있고, 꿈같은 기대감이 있으며, 황금과 소금 같은 지금이 있다. 하지만 이제는 글과 길 위에서 만나는 슬픈 과거의 이야기는 용광로에 녹여 깊은 저장고에 묻어두고 싶다. 부끄러워 차마 고백하지 못하는 숱한 이야기들처럼.

모든 것이 합력하여 선을 이룬다. 길에서 만나는 자연은 평소의 그것이 아니었다. "내 앞에서도 뒤에서도 걷지 마라. 내가 따르지도 인도하지도 않을 수 있으니 나의 옆에서 걸어라. 우리는 하나다." 라는 인디언 아파치족 격언처럼 자연은 나와 하나가 되어 경이로운 동행을 했다. 또한 많은 분들의 도움이 있었다. 격려와 위로, 스쳐가는 분들의 따스한 배려, 특히 민통선을 걸을 수 있도록 허락해주신 사단장님께 고마움을 전한다. 내가 비운 자리를 묵묵히 메워준 모든 인연들에게도 감사의 마음을 전한다. 나를 인도한 '보이지 않는 손길'에도 감사하며 두 어깨와 두 다리, 두 평발에게도 사랑의 키스를 보낸다.

김명돌

차 례

책머리에 ……………………………………………………………… 4

01. 마음이 담긴 길을 걸으라 ……………………………………… 14
　　– 평화의 섬 제주로(60km)

02. 높이 나는 새가 멀리 본다 …………………………………… 36
　　– 땅끝마을 해남으로(12km)

03. "아직 12척이나 되는 배가 있습니다" ……………………… 58
　　– 청자의 고장 강진으로(38km)

04. 동트기 전에 일어나라 ………………………………………… 78
　　– 정남진 장흥으로(40km)

05. 오늘 내가 남긴 발자국은 …………………………………… 98
　　– 녹색의 땅 보성으로(37km)

06. 청산은 나를 보고 …………………………………………… 120
　　– 시골나라 곡성으로(45km)

나비야
청산 靑山 가자 제❶권

07. 비익조와 연리지 ················· 142
 – 한국의 미 남원으로(42km)

08. 거룩한 분노는 종교보다 깊고 ················· 162
 – 논개의 고향 장수로(40km)

09. 나비가 청산을 지날 때 ················· 188
 – 자연의 나라 무주로(48km)

10. "아빠, 하룻밤 더 자고 가면 안 돼요?" ················· 210
 – 삼면삼로 영동으로(33km)

11. 나비야 청산 가자! ················· 236
 – 보은의 고장 보은으로(41km)

12. 내가 걸어온 길을 보라! ················· 258
 – '송시열과 그들의 나라' 화양동으로(16km)

차 례

13. 살아 있는 것은 다 행복하여라 ·· 14
   - 청정지역 괴산으로(39km)

14. 진정한 즐거움은 한가한 삶에 있나니 ································· 38
   - 호반의 도시 충주로(38km)

15. 하늘은 날더러 구름이 되라 하고 ··· 62
   - 중앙선의 추억 원주로(40km)

16. "형님, 가입시더!" ··· 86
   - 명품 한우 횡성으로(33km)

17. 나비가 청산을 지날 때 ··· 106
   - 무궁화의 고장 홍천으로(37km)

18. 친구, 두 개의 육체 하나의 영혼 ·· 128
   - 인제 가면 언제 오나(38km)

나비야 청산靑山 가자 제❷권

19. 내 아들아, 너는 인생을 이렇게 살아라! ········· 152
   – 병영의 추억 원통으로(27km)

20. 아아, 백두대간! ··· 174
   – 설원의 알프스 진부령으로(37km)

21. 끝이 좋아야 다 좋다! ······························· 198
   – 간성으로 가는 길(20km)

22. 인자요산 지자요수 ··································· 220
   – 해당화의 호수 화진포로(11km)

23. 나는 아직 배가 고프다! ··························· 244
   – 최북단 대진항으로(9km)

24. 살아남는 자가 강한 자다 ······················· 268
   – 민족의 염원 통일전망대로(11km)

에필로그 ··· 290

01

마음이 담긴
길을 걸으라

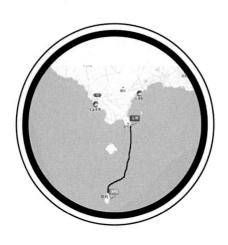 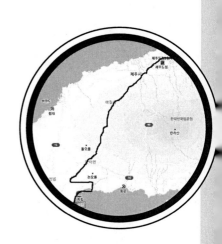

평화의 섬 제주로(60km)

제주도

선교사이자 탐험가인 리빙스턴이 죽음의 땅 아프리카에서 봉사활동을 벌일 때였다. 어느 날 친구에게서 아프리카에서 고생하는 그를 위해 도와줄 사람을 보내겠다는 편지가 왔다. 그 편지는 다음과 같이 끝을 맺고 있었다.

"그러니 그곳까지 가는 길 좀 가르쳐 주게."

편지를 읽은 리빙스턴은 즉시 답장을 보냈다.

"이곳까지 오는 길이 있어야만 오겠다는 사람들이라면 사양하겠네. 난 길이 없어도 길 없는 길을 찾아오겠다는 사람을 원하지."

원래 길은 없었다. 송아지가 철없이 숲으로 달려가고, 새끼를 찾아가는 어미 소가 그 뒤를 따라가고, 그들을 찾아가는 농부의 발걸음이, 그리고 그 길로 우마차가 다니고 사람들이 다니면서 길이 만들어졌다. 원래 빛은 없었다. 빛은 어둠에서 나왔다. 어둠의 자식인 빛은 암흑의 동굴에서 벗어나기를 원하는 사람들의 마음속에 비추었다. 희망의 빛, 사랑의 빛, 지혜의 빛…. 빛은 그렇게 비추었다. 그리고 그 빛이 비칠 때 절망과 좌절과 무지의 어둠은 물러갔다. 개척자들은 길 없는 길을 갔다. 한 치 앞도 보이지 않는 막막한 어둠을 헤치고 미지(未知)의 세계로 가는 길을 만들었다. 그들이 가야 할 길은 멀었고, 그 길은 험난했다. 하지만 길은 길에 연하여 있다는 믿음과 소망을 횃불로 삼아 가야 할 그 길을 걸어 결국 목적하는 곳에 도착했다.

이제 나는 길을 간다. 길 위의 길을 가고, 길 없는 길을 간다. 고통과 고행의 아름다운 길, 성찰과 수행의 길을 간다. '집 나오면 개고생'이라, 비록 그 길이 험하고 외로울지라도 한 번도 가보지 못한 길 위에서 일찍이 맛본 적 없는 달콤한 향기와 열매를 즐길 것을 기대하며, 그것이 인생이란 소풍에서 맛보는 최고의 보물찾기가 되리라 믿으며 길을 간다. "여행자들이여,

길은 없다. 걷기가 길을 만든다."라고 하는 스페인의 시인 안토니오 마차도의 목소리가 어디선가 들려온다.

일요일 아침, 첫 휴가를 나온 큰아들 진혁이가 인제 원통의 군부대로 복귀하는 날이다. 서울에서 친구들과 만나고 오후에 버스를 타고 부대로 가겠다며 집을 나선다. 버스 승강장에서 서로 손을 맞잡고 이별의 아쉬움을 환한 웃음으로 대신한다.

"건강해라. 나는 오후에 제주도로 간다. 제주에서 다시 배를 타고 해남 땅끝마을로 와서, 걸어서 네가 있는 부대로 갈게. 너를 면회하고 강원도 고성 통일전망대까지 갈 생각이다."

"기다릴게요."

아들은 미소 짓는다. 아들을 태우고 멀어져 가는 버스를 바라보며 손을 흔들다가 집으로 돌아와 배낭을 챙겨서 분당 시외버스 터미널로 간다. 분당에서 살아온 지도 15년, 처음 와본 터미널이 낯설기만 하다. 청주로 가는 시외버스에 몸을 실었다. 설레는 마음을 아는 듯 차창에 스치는 풍경들이 신선하게 다가온다. 아직 세상을 잘 모를 때 스쳐가는 차창 밖 세상은 신비로웠다. 세월이 지나 창밖을 보면 때로는 차라리 눈을 감는다. 눈을 감으면 다시 창밖의 세상이 궁금해지고, 그러면 다시 눈을 뜬다. 그리고 또다시 눈을 감고는 이제 마음의 눈으로 창밖을 본다. 삶은 무엇인가? 나는 누구인가? 끝없는 의문이 창밖의 세상으로 밀려 나간다. 내 몸도 세상 밖으로 자유를 찾아 탈출을 시도한다.

청주 시외버스 터미널에서 내려 공항으로 가는 택시를 탔다. 평화로운 정경들이 스쳐간다. 젊은 날 군대 시절을 제외하고 청주를 떠나서 살아본 적 없다는 70세가량 된 기사 할아버지의 청주 예찬이 끝났다. 기초질서, 준법정신이 얼마나 소중한지에 대한 열띤 이야기를 하는 사이 택시는 금방

공항에 도착했다. 공항은 비교적 한산했다. 여러 차례 다녀간 공항이지만 시간적 여유가 있어 처음으로 한가롭게 내부에 전시된 관광명소 사진들을 둘러보며 '아버지유! 돌 굴러가유!' 하는 느림의 도시 '충청도의 미'를 즐긴다. 오후 5시 50분, 드디어 비행기에 올랐다. 굉음을 내며 활주로를 힘차게 달려간 비행기는 하늘을 향해 서서히 고개를 들고 속도를 더하며 하얀 구름 위를 날아간다. 서쪽하늘 저녁노을이 장관이다. 그 끝자락에 서방정토, 천국이 보인다. 드디어 아름다운 소풍 길을 간다. 천상병 시인의 '귀천(歸天)'이 푸른 하늘에 선명하게 새겨진다.

나 하늘로 돌아가리라
새벽빛 와 닿으면 스러지는 이슬
더불어 손에 손 잡고

나 하늘로 돌아가리라
노을빛 함께 단둘이서 기슭에서 놀다가
구름 손짓 하면은

나 하늘로 돌아가리라
아름다운 이 세상 소풍 끝내는 날
가서, 아름다웠다고 말하리라

서쪽하늘 구름 너머로 연출되는 저녁노을, 마지막 분출을 한 석양빛은 시야에서 사라지고 황혼의 끝에 어둠이 몰려온다. 낮은 물러가고 하루를 열심히 걸어간 자가 누릴 평화와 안식의 밤이 찾아온다. 숱한 상념들을 떠올리며 노을이 비치는 창가로 한 조각 한 조각 내버린다. 검푸른 바다 건너

반짝이는 불빛이 보이며 비행기는 평화의 섬 제주공항에 도착했다. 이제 드디어 먼 길을 떠나는 여행자가 되어 제주에 왔다.

　사람은 누구나 이 세상에 다니러온 여행자다. 그래서 인생은 나그네라고 한다. 나그네는 정처 없이 길을 간다. 길이란 무엇인가. 길은 한 지점을 다른 지점으로 연결해주는 통로다. 길을 가는 것은 막힌 것을 뚫어주고, 어둠을 밝혀주는 소통이다. 사람들은 제각기 자신이 선택한 삶의 길을 간다. 그래서 길에는 사람들이 다닌 향기와 흔적이 있고, 길은 역사와 문화를 담고 있다. 역사와 문화는 길에서 시작되었다. 길은 사람들이 다니고 그 이름을 불러주기 전에는 한낱 버려진 존재였다. "내가 그의 이름을 불러주었을 때 그는 나에게로 다가와 꽃"이 된 것처럼, 사람들이 골목길, 슬로우길, 올레길, 둘레길 하며 그 이름을 불러주었을 때 길은 다가와 길이 되었다. 그리고 그 길은 숱한 사연을 간직하게 되었다.
　길에는 수많은 길이 있다. 대지의 길이 있고 산길이 있으며, 하늘 길이 있고 바닷길이 있다. 비단길이 있고 초원길이 있으며 차마고도가 있다. 사람의 길이 있고 축생의 길이 있으며, 선한 길이 있고 악한 길이 있다. 군자의 길이 있고 소인의 길이 있으며, 대장부의 길이 있고 아녀자의 길이 있다. 연어와 참치는 망망대해를 마음껏 활보하지만 넙치는 넓은 바다 가운데 한정된 작은 공간에서 살아간다. 연어는 연어의 길, 참치는 참치의 길을 가고, 넙치는 넙치의 길을 간다. 드넓은 창공에서 봉황은 봉황의 길을 가고, 연작은 연작의 길을 간다. 범은 범의 길을 가고, 오소리는 오소리의 길을 간다. 산에는 원래 길이 없었다. 짐승들이 다니고 사람들이 다니면서 길이 생겨났다. 인생행로에서 새로운 세계에 대한 도전의 길은 결심하고 그 길을 가는 사람에게만 존재한다. 마찬가지로 희망도 희망이 있다고 믿는 자에게만 생겨난다. 무릇 모든 존재는 자신이 선택한 그 길 위에서 생의 여로를 간다. 사람들의 마음에는 만 갈래의 길이 있고, 그 길을 선택해서 가는 것이 삶이다. 삶은 스스로 선택한 마음의 길을 가는 것이다. 아메리카 인디언 야키족 치료사 돈 후앙이 노래한다.

마음이 담긴 길을 걸으라
모든 길은 단지 수많은 길 중의 하나에 불과하다
그러므로 그대가 걷고 있는 그 길이
단지 하나의 길에 불과하다는 사실을
언제나 기억하고 있어야 한다

그대가 걷고 있는 그 길을 자세히 살펴보라
필요하다면 몇 번이고 살펴봐야 한다
만일 그 길에 그대의 마음이 담겨 있다면
그 길은 좋은 길이고,

만일 그 길에 그대의 마음이 담겨 있지 않다면
그대는 기꺼이 그 길을 떠나야 하리라
마음이 담겨 있지 않은 길을 버리는 것은
그대 자신에게나 타인에게나
결코 무례한 일이 아니니까

나는 나의 길을 간다. 남자의 길, 아들의 길, 아버지의 길…. 수많은 갈래 길 가운데 나는 나의 마음이 담긴 길을 간다. 이제 경험해 보지 못한 미지의 행보(行步)를 시작한다. 일상의 권태에서 벗어나 도전과 응전이 만나고, 나그네 여정을 통해서 삶의 오묘한 지혜의 비밀을 깨닫게 되는 자유의 길을 간다. 길에 서린 역사와 문화를 만나고, 자연과 사람을 만나고, 그 길 위에서 진정한 자신을 만나기를 기대하며 발걸음이 제주에 닿았다. 수많은 갈래 길 가운데 내 마음이 담긴 길, 굴레와 속박에서 벗어난 진정한 나의 길, 육체의 고행위에 영혼의 안식을 찾아가는 자유의 길, 평강의 길을 가기 위해 이곳에 왔다.

공항에서 정다운 친구가 기다리고 있었다. 반갑게 인사를 나눈 우리는 바다가 있는 용두암의 조용한 횟집으로 갔다. 친구는 고위 공무원으로 가족과 떨어져 제주에 혼자 내려와 있는데, 아내와 아들이 다니러 와 있다. 어릴 적에 본 아들이 이제 의젓한 청년이 되어 군 입영을 기다리고 있었다. 마침 음력설이 지난 지 며칠 되지 않았기에 장난스럽게 "세배해라." 하고는 식당에서 자리를 만들었다. 식당에서 일하는 사람들과 다른 손님들이 재미있다는 듯 쳐다본다. 아들이 절을 하려는 순간, "너희 아버지께 세배 드렸니?" 하고 물으니 아니란다. 자리에서 일어나 친구를 그 자리에 앉히고 우리는 순서대로 세배를 받았다. 즐거운 밤이었다. 친구와는 일년 만에 다시 만난 자리였다.

2009년 2월 제주도에 왔다. 당시 용인 지역 세무사회 임원들 워크숍으로 제주에 온 나는 제주에 도착하자 곧장 마라도로 갔다. 국토의 최남단 마라도에서 최북단 고성의 통일전망대까지 걸어서 국토를 종단하는 여행을 계획하고, 우선 그 시작인 마라도에서 제주항까지 걷기 위해서였다. '차라리 올레길을 걷지.' 하는 권유도 있었지만 걷는 취지가 달랐다. 세무사회 간사를 맡고 있는 이철 세무사가 '회장님 혼자서 보내 드릴 수 없습니다.' 하며 길을 따라 나섰다.

마라도는 제주도에서 뱃길로 30분 거리에 있는 대한민국 최남단의 섬이다. 우리는 송악산 앞에서 유람선을 타고 마라도에 도착했다. 바람이 거세게 불어왔다. 봄이면 푸른 잔디밭이 펼쳐지련만 2월의 마라도는 황량했다. 옛사람들은 '칡넝쿨이 우거진 섬' 마라도는 금지된 섬이라 여겨 접근을 꺼려했다. 본래 무인도였지만 120여 년 전인 1883년 가산을 탕진한 사람이 개간허가를 얻어 들어와 화전을 시작했다. 마라도는 한 척의 항공모함을 연상케 한다. 하늬바람, 샛바람, 마파람 갈바람 등 온갖 바람들이 찾는 바람의 왕국이다. 등대 옆의 바람개비는 일년 내내 멈추지 않고 돌아간다. 국토 최남단의 마라도 등대는 우리나라 유인 등대 41곳 중 가장 아름다운 곳으로 선정되었고 등대 아래에는 '대한민국 최남단'이라는 표지석이 있다. 섬 전체가 천연기념물로 지정될 만큼 아름답고, 해풍에 자라는 천연 잔디가 초원을 이룬다. 초등학교인 마라도 분교에는 아이 셋에 선생님 한 분이 있고, 우리나라 최북단 고성의 명파 초등학교와 자매결연을 맺었다. '기다려라, 최남단의 너의 소식을 최북단의 자매에게 전해주마.' 하고는 학교를 둘러본다. 애기업게당의 슬픈 전설을 뒤로 하고, '자장면 주문하신 분!' 하고 TV에 나오는 자장면 집에 들러 자장면을 주문했다. 식당 내부에는 다녀간 사람들의 숱한 사연들이 적혀 있다. 이명박 대통령이 대선 유세 당시 다녀간 기록도 보인다. 사인펜을 달라 해서 식당의 기둥 상단에 한 글자 한 글자 힘주어 적었다.

"김명돌, 마라도에서 통일전망대까지 걸어서 가다!"

마라도에서 남단 149km 떨어진 곳에는 걸어서 갈 수 없는 '대한민국 영토 이어도'라는 표지판이 있는 섬이 있다. 이어도는 가장 얕은 곳이 해수면 아래 약 4.6m로 수심 40m를 기준으로 할 경우 남북으로 약 600m, 동서로 약 750m에 이르는 수중 암초다. 이어도는 제주도 뱃사람들의 복락의 땅이자 피안의 이상향이다. 사람들이 바다에 나가 돌아오지 못하면 마침내 이어도로 가서 행복을 누린다는 죽음의 섬이다. 그리하여 위험스런 뱃길을 위로받으며 바다로 나가게 하는 유토피아, 지상의 낙원이다. 마라도를 한 바퀴 돌아 이어도를 뒤로 하고 선착장에서 배를 탄다. 배는 고동을 울리며 바다 위를 날듯 달려 진지동굴이 있는 송악산 선착장에 도착했다. 이제 제주 특별 자치도 서귀포시 대정읍 상모리에서 우리나라 최남단에 위치한 송악산을 뒤로 하고 산방산을 향해서 걸어간다. 시원한 해풍이 불어 폐부를 찌른다. 사람이 날기를 원한다면 우선 서고, 걷고, 달리고, 오르고, 춤추는 것을 배워야 한다. 곧바로 날 수 없기 때문이다. 한번 뛰어서 하늘에 도달할 수는 없다. 때문에 낮은 땅에서 둥근 하늘로 올라가는 사다리를 만들고, 돌고 돌아서 마침내 그 꼭대기에 이른다. 천리 길도 한 걸음부터다. 한 걸음 한 걸음이 모여 천리를 이룬다. 티끌이 모여 태산을 이룬다.

이제 본격적인 제주도 도보여행을 시작한다. 동서 73km, 남북 41km, 둘레 240km에 달하는 둥근 평화의 섬 제주도를 걸어간다. 하늘은 푸르고 맑다. 발걸음은 가볍고 설렘과 긴장, 홍분이 교차한다. 해안도로를 따라 용머리해안으로 가니 아직은 차가운 2월의 바닷바람이 얼굴을 스쳐간다. 푸른 바다 저쪽에 형제도가 보인다. 제주도 올레길의 10코스 구간을 반대방향으로 가고 있다. '올레길'이란 '집에서 큰 길까지 나 있는 마을길'을 일컫는 제주방언이다. 그러나 실제는 제주의 풍광을 담은 해안과 산간의 여러 길들을 이어놓은 트레킹 루트다. 트레킹(trekking)은 '목적지가 없는 도보여행 또는 산과 들, 바람을 따라 떠나는 사색여행'이라는 뜻이다. 길을 걸으면서 자신을 찾고 자연과 하나 되고 자연을 보호하는 여행이다. 오늘날 올레길, 둘레길로 걷기 열풍이 전국을 강타하고 있다. 걷기는 아무런 장비 없이 누구나 할 수 있는 생활 건강운동이다. 또한 가족 전체가 함께 즐길 수 있다. 제주의 올레길이 성공한 후 일어난 걷기 유행이 이제는 슬로우 레저로서 위치를 굳건히 하고 더욱 퍼져갈 태세다.

스페인의 산티아고 길은 800km나 되는 '세상에서 가장 아름다운 길'로 꼽힌다. 세계적인 작가 파울로 코엘료가 그의 첫 소설인 '순례자'에서 소개한 후 세계적으로 유명해졌다. 자신을 찾기 위해 힘든 여정을 마친 순례자들은 최종 목적지인 산티아고 데 콤포스텔라 성당에 도착하면 그저 펑펑 운다고 한다. 길을 걸으면서 자연 풍광을 감상하며 건강을 증진시키는 것 외에 사색을 통해 지나온 과거를 돌아보고 현실과 마주쳐서 진정한 자신을 만나고 싶은 것이 이 여행의 목적이니만큼 나 역시 순례의 길을 마치는 통일전망대에서 감격의 눈물을 흘릴 수 있기를 기대해 본다. 바다의 짠 내음이 살아 있는 자연 속에서 운치를 즐기며 걷는다. 역사와 문화의 향기를 느끼며 이곳을 살아간 사람들의 숨결을 느끼며 걷는다.

해안가에 우뚝 솟은 산방산과 용머리해안을 향해 걸어가는 해안길이 아름답다. '사냥꾼이 사슴을 쏘았더니 그 화살이 빗나가 산신령의 엉덩이에 맞아서 화가 난 산신령은 흙을 한줌 집어서 던졌는데, 그 자국이 백록담이고 그 한줌 흙이 떨어진 곳이 산방산(395m)이라. 그래서 백록담과 산방산의 둘레가 같다.'고 하는 전설을 떠올리며 웃는다. 용머리해안에 도착하니 하멜이 타고 온 상선(商船)이 전시되어 있고 하멜 기념비가 세워져 있다. 350여 년 전 제주도에 표류해 13년간 조선에 머무르다 탈출한 하멜 일행이 시공을 넘어 역사적인 장면들로 다가온다.

1653년 대만을 출발해 일본 나가사키를 향하던 네덜란드 선박 스페르베르 호의 좌초로 제주도에 도착한 헨드릭 하멜과 그 일행은 1666년 조선을 탈출해 일본을 거쳐 본국으로 돌아갔다. 태풍을 만나 악전고투 끝에 제주도에 표류할 당시 승무원 64명 중 28명이 죽고 36명만이 살아남았다. 천여 명의 조선병사들에게 포위, 체포당한 하멜 일행은 제주목사에게 압송되어 심문을 받게 되고, 심문이 끝난 후 광해군이 유배되어 살던 집에 수용되었다. 인조반정으로 실각한 광해군은 강화, 교동을 거쳐 제주도에 유배되었으며, 12년 전인 1641년 이 집에서 세상을 떠났다.

이듬해 하멜 일행은 배를 타고 육지에 도착, 해남과 영암을 거쳐 14일 만에 서울 남대문에 도착했다. 효종은 이들을 훈련도감에 배치하고 급료를 주었다. 이들은 본국으로 돌아가고자 했으나 당시 조선은 이들을 돌려보내지 않는 것을 기본정책으로 했다. 현종 7년(1666) 9월 4일, 하멜을 비롯한 8명은 탈출을 감행해 이틀 뒤 일본에 도착하고, 나머지는 일본과의 외교적 협상으로 2년 뒤 일본으로 갔다. 이후 하멜은 14년 만에 네덜란드 본국에 도착했다. 하멜은 자신이 소속된 동인도 회사에 밀린 노임을 청구하기 위해 그간의 경위를 기록한 체류일지와 조선 왕국의 정보를 정리해 제출했는데, 이것이 바로 코레아와 네덜란드의 운명적인 만남이 되는 '하멜표류기'이다. 이는 17세기 유럽에서 발간된, 신뢰할 만한 최초의 한국 관련 자료로서 이후 전 유럽에 코레아에 대한 관심을 폭발적으로 일으켜 네덜란드, 프랑스, 독일, 영국 등지에서 쇄를 거듭하며 팔려 나갔다. 하멜의 체류일지가 존재한다는 사실이 우리나라에 알려진 것은 1917년경 국학자 최남선이 미국 교포사회에서 출간되던 『태평양』이란 잡지에 하멜일지가 한글로 번역되어 연재되는 것을 발견하고, 자신이 주관하던 『청춘』이란 잡지에 그대로 전재했다. 바로 이것이 국내에 소개된 하멜일지의 효시로 알려져 있다.

하멜의 길은 원치 않는 험난한 길이었다. 하지만 역사에 길이 남을 길이 되었다. 길 없는 길을 와서 후세 많은 사람들이 다닐 수 있는 길을 만들었다. 뱃길을 따라 우연히 조선에 도착한 하멜이 당시 네덜란드의 선진문물을 알려주었다면, 2002년 월드컵에서 가슴 벅찬 4강 진출 쾌거의 주역 히딩크 감독은 선진축구를 알려주고 웅크린 자들에게 할 수 있다는 자신감을 심어주었다. 우리나라보다 국토도, 인구도 작은 네덜란드의 저력을 느끼며 우정의 미소를 보낸다.

산방굴로 올라간다. 겨울이라 그런지 아직 관광객이 없어 조용하다. 휴게소에서 잠시 휴식을 취하며 마치 용의 머리 같은 해안가와 그 너머 바다 위를 떠가는 배들을 바라본다. 푸른 하늘 아래 푸른 파도가 하얀 거품을 내뿜으면서 일렁이며 춤을 춘다. 한 잔의 커피가 차가운 바람을 녹여준다. 산방산을 끼고 도로를 따라 해안가를 걸으니 조각공원으로 가는 길이다. 바다를 등지고 조각공원으로 향한다. 인적은 드물고 새들이 반갑게 맞아준다. 지나가는 차량도 없어 도로 중앙을 기분 좋게 활보한다. 신혼의 이철 세무사에게 아내로부터 전화가 온다. 이철 세무사는 멋있는 자신의 모습을 설명하며 자랑스러워한다. 도보여행의 달콤한 묘미를 느낀다. 뻥 뚫린 벌판을 걷다가 한적한 전통 시골마을을 지난다. 멀리서 민족의 영산 한라산(1950m)이 구름 속을 오락가락하며 신기한 재주를 연출한다. 한라산에서 한 줄기 추억의 바람이 불어온다.

1988년 이색적인 신혼여행을 왔다. 등산복에 등산화, 배낭을 메고 오는 여행에 아내는 처음엔 난색을 표했다. 장모님은 "여보게, 평생 한번 가는 신혼여행인데 고운 옷 입혀서 데려가게." 하며 웃으셨다. 우리는 영실 코스로 올라가 한라산 정상에 섰다. 약 3km 되는 백록담 둘레를 한 바퀴 돌아서 분화구로 내려갔다. 백록담에는 물이 조금밖에 없었다. 백록담 물로 이마의 땀을 씻었다. 지금은 천연기념물로 지정된 문화재 보호구역이라 목책으로 출입을 제한했지만, 당시에는 백록담 둘레를 돌아보고 분화구에도 내려가는 것이 허용되었다. 인생의 동반자로서 첫 출발을 한라산 등반으로 시작한다는 것은 상징적인 의미가 있었다. 다가올 기쁨과 즐거움, 고난과 역경의 파도는 한라산을 오르는 것보다 더 다양할 수도 있다. 산에서 내려오니 기다리던 택시기사가 "신혼여행을 등산복 차림으로 와서 한라산을 오르는 분은 처음 보았습니다." 하며 반가이 맞아준다. 세월이 흘러 어느덧 20여 년이 지나 이제는 세 아들의 아버지가 되었다. 둘은 대학생, 늦둥이 막내는 5학년이다.

시간은 인위적으로 부여한 의미이자 사람간의 약속이다. 그렇기에 같은 시간을 지내면서도 사람들이 느끼는 시간의 의미는 공간에 따라 다르다. 한 사람 한 사람에게 각각 다른 모습으로, 다른 의미로 다가온다. 시간에는 시작도 끝도 없다. 영원부터 영원까지 흐른다. 영원한 시간이 신의 시간이라면, 인간의 시간은 유한하다. 미세한 한 점에도 미치지 못하는 생(生)이다. 유한한 인생을 살아야 하는 사람들은 필요에 의해 인간의 시간을 만들어야 했다. 그러자면 시간의 시작과 끝이 필요했고, 시작점을 임의로 정해야 했다. 오늘날 서양 사람들이 정한 시간의 기원이 대체로 받아들여지는데, 이 기원을 서력기원, 곧 '서기'라 한다. 우리나라에는 단군기원, 곧 '단기'가 있다. 단군이 왕으로 즉위한 해인 BC 2333년이 기원이다. 2010년은 단기 4343년이다. 북한은 김일성이 태어난 날을 태양절이라 하여 서기 1912년 4월 15일을 주체기원으로 삼았다. 불교도들에게는 불타기원이 있다. 붓다가 입멸한 해인 BC 544년, 즉 부처가 80세로 죽은 해를 기원으로 삼았다. 이슬람교도들은 마호메트가 메카에서 박해를 받자 메디나로 도망간(그 도망을 헤지라라 한다) 날인 서기 622년 7월 15일을 헤지라라 하여 기원으로 한다. 중국 황제들은 자신이 천자로 등극한 해에 고유한 연호를 만들어 사용했다. 일본 천왕도 스스로를 황제라 생각하기 때문에 연호를 쓴다. 과거 조선의 왕들은 중국 황제의 연호를 사용해야 했고, 고구려의 광개토대왕 등 일부 왕은 독자적인 연호를 사용했다.

역사는 영원으로 가는 강물이며 인류가 지나온 발자취이다. 사람의 일평생은 그의 역사요 그의 삶의 흔적이다. 더 많이 갖지 못해서, 더 높이 오르지 못해서 슬픈 동물이 인간이다. 욕망을 추구하기에는 세월이 기다려주지 않고 흐르는 물과 같고 시위를 떠난 화살과 같다. 그래서 '인생은 짧고 예술은 길다'고 한다. '들판의 눈 위에 새겨진 기러기 발자국 같다'고도 한다. 죽어서 돌아가는 여행길이 멀고도 지루하지 않으려면, 지나온 삶을 반추하며 가는 저승길이 즐겁고 심심하지 않으려면 이승의 삶에 풍성한 추억을 만들고 '아름다운 소풍이었노라' 고 고백할 수 있어야 한다. 『그리스도 최후의 유혹』의 저자 니코스 카잔차키스는 말한다.

"우리는 심연에서 와서 심연으로 간다. 이 두 심연 사이를 우리는 인생이라고 부른다."

인생은 심연에서 심연으로 가는 나그네 길이며 유랑의 길이다. 흙에서 와서 흙으로 돌아가는 길이다. 그래서 사람이 생을 다하면 '돌아가셨다' 고 한다. 주어진 시간의 길, 공간의 길 저 끝에는 심연이 있고 흙이 있다. 한 줌의 흙이 되어 영원한 잠을 잔다. 지수화풍(地水火風)의 시대로 돌아간다. "하늘과 땅의 사이는 만물이 깃들었다가 다녀가는 주막이고, 시간은 유유히 흘러가는 나그네이며, 사람의 일생은 한바탕 꿈이요, 한 날의 소풍이다."라고 이백은 노래한다. '세월아, 너를 따라가기 힘이 든다. 구경하고 쉬어가며 천천히 가자.' 고 사정해 본다. 바람이 걸음을 잡으며 불어온다. 한라산 백록담에 얽힌 전설을 떠올리며 걷고 또 걸어간다.

매년 복날이면 천상의 선녀들이 내려와 목욕을 즐기는데, 목욕을 마치면 한라산 산신령이 돌아가는 선녀들을 북쪽 방선문에서 배웅하곤 했다. 그런데 한번은 산신령이 너무 서둘러 나간 탓에 그만 선녀들이 옷 입는 장면을 보고 말았다. 알몸을 보인 선녀들은 부끄러움에 옥황상제에게 일러바치고, 옥황상제는 벌을 내려 산신령을 사슴으로 변하게 했다. 그 후 매년 복날이면 흰 사슴 한 마리가 백록담에 나타나 슬피 울었다 하여 '흰 사슴 못' 이라는 뜻으로 백록담(白鹿潭)이라 불린다. 흰 사슴이 된 산신령의 신세가 내 신세만큼이나 참으로 억울하구나 싶다.

백록담 서남쪽에는 영실이라 불리는 명승지가 있는데, 여기는 설문대할망과 오백나한의 슬픈 전설이 전해진다. 오백 아들을 둔 설문대할망이 자식들을 위해 솥을 걸고 죽을 끓였다. 할망은 솥 위에 올라가서 국자로 저어가며 죽을 끓였는데, 그만 발을 헛디뎌 죽솥에 빠지고 말았다. 자식들이 돌아와 보니 죽솥에 죽은 끓고 있는데 어머니가 보이지 않았다. 배고픔에 기다릴 수가 없어 자식들은 먼저 죽을 퍼서 먹었다. 효성 지극한 막내를 제외하고 모두 죽을 다른 때보다 더 맛있다며 먹다가 솥바닥에 뼈가 나오자 모두 어머니인 줄을 알고 통곡한다. 어머니의 살을 먹은 자식들은 몇 달을 통곡하다가 그 자리에서 바위가 되고, 그들이 흘린 피눈물은 봄이 되면 한라산을 붉게 물들이는 철쭉꽃이 되었다고 한다. 불교에서는 바위가 된 그 모습이 인간의 번뇌를 구도하는 고행자의 형상이라 하여 이를 오백나한이라 부른다.

1991년 여름, 부모님을 모시고 두 형님 부부와 제주도에 왔다. 어머니와의 첫 번째 여행이었고, 건강하신 모습으로 여행하는 어머니의 마지막 여행이었다. 다음해 어머니는 뇌졸중으로 쓰러져 반신불수의 불편한 몸이 되셨다. 그 후 어머니는 여행을 할 수 없음을 아쉬워했다. 부모님과 처음이자 마지막으로 동행했던 제주여행, 세월이 흘러 아버지는 돌아가시고 어머니는 도립 노인병원에서 요양하신다. 당시 동행했던 어린 아기 조카 진태는 지금은 남아답게 멋있게 성장해 올해 육군사관학교에 입학했다. 세월 저편을 회상하자 마음 깊은 곳에서 그리움이 솔솔 밀려온다. 세월이 간다. 사람도 간다. 세상 모든 것은 태어나고 자라고 쇠하고 소멸한다. 천지만물은 세월 속에 모두 변한다. 변하지 않는 것은 모든 것은 변한다는 그 사실이다.
바람이 강하게 불어온다. 하늘이 온통 구름으로 덮여 비가 쏟아질 것만 같다. 안덕면을 지나 애월읍으로 들어가는 길가의 시골가게에서 할머니가 건네주는 맥주 한 잔으로 갈증을 씻는다. 어둠이 밀려오고, 우리는 낯선 시골 삼거리에서 첫 날의 발걸음을 멈추었다. 택시를 타고 일행들이 기다리는 1시간 거리의 콘도에 도착했을 때 날은 이미 캄캄했다. 동료 세무사들의 격려의 박수를 받으며 여장을 풀고 몸을 녹였다. "다금바리가 진짜인지 가짜인지 나도 몰라요." 하며 대신 갓 돔을 추천해주는 식당 주인의 배려 속에 반주 한 잔과 함께 제주의 밤은 깊어갔다.

　다음날 아침, 택시를 타고 전 날의 그 자리에서 다시 길을 나섰다. 흐린 날씨에 바람이 대단했다. 한 걸음 한 걸음 내딛기가 힘들었다. 바람과 돌과 여자가 많은 삼다도(三多島)의 위력이었다. 제주경마공원을 지나 멀리 제주시가 보일 무렵 제주공룡원에 들러 커피를 마시며 몸을 녹였다. 평소 존경하는 용인문화원장을 지내신 분이 경영하는 곳이었다. 다시 길을 재촉해서 제주국제공항을 지나 용두암에 도착했다. 이제 목적지인 제주항이 가깝다. 파도가 밀려드는 바닷가에서 용머리를 닮은 바위를 바라보며 바다내음을 즐겼다. 바다는 고요했다. 가벼운 물결은 차라리 한가로웠다. 잔잔한 바다가 언제 사납게 변할지는 알 수 없다. 태풍이나 해일은 큰 피해를 주는 한편, 바다 속을 뒤집어 깨끗이 청소를 한다. 그리고는 언제 그랬느냐는 듯 평온하게 변한다. 인생의 바다 또한 파란만장하다. 인생의 바다를 뒤집어 놓는 격량의 세월을 이겨낸 사공은 성공적인 삶을 산다. 영국속담에 '거친 풍랑은 유능한 사공을 만든다.' 고 한다. 나는 이제 잔잔하든 거칠든 파도를 헤치며 바닷길을 나아가는 뱃사공이 되어 망망대해를 항해한다. 고통 뒤에 기쁨이 따르지 않는다면 누가 고통을 참겠는가. 추운 겨울에 이어 따뜻한 봄이 오는 계절의 순환이 있듯이 인생사 길흉화복(吉凶禍福)에도 순환의 법칙이 있는 법. 고통과 고행에 따른 희열이 밀려오고 날이 저물어간다.

　어둠의 거리에는 불빛이 점점 밝아져온다. 가벼운 발걸음으로 제주항에 섰다. 멀지 않은 훗날 어느 날엔가 반드시 이곳에서 배를 타고 저 바다를 건너 육지로 국토를 종단하여 통일전망대로 가리라 다짐한다. 알 수 없는 날이지만 그날은 반드시 찾아올 것이라 믿는다. 결심하면 반드시 하고야 마는 성격에 역마살까지 있으니 어찌하랴. 내 마음속에 홀연히 어디론가 떠나고 싶은 그때, 바로 여기서 자신을 찾아가는 방랑의 길, 편력의 길을 떠나리라 다짐했다.

그리고 한 해가 지나서 다시 찾은 제주항. 제주항은 나에게 과거와 현재가 만나고 현재와 미래가 만나는 새 삶의 출발점이 되었다. 지나온 길을 돌아보고, 가야 할 길을 찾아나서는 전환점이 되었다. 초원의 길이든 사막의 길이든, 험난한 길이든 평탄한 길이든 이제 나는 나의 길을 가야 한다. 내 마음이 담긴 길을 가야 한다. 방황하는 유랑길이 아니라 신세계를 찾아 나선 모험가로, 개척가로 길을 가야 한다. 안온한 삶에 만족하지 않고 땀 흘려 산에 오르는 힘겨운 노력을 하는 가운데 삶의 의미를 깨닫고 기쁨을 느끼기 위해 길을 가야 한다.

여행은 현실을 벗어나 자신을 직시하고 싶을 때 의미가 있다. 여행은 자신을 객관화시켜 다른 개체로서의 참된 자신을 볼 수 있게 해준다. 객관화시켜 놓고 보면 색다른 자신의 모습을 볼 수 있다. 그래서 길은 배움의 학교다. 뜻이 있는 곳에 길이 있다. 새로운 출발은 새로운 각오와 성찰 위에서 비롯되고, 새로운 성취는 뜨겁게 열망하는 데서 시작된다. 여행의 묘미는 무엇인가를 이루고 싶은 열망이 있는 때 하는 것이라는 점이다. 여행은 만남이요, 만남은 맛남이다. 여행은 자신과의 만남이요, 새로운 세계와 낯선 인연들과의 만남이다. 흔히 '옷깃만 스쳐도 인연'이라고 한다. 스치는 인연이 있으면 마주치는 인연이 있다. 마주치는 인연보다는 만남의 인연이 중요하다. 만남에는 기다림이 있고 설렘이 있고 새로운 맛이 있다. 또한 신선한 두려움이 있고 불안함이 있다. 그래서 만남은 살리고 죽이는 양날의 칼이다. 여행은 떠나는 것이다. 돌아올 수밖에 없다는 사실을 알면서 떠나는 것이다. 여행이 가르쳐주는 것은 떠나온 것에 대한 더욱 처절한 그리움이다. 일상을 벗어난 곳에서 만나는 낯선 외로움은 익숙한 소중한 것들의 의미를 마음속에 새로이 각인시켜준다. 돌아올 곳이 없다면 떠남도 없다. 그것은 단지 흘러가는 것이다. 돌아올 곳이 있기에 떠남은 소중한 것들과의 아름다운 이별이다.

　나는 여행이 좋다. 여행은 내게 축복이었으며, 여행을 통해서 행복의 조건, 곧 평범한 것에 대한 고마움을 가질 수 있었다. 여행은 하늘, 구름, 바람, 공기, 햇살, 달과 별, 나무, 산, 가족, 친구, 일터, 이웃, 잠자리, 외로움, 고마움, 자유, 관조, 명상 등 소중하지만 잊어버리고 사는 것에 대한 감사함을 느끼게 해준다. 그래서 여행은 세상의 학교요, 몸으로 체득하는 책이다. 여행에서 만나는 모든 인연들은 세상을 가르쳐 보여주는 스승이다. 게오르크 짐멜은 "인생은 방랑에 대한 동경과 고향에 대한 동경을 동시에 가지고 있다."라고 했다. 고향을 떠나 방랑하고 싶은 유혹과 방랑하며 고향으로 돌아가고 싶은 유혹을 동시에 느끼게 되는 것이다.

　처음 대구에서 공무원 생활을 시작한 20대 초반 이후 매월 어머니가 계시는 안동의 시골집을 찾았다. 고향에 대한 동경으로 시작된 여행이었다. 주말에 기차를 타고 고향 역에 내려 어머니를 만나는 것은 뿌리를 찾는 것이요 나 자신의 존재 확인이었다. 그리고 이는 다시 어디론가 멀리 방랑을 동경하는 계기가 되었다. 고향으로 가고 오는 길은 방랑길의 시작이었다. 1980년대 초, 중반 아직 산으로 가는 사람들이 많지 않던 그 시절, 산을 좋아해서 주말이면 산으로 갔다. 산으로 가는 길은 내 삶의 여로(旅路)에서 특별한 만남이었다. 때로는 산악회에서, 때로는 혼자 낯선 곳으로 열차나 버스를 타고 가서 땀 흘리며 오르는 산행은 신선한 경험이었다. 어디론가 떠나는 것도 새로웠지만, 배낭을 둘러메고 땀 흘리며 산위를 향해 내딛는 고행의 발걸음은 차라리 즐거움이었다. 육체적인 한계를 맛보는 가운데 정신적인 단련을 하는 새로운 기쁨이었다. 산행은 미지의 세계, 새로운 세계로 나아가고자 하는 나그네의 끼를 발산하는 것이요, 대학 진학을 하지 못하고 방황하는 암울한 마음의 감옥에서 탈출구를 찾고 싶어 하는 몸부림에서 벗어나는 길이었다. 그렇게 인연을 맺은 산은 오늘날까지 내 삶에 있어 항상 도전하고 끊임없이 변화를 추구하는 습관에 큰 영향을 미쳤다. '우회하는 길이 가장 빠른 길'이라던가. 세월이 지나 돌이켜보면 그렇게 멀리 떠나는 방랑의 길이 결국 고향의 어머니에게로 가고, 마음으로 소원하며 가고 싶어 몸부림치던 배움의 길로 가는 지름길이요 빠른 길이었다. 역마살(驛馬煞)은 자신을 더욱 성숙하게 해주었다.

친구 가족과 함께하는 용두암 횟집, 통일전망대로 가는 머나먼 국토 종단의 방랑길을 가기 위해 다시 찾은 제주도에서 평소 배낭을 메고 다니는 내 모습을 부러워하며 "참 인간답게 산다."라던 친구와의 자리가 즐겁다. 오고가는 대화와 술잔, 통일전망대까지 가기 위해 제주를 찾아왔다는 낭만에 보내는 경이로움, 유쾌한 웃음이 끊이지 않았다. 토마스 아 켐피스는 "우선 내 마음속에 평화가 있어야 남에게도 평화를 가져다 줄 수 있다."라고 말한다. 내 마음속에 깃든 멋과 여유, 친구의 마음이 어우러져 모두를 즐겁게 한다. 잠시 후 우리는 용두암 해변가 가로등 불빛이 유난히도 아름답게 느껴지는 밤, 시원한 바다내음을 즐기면서 "김~치!" 하며 함께 사진을 찍었다.

친구와 헤어져 택시를 타고 제주항 인근 바닷가에 섰다. 별빛이 바다 위로 쏟아지고 초승달이 조각배처럼 외롭게 천천히 흘러간다. 하얀 거품을 내뿜으며 거친 파도가 밀려온다. 멀리서 술 취한 사람들의 요란한 소리가 바람을 타고 들려온다. 바람이 없으면 구름은 흐르지 않고 나뭇가지도 흔들리지 않는다. 바람이 없으면 바다도 숨죽인 채 고요하다. 열망(熱望)의 바람이 없으면 마음의 바다도 조용하다. 저 거친 파도와 같은 내 마음을 잔잔하고 고요하게 진정시키기 위해 길을 나선 첫날의 우주가 장엄하고 광활하다. 영원한 시간 속에 나는 한 점 바람이고 한 조각 구름이다. 아침 햇살에 스러지는 이슬이고 새벽안개다. 존재한 것 같지만 그런 적이 없고, 없는 것 같으나 위대하고 고상한 존재다. 어두운 제주항에 서서 넓고 고요한 마음을 가지고 잔바람에 물결이 일어도 깊은 평안을 유지하면서 유유히 흘러가는 바다의 지혜를 배운다.

세상은 넓고 할 일은 많다. 행운은 물레방아처럼 돌고 돌아, 어제 정상에 있었던 사람이 오늘 밑바닥에 깔릴 수도 있다. 최후에 웃는 자가 가장 신나게 웃는 자다. 셰익스피어는 "끝이 좋아야 다 좋다."라고 했다. 오늘까지의 삶을 아름답게 마무리하는 길, 그리고 그 위에서 보람찬 내일을 향해 준비하는 시간의 길을 가고 공간의 길을 가자. '땅에서 넘어진 자 땅을 딛고 일어선다.'고 했다. '거친 땅 위에서 굳어진 발굽을 가진 짐승은 어떠한 길도 걸을 수 있다.' '불은 금의 시금석(試金石)이요, 역경은 강한 인간의 시금석'이라고 했다. 창조적인 변화를 추구하며 멈추지 않고 열정적으로 도전했다. '나는 이 세상의 무대에 결코 조연이 아니다. 내 인생은 나의 것, 나는 내 인생을 멋있게 창조하리라.' 다짐하며 살았다. 소박한 성취감을 맛보며 나 자신과 어머니, 그리고 가족들에게 기쁨을 주었다. 눈물 젖은 빵을 먹어보았고, 미래에 대한 불안과 번민으로 가득한 불면의 밤에 수없이 울어보았다. 그럴 때면 아랫배에 힘을 주고 어금니를 악물었다. 세상에 공짜는 없었다. 모두가 피와 땀과 눈물의 3대 액체를 요구했다. 뜨거운 노력은 몸과 마음을 발달시켰다. 간절한 염원은 반드시 이루어진다는 사실을 깨달았다. 이제 남들이 가지 않은 내 마음이 담긴 길, 미지의 길을 간다. 소풍 가는 어린아이의 설레는 마음으로 개척자의 길을 간다.

어디서 묵을까. 자유를 찾아 내일의 꿈을 찾아가기 위해 하룻밤 몸을 눕힐 곳을 더듬어 발걸음을 옮긴다. 바다가 보이는 깨끗한 모텔에 자리를 잡

왔다. 샤워로 땀과 피로를 씻어낸 후 지현 스님의 에세이 『사람이 살지 않
는 곳에도 길은 있다』를 꺼내든다. 지난 설날, 눈 덮인 청량산을 홀로 등산
하고 내려오면서 구입한 청량사 주지 스님의 에세이다. 사람이 사는 곳에
서도 길을 찾지 못해 방황하는 중생이 산골 스님의 필력의 도움을 받아서
사람이 사는 곳은 물론 살지 않는 곳의 참된 길을 배우고자 책을 가져왔다.
세 해 전 '청산으로 가는 길' 도보여행 때는 법정스님의 잠언 『살아 있는
것은 다 행복하여라』를 들고 스님의 뜻이 나의 뜻이 되어 이루어지길 기원
하며 걸었다. 책장이 몇 장 넘어가니 눈꺼풀이 무겁게 내려온다. 청량사 산
행 때 귓가를 맴돌던 법당 스님의 염불소리가 자장가처럼 들려오며 지친
몸과 영혼이 깊은 잠속으로 빠져든다.

02

높이 나는 새가
멀리 본다

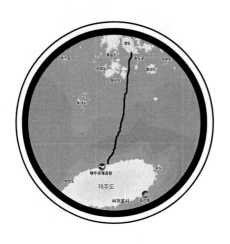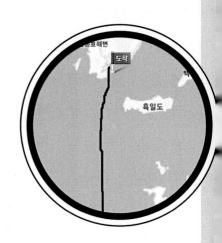

땅끝마을 해남으로(12km)

해 남

물의 나라 새가람마을 해남

"아침이었다. 빛나게 떠오르는 해가 고요한 바다의 잔물결 위에 금빛 햇살을 내렸다. 수많은 갈매기들이 몰려와 고깃배 주위를 날며 서로 먹이를 다투었다. 또다시 바쁜 하루가 시작되었다."

"거의 대부분의 갈매기들에게 중요한 것은 나는 일이 아니라 먹는 일이었다. 그러나 갈매기 조나단에게 중요한 것은 먹는 일이 아니라 나는 일이었다. 조나단은 그 어떤 일보다도 나는 일을 사랑했다." (리처드 바크의 『갈매기의 꿈』 중에서)

구약성경 창세기에서는 "빛은 어둠에서 나와 어둠을 몰아낸다."고 한다. 빛은 어둠에서 나와 어둠을 밝힌다. 지혜의 빛이 무지의 어둠을 몰아내니 '청출어람 청어람(靑出於藍 靑於藍)'이다. 빛의 상징인 태양이 서쪽으로 어둠을 몰아내고 모든 생명들이 찬란한 승리의 기쁨을 느끼는 아침이면 갈매기들도 바쁜 새로운 하루를 시작한다. 모두들 신선한 공기에 취해 바쁨 속에 움트는 생명력을 맛보며, 삶이 완성되어가는 행복감에 젖는다. 하지만 갈매기 조나단 리빙스턴은 바쁨으로 해서 간과하는 소중한 것들을 깨닫고 슬픔을 느끼면서, '아름다운 꿈과 미래를 향한 열정이 만난 그때가 행복'이라며 오늘도 푸른 바다를 날고 있다. 조나단의 생각은 행복의 참 기쁨이 무엇이며 어떻게 삶을 살아야 하는가, 인생을 의미 있게 만드는 것이 무엇인가에 있다. 그것은 '먹기 위해나는 것이 아니라 날기 위해 먹는 것'이었으며, '높이 나는 새가 멀리 본다.'는 것이었다. 그리고 조나단은 꿈과 현실의 괴리에서 싸운 전쟁터에서 진정한 승리자였다.

새벽4시, 온 세상이 고요하다. 바다도 잠들고 사람도 갈매기도 모두 깊은 잠에 빠져 있다. 조용히 무릎을 꿇고 눈을 감는다. 마음을 모으고 뜻을 모아 기도한다.

"나의 가는 길을 아시나니 나를 단련하여 정금같이 되게 하소서!"

아직 어둠이 채 걷히지 않은 시각, 거리를 나선다. 서서히 여명이 밝아오는 해변 길, 차도 사람도 잠에서 깨어난다. 제주항 여객 터미널에 도착하니 아직 시간 여유가 있다. 아침 식사를 위해 2층 식당으로 올라가자 주인 노부부가 환한 웃음으로 반긴다. "참으로 친절하게 맞아주시네요." 하고 인사하자, "제주대학 40년 교수생활 은퇴하고 소일거리로 아내를 도와주고 있는데, 집사람이 얼마나 친절한지 덩달아 그렇다오." 하며 은근히 할머니 자랑을 하고 웃는다. 식사를 마치고 매표소로 갔다. 이뿔싸, 여기는 제3부두 목포로 가는 터미널이니 완도는 제6부두 국제 터미널로 가란다. 남들이 알까 슬며시 나와 걸으며 웃는다. '아휴, 바보. 아는 길도 물어 가라 했는데.' 초행길에 커피까지 마시며 여유를 부렸으니 저절로 웃음이 나온다. 하지만 평소에도 길을 묻기보다는 판단에 따라 움직이는 습관이 있으니 어쩌랴. 10여 분을 걸어 국제 터미널에 도착하니 사람들이 붐빈다. 생동감이 느껴진다.

08시 20분, 드디어 뱃고동을 울리며 완도행 카페리 호가 출항한다. 서서히 움직이며 부두를 빠져나간다. 배는 이제 항구를 뒤로 하고 뱃길을 따라가야 할 자기의 길을 간다. 항구를 벗어나 넓은 바다로 향한다. 갈매기들이 끼룩끼룩 울며 날고 하얀 파도가 춤을 춘다. 일망무제(一望無際)의 아득한 수평선이 펼쳐진다. 파란 물결이 시원한 바람을 타고 일렁인다. 대지가 어머니면 바다는 넓은 가슴으로 안아주는 연인 같다고 하던가. 푸른 바다가 자신의 포용력을 뽐내며 출렁인다. 바다를 소재로 한 시 중에서 가장 오래된 고운 최치원의 시 '범해(泛海, 바다에 배를 띄우다)'를 떠올린다.

돛 달아 바다에 배 띄우니
오랜 바람 만 리에 통하네
뗏목 탔던 한나라 사신 생각나고
불사약 찾던 진나라 애들도 생각나네

해와 달은 허공 밖에 떠 있고

하늘과 땅은 태극 중에 있네

봉래산이 지척에 보이니

나는 또 신선을 찾겠네

배를 타고 바다에 나가자 먼 나라로 가던 사신도 생각나고, 불사약을 찾아 제주도에 와서 헛되이 세월을 보낸 진시황의 사자들도 생각난다. 그저 욕심 없이 금강산에 들어가 세상을 관조하는 신선이 되고 싶다는 내용이니 내 마음과 딱 들어맞는다.

선상에 올라가니 눈부신 태양이 푸른 바다를 향해 강렬하게 빛을 내리고 있다. 바다는 그 빛을 받아 반짝인다. 바다와 태양, 그들은 얼마나 오랜 세월을 이렇게 함께 호흡을 나누며 지내왔을까. 태양은 인간사에 어떤 의미를 지니고 있을까. 인류의 역사에는 태양에 대한 존경심을 나타내는 무수한 조각과 벽화가 있다. 태양은 매일 아침 대지를 밝게 비추며 동쪽에서 떠오른다. 그 빛으로 인류에게 안정감과 따뜻함을 가져다주고 어둠, 혹한, 밤의 맹수로부터 인류를 지켜주었다. 태양 없이는 어떤 생명체도 존재할 수 없다는 사실을 알게 된 인류는 태양을 최고의 숭배 대상, 곧 태양신으로 섬긴다. 고대 이집트에서는 태양신 호루스에 대한 숭배사상을 가졌었고, 잉카제국이나 아즈텍 문명에서는 태양신에게 살아 있는 인간의 심장을 바쳤다. 인류는 동서양을 막론하고 태양을 숭배했다. 오늘날 과학과 문명이 발달하여 비록 태양을 신으로 섬기지는 않는다 할지라도, 태양은 여전히 인류와 모든 생명체에게 생명의 빛을 주고 정기를 주는 감사의 존재다. 그래서 새해 첫날에 떠오르는 태양을 보고 사람들은 종교를 초월하여 간절한 마음으로 기도한다. "세상이 시작된 이래 태양이 그 빛을 비추지 않은 적이 없다. 하지만 우리는 태양의 모습을 보지 못하면 자주 그의 변덕을 불평

한다. 그러나 진실로 비난받아야 할 것은 구름이지 태양은 아니다. 구름 뒤에서 태양은 늘 비추고 있으니까." J. 옥스님의 말이다. 언제나 태양은 구름 뒤에서 빛을 발하고, 모든 밤에는 반드시 태양이 찾아온다. 반드시 내일은 내일의 태양이 뜬다.

완도까지는 3시간이 소요된다. 2등 선실, 아이들은 넓은 실내를 뛰어다니고 한 쪽에는 고스톱, 또 다른 쪽에는 연인들과 가족들이 오손도손 정겹다. 선창에 올라 멀어지는 제주도를 바라본다. 간다. 이제 육지로, 땅끝으로 간다. 땅의 시작점으로 간다. 바다가 끝나는 곳으로 간다. 어제는 하늘길로 제주도에 왔다. 오늘은 뱃길로 육지로 간다. 내일부터는 땅 위의 길을 걸어 바라는 바 통일전망대로 간다. 망망대해가 펼쳐진다. 간간이 어선들이 보인다. 갈매기들이 무리를 지어 바다 위를 날아간다.

사람이 책을 만들지만 책은 사람을 만든다고 한다. 한 권의 책은 한 사람의 인생을 변화시킬 수도 있다. 갈매기를 보면 언제나 리처드 바크의 『갈매기의 꿈』이 생각난다. 외롭고 힘들었던 시절 시골집 뒷산 청산(靑山)에 올라 읽은 『갈매기의 꿈』은 내 삶에 큰 영향을 주었다. 더 높이 더 멀리 더 빠르게 더 멋있게 비행하기 위해 외롭게 도전하는 갈매기 조나단은 갈매기이지만 다른 갈매기와는 달랐다. 생각이 다르고 하늘을 나는 층위가 달랐다. 조나단이 들어갔던 새로운 하늘, 새로운 땅을 떠올리면 힘들고 우울할 때 언제나 위로를 받고 새 힘을 얻었다. 조나단의 새로운 세계를 향한 열정은 언제나 내게 더 나은 꿈을 꾸게 했고, 어지러운 현실을 멋있고 힘차게 뚫고 나오도록 했다. 방황하고 괴로웠던 그 시절 그때 조나단을 만난 것은 내 인생의 큰 행운이었다. 갈매기의 꿈은 나의 꿈이 되었다.

인생을 설계하는 것은 건축가가 집을 짓는 것과 같다. 설계 없이 아무렇게나 집을 짓는다면 그 집은 어떤 모습일까. 인생살이도 마찬가지다. 인생의 설계는 자신이 소망하는 미래의 모습을 미리 그려보는 것이다. 멋진 미래의 구상을 하고 그 꿈이 이루어졌다고 상상하면 그 자체로 생활의 활력이 되고 힘이 솟는다. 멋있는 미래의 자신이 오늘의 자신을 보고 있다고 생각하면 힘들고 어려워도 저절로 힘이 난다. 내가 꿈꾸는 삶, 행복한 인생을 위해 어떻게 살아야 하며 내 인생에서 진정 소중히 여겨야 할 것은 무엇인가 하는 자문을 하면서 나의 인생관과 가치관이 형성되어 왔다.

고등학교를 졸업할 무렵 내 인생이 어디로 흘러갈 것인지, 어디로 가야 하는지 몰라 방황했다. 어린마음은 황량한 사막 한가운데 버려지고 망망대해에 떠다녔다. 갈 길 잃은 어린 사슴이었다. 그럴 때면 고향집 뒷산인 청산에 올라 눈물을 흘렸다. 청산 끝자락 마당바위에 올라 소리 내어 울었다. 큰소리로 신을 원망하고 세상을 원망하며 울부짖었다. 시장터의 살던 집을 팔고, 청산의 고추밭에 방 두 칸 허름한 집을 지어 손수레에 짐을 싣고 눈물 흘리며 이사를 한 때가 고등학교 3학년이었다. 그날 이후 청산은 나의 소중한 벗이 되었다. 실의에 빠져 청산의 절벽에 앉아 먼 하늘을 바라보았다. 그러던 어느 날 파란 하늘 아래 펼쳐진 산과 들판, 절벽 아래를 흐르는 물을 바라보며 갈매기 조나단이 스쳐갔다. "인간은 한 마리 새, 날개 없는 한 마리 연약한 새다. 신은 그 연약한 새를 저 절벽 아래 물가에 버려놓고 '절벽 끝 정상으로 걸어서 올라가라. 그것이 너의 삶이다.' 라고 외친다는 것"이었다. 새들은 날개가 없어 연약한 두 다리로 걸어 올라간다. 넘어지고 깨지면서 더러는 떨어져 상처를 입고, 더러는 떨어져 목숨을 잃는다. 더러는 포기하고 머무르는가 하면, 더러는 뛰어내려 스스로 생을 마감한다. 그리고 피와 땀, 눈물로 정상까지 올라가는 새가 있으니 그 새가 바로 '초인(超人)' 이다. 그리고 나는 포기하지 않고 끝까지, 정상까지 올라가는 초인이 되리라 다짐했다. 당시 나는 니체의 『짜라투스트라는 이렇게 말했다』와 『인간적인, 너무나 인간적인』 등 니체의 책을 탐독하고 있었고, 갈매기 조나단은 초인이 되어 내 마음속으로 찾아왔다. '신은 죽었다'고 선언한 니체는 "인간은 볼이 붉은 동물에 불과하고, 볼이 붉은 것은 너무 많은 치욕을 겪었기 때문이며, 인간의 역사는 치욕의 역사"라고 했다. 그리고 인간이 나아갈 목표는 창조적인 자유인, 곧 '초인'이 되는 것이라고 했다. 나아가 니체는 쾌락과 만족에 빠진 '최후의 인간'과 끊임없이 한계에 도전하면서 더 높은 곳으로 자신을 끌어올리며 자신의 운명을 개척해 나가는 생명력을 지닌 '초인'을 대비시켰다. 불행히도 니체의 이러한 생각은 히틀러(1889~1945)에 의해 완벽하게 왜곡되었지만, 조나단과 초인은 책으로 만난 나의 젊은 날의 우상이 되었다. 조나단은 무리에서 추방을 당해 외로웠지만 꿈이 있었다. '높이 나는 새가 멀리 본다.'는 꿈이었다. 그래서 좀더 높이, 좀더 빨리, 좀더 멋있게 비행하고자 하는 불굴의 의지로 처절하게 몸부림치며 날았다. 그리고 마침내 조나단은 '초인'이 되어 새로운 하늘, 새로운 땅을 볼 수 있었고 그 하늘을 자유롭게 날 수 있었다. 외롭고 힘들었던 그 시절 조나단은 나의 멘토였고 길잡이였다.

고등학교를 졸업하고 대학 진학을 포기한 나는 시골의 부유한 집 아이들 가정교사를 하며 대구시 공무원 시험에 응시, 합격하여 이듬해 공무원 생활을 시작했다. 그리고 다시 세무직 공무원 시험에 응시해서 세무 공무원이 되었고, 30여 년이 지난 지금 세무사로 활동하고 있다. 세금의 길은 나의 천직(天職)이 되었다. 어느 날 어머니의 밀린 세금을 받기 위해 집으로 찾아온 세무 공무원을 본 것이 세금과의 인연의 시작이었다. 당시 어머니는 시골의 5일 장날 국밥과 막걸리 장사를 하고 계셨다. 어머니는 아들이

"안동교대를 졸업하고 초등학교 선생이 되었으면." 하는 말씀을 하셨지만, 대학 진학을 포기한 나는 공무원으로 세상에 진출했다. 그 당시 장날 저녁이면 어머니에게 빚을 받으러 오는 사람들이 줄서 있었다. 어머니는 다음에 갚겠다고 사정했고, 어머니의 소원은 '빚 없이 살아보는 것'이었다. 1979년 11월, 안동세무서로 첫 발령을 받은 나는 제일 먼저 어머니의 사업자등록 폐업을 시켰다. 30년 가까운 세월 어머니의 장날 막걸리와 국밥장사는 그렇게 막을 내렸다. 얼마 되지 않는 월급봉투였지만 어머니에게 드릴 때 그 기쁨은 말할 수 없었다. '가난이 일찍 철들게도 하고 효자를 만든다.'고도 한다. 그러나 마음이 너무나 힘들었던 스물한 살, 친구들은 대학에서 공부하는 그 나이에 나는 돈을 벌어야 했다. 그 길은 남들이 가지 않은 특별한 길이 되어 젊은 날의 방황과 좌절로 다가왔다. 그렇게 거친 들판 위에서 나를 구해준 친구는 책과 산, 그리고 술이었다.

오백년 고려문학의 최고봉 이규보(1168~1241)는 7000~8000편의 시를 지은 대문호로 한국의 이태백이라 불린다. 이태백이 당의 현종과 양귀비에게 시를 읊으며 한탄의 술을 마셨다면, 이규보는 최씨 무인정권의 시인이 되어 뒤늦게 관직에 나아가 술과 시를 즐겼다. 술이 없으면 시를 짓지 못하는 주선(酒仙)인 그는 시, 술, 거문고를 좋아해서 삼혹호 선생이라 불린 한량이었다. 그는 실의에 빠져 고단한 삶을 노래하고 '동명왕편'을 지어 국가의식을 고취시키며 고려의 희망을 노래했다.

> 술이 없으면 시도 지어지지 않고
> 시가 없으면 술도 마시고 싶지 않아
> 시와 술을 내 모두 즐기니
> 서로 어울리고 서로 있어야 하네
>   - 후략 -

나는 공무원 생활을 시작하면서 술을 배웠다. 술은 자신을 잊게 해주고 위로가 되었다. 술은 달콤한 유혹이었다. 주말이면 산으로 갔다. 땀을 흘렸다. 한 발자국씩 내딛을 때마다 땀방울이 떨어졌다. 그것은 술이었고 한(恨)이었으며 아픔의 눈물이었다. 조나단의 외로운 투혼이었다. 그렇게 자신을 학대하고 위로하는 가운데 또 다른 탈출구는 책이었다. 책을 읽는 것은 즐거웠다. 동서양 고전과 역사, 문학서적은 사고의 영역을 넓혀주었다. 역사 속의 위인들을 통해 새 희망을 얻었다. 잠이 오지 않는 불면의 밤, 책을 읽으며 뜬눈으로 지새운 날들이 부지기수(不知其數)였다. 열심히 책을 읽는 가운데 세상을 보는 시야가 넓어졌다. 이 세상에서 가장 비극적인 존재에서 나보다 훨씬 더 불행하고 어렵고 억울한 사람들이 존재한다는 사실을 깨닫게 되었다. 시간과 공간을 넘나들며 수많은 인생들을 만날 수 있었다. 독학으로 후대에 이름을 남긴 옛 위인들을 접하면서 대학은 가지 못해도 독서를 통해 폭넓은 인생 공부를 하자고 다짐하기도 했다.

　책 속에는 인류의 역사가 있고, 모든 시대의 축적된 경험과 지식이 있다. 책은 슬픔과 고통을 겪을 때 위로해주고, 자연의 아름다움과 경이로움을 나타내 보여준다. 때로는 지루한 시간을 즐거운 순간으로 바꿔준다. 좋은 책은 좋은 친구다. 가장 훌륭하고 총명한 친구다. 책은 마음밭을 가꾸는 쟁기다. 책 아닌 책도 많다. 그런 책을 읽는 것은 시간 낭비일 뿐만 아니라 마음이 오염되어 설사를 할 수도 있다. 책을 선택하는 것은 친구를 선택하는 것만큼 소중하다. 자신의 행동에 대한 책임을 져야 하듯이 책을 선택한 책임은 스스로 져야 한다. 책은 오락으로 읽는 것도 필요하지만 자기 발전을 위해 읽어야 한다. 책은 간접경험이요, 대리만족이다. 직접경험은 간접경험보다 많은 기회비용이 들어간다. 경험으로 현명해지려면 많은 비용과 위험을 감수해야 한다. 경험으로 사는 지혜는 값비싼 지혜다. 책은 그 비용을 줄여주고 값싸게 내적 성장을 도와준다. 안중근 의사는 "하루만 책을 읽지 않아도 입에 가시가 돋는다(一日不讀書口中生 荊棘)."고 했다. 책은 과거의 쓰레기요, 가버린 죽은 지혜가 아니라, 아무리 오래되어도 시대에 맞게 사람들의 가슴속에 살아 움직이는 진리의 횃불이 된다. 책이 달콤한 어떤 다른 유혹보다 더 좋은 것을 안다면 옛 선비의 고고함이 부럽지 않을 것이며, 마음의 유랑이 광활한 온 우주를 활보하며 자유를 만끽할 것이다.

2002년 말, 리처드 바크의 『갈매기의 꿈』을 수백 권 사서 지인들에게 선물로 보내며 친구 조나단을 소개했다. 조나단은 "높이 나는 새가 멀리 본다!", "먹기 위해 나는 것이 아니라 날기 위해 먹는다."며 오늘도 끝없이 나래를 움직이며 힘차게 날고 있다. 그래서 오늘 이 배 위에서 다시 반갑게 조나단을 만난다. 많은 세월이 흘러 이제 머나먼 순례의 길을 나서는 이 순간 그 날의 조나단이 찾아오고, 나는 다시 조나단이 되어 새로운 하늘, 새로운 땅을 찾아 나서는 길을 간다. 푸른 바다 위를 유영하는 갈매기들이 뱃머리에 선 외로운 나그네의 상념의 깊이를 더해준다.

11시 30분, 배는 청해진 완도에 도착했다. 이제 다시 보길도로 가기 위해서는 10여km 떨어진 화흥포항으로 걸어가야 했다. 군청을 지나고 고개를 넘으니 한적한 시골길이다. 산새들이 낯선 침입자에게 놀란 듯 요란스럽다. 며칠 전만 해도 추웠는데 따뜻한 날씨의 남도(南道)에는 풀벌레들이 합창을 한다. 농가의 개들이 짖어댄다. 지나가는 흰 구름이 싱긋 웃는다. 휴게소에서 추어탕으로 식사를 하고 나니 몸이 나른해진다. 다시 길을 나서 걷는데 눈을 의심케 한다. 할아버지 할머니가 밭에 거름을 뿌리고 있다. '아니! 벌써 농사일을 하다니. 며칠 전만 해도 수도권에는 눈이 왔는데…' 다른 농부들도 땀 흘려 일하는 모습들이 보인다. 봄이구나. 봄이 왔구나. 따뜻한 남도에 정말 봄이 왔구나. 얼어붙은 대지에 다시 봄이 움트고 있다. 봄기운이 온갖 생명을 깨운다. 봄볕, 봄비, 봄바람은 겨우내 움츠려 있던 온 세상에 생명력을 북돋운다. 봄 향기 감돌고 미풍(微風)이 미풍(美風)이 되어 속삭인다.

폴란드 명언에 봄은 처녀, 여름은 어머니, 가을은 미망인, 겨울은 계모라며 사계절(四季節)을 여인에 비유한다. '봄은 처녀처럼 부드럽다. 여름은 어머니처럼 풍요롭다. 가을은 미망인처럼 쓸쓸하다. 겨울은 계모처럼 차갑다' 는 것이다. 봄처녀가 생명의 젖가슴으로 대지의 문을 두드린다. 봄은 생명이요, 희망이요, 기쁨이다. 마음의 밭에 낭만의 씨를 뿌리고, 희망의 씨를 뿌리고, 용기의 씨를 뿌린다. 바람이 불어와 봄을 어루만진다. 어느 누가 봄바람을 혜풍(惠風), 여름바람은 훈풍(薰風), 가을바람은 금풍(金風), 겨울바람은 삭풍(朔風)이라 했던가. 봄바람은 은혜로운 바람이다. 봄바람이 얼굴을 스치면 마음이 부드러워진다. 봄바람이 초목을 어루만지면 향기로운 봄꽃들이 기지개를 켜고 나와 향기를 뿌린다. 개나리가, 진달래가 피고, 목련과 라일락꽃이 피고, 온갖 들풀들도 저마다 자태를 자랑한다. 나비가 찾아오고 종달새가 지저귀고, 시냇물이 흐르고 대지가 생명의 소리를 질러대는 계절 봄이 왔다. 자연이 베푸는 위대한 교향곡이 울려 퍼지는 아름다운 봄의 서막이 열리고 있다. 싱그러운 마음이 들고 발걸음이 빨라진다. 마치 춤추듯 걸어간다. 봄소식의 흥취에 가벼운 발걸음이 멋을 낸다. 걷는 기쁨이 새삼 밀려온다.

사람이 동물과 다른 점은 꼿꼿이 서서 두 발로 걷는다는 것이다. 두 발로 걷자 두 손이 해방되어 유능한 도구가 되고, 그 손은 믿을 수 없을 만큼 풍부한 3000여 개의 표현을 할 수 있는 표현력을 가졌다. 이는 네 발을 사용하는 다른 동물들과는 비교할 수가 없었다. 손을 사용하면서 지적 능력이 더욱 향상되고 오늘날 문명을 이뤄냈다는 것이다. 직립보행은 인간에게 큰 축복이다. 걷는다는 것은 존재의 확인이다. 인간은 태어나면서 몸을 뒤집고, 기고, 일어나 앉고, 걷는 과정을 거쳐 자연스레 성장한다. 걷는 것은 그 어떠한 운동보다도 건강에 좋다. 현대생활은 바쁘게 진행된다. 걷는 시간을 벌기 위해서는 남들보다 일찍 일어나고 남들보다 더 부지런해야 한다. 가장 느린 발걸음이 가장 빠른 여행이라는 이치다. 예로부터 우리나라 건강법에는 약으로 몸을 보하는 약보(藥補), 음식으로 몸을 보하는 식보(食補), 걷기를 통하여 몸을 보하는 행보(行補)가 있었다. 건강하고 행복한 삶을 위해서는 행보를 소중히 여기는 것이 삶의 지혜다. '의학의 아버지'로 불리는 고대 그리스의 의성(醫聖) 히포크라테스는 '걷는 것이 최고의 건강법'이라며 찾아오는 웬만한 환자들에게 약 대신 걷기 처방전을 주었다고 한다. 현대의학이 말하는 걷기운동의 유익한 점은 아주 많다. 우선 심장기능을 향상시키고, 혈압을 정상적으로 유지시키며, 당뇨 발생이 줄어들고, 성기능이 향상되고, 뇌졸중 발생 위험이 감소한다. 그 외에도 비만이 개선되는 등 걷기운동의 유익은 거의 만병통치 수준이다. 미국의 케네디 전 대통령은 걷는 것을 광적으로 좋아해 매주 80km 이상을 걸어 왕성한 체력으로 정치를 했다는 것이다. 나 홀로 걷는다는 것은 새로운 세상을 향한 비상이다. 발로, 다리로, 온몸으로 걸으면서 스스로 몸의 주인임을 자각한다. 걸어서 가는 이 길이 즐겁다. 걸어갈 수 있어 너무나 행복하다.

봄바람이 볼을 스치는 완도(莞島), 발걸음이 느려서 아름다운 섬 완도를 걷는다. 완도는 한반도의 끝자락에 위치해 다도해의 빼어난 풍광을 자랑하는 고장이다. '바다를 제패하는 사람이야말로 세계를 제패할 수 있다.'고 한 장보고가 청해진을 설치하여 해상권을 장악하고 중국과 일본과의 교역로를 개설했다. 완도는 지금 세계 속의 해양 도시로 발돋움하고 있는, 200여 개의 섬으로 된 우리나라 제1의 청정지역이다. 섬이란 사면이 바다로 둘러싸여 다리나 방파제로 육지와 연결되어 있지 않은 지역을 말한다. 완도는 육지와 연결되어 이제 더 이상 섬이 아니다. 우리나라의 섬은 모두 3150여 개가 있으며, 그 중 사람이 살고 있는 섬은 400여 개다.

완도군에는 우리나라 사람들이 가보고 싶어 하는 섬으로 1위인 청산도(靑山島)가 있다. 다도해 국립공원의 보석 같은 섬으로 바다, 하늘, 그리고 섬의 산과 들이 모두 푸른빛이 돌아 '청산도' 라는 이름을 얻었다. 청산도는 완도에서 뱃길로 40분 거리에 있는, 시간도 쉬어가는 '슬로우' 섬이다. 서편제의 진도 아리랑을 찍은 촬영지가 되면서 뭍사람들에게 알려진 청산도를 걷다보면 절로 발걸음이 느려지며 천천히 자신을 돌아보게 된다. 느려터져 아름다운 땅, 느림의 행복을 맛보게 하는 청산도는 아시아에서 최초로 지정된 '슬로시티(Slow City)' 다. 슬로시티는 '속도의 구속에서 벗어나 느림과 여유를 추구하는 도시' 라는 의미로 1999년 이탈리아의 작은 도시에서 출발했다. 글자 그대로 '빨리' 가 아닌 '느림' 을 지향하는 전 세계적인 캠페인이다. 우리나라는 지금 완도군의 청산도, 담양의 창평면, 장흥의 유치면, 하동의 악양면, 신안의 증도면이 슬로시티로 지정되어 있다. 단순, 느림과 여유, 쉼을 상징하는 청산도의 '슬로우길' 은 제주도의 올레길, 지리산의 둘레길, 북한산의 둘레길 등과 차별화되는 또 하나의 걷기 명소이다.

드디어 멀리 화홍포 항이 보인다. 화홍포항 가까이 이르니 뱃고동을 울리며 한 척의 배가 항구에서 미끄러지듯 빠져나간다. 아뿔싸, 1분 늦었다. 다음 배는 한 시간 뒤, 기다려야 했다. 순간, 기다리는 것이 아니라 화홍포항에서 한 시간의 향연(饗宴)을 즐길 수 있는 기회가 왔다고 생각된다. 시간의 주인은 나 자신이기 때문이다. 정박해 있는 다음 배에 올라타 아무도 없는 선실에 드러눕는다. 창밖으로 푸른 하늘이 보이고 조각구름이 보인다. 한가로움의 멋을 누리며 사색에 잠긴다.

인생은 한 그루 나무와도 같다. 나무는 하늘을 향해 가지를 펼치지만 땅속으로 깊이 뿌리를 내린다. 뿌리가 깊은 나무는 바람에 잘 쓰러지지 않는다. 용비어천가는 "뿌리 깊은 나무는 바람에 아니 흔들릴새 꽃 좋고 열매 많으니, 샘이 깊은 물은 가뭄에 아니 그츨새 내가 되어 바다로 가느니" 라고 노래한다. 키가 크고 뿌리가 얕으면 작은 바람에도 견디지 못한다. 키가 자라는 만큼 뿌리도 깊이 내려야 한다. 인생에 대한 진지한 고민과 사색은 인생의 뿌리를 깊이 내리는 것과 같다. 그래야 인생의 풍파에 쉽게 휩쓸리지 않는다. 인생은 복잡하고 오묘하다. 내 의지와는 상관없이 침몰되기도 하고, 자고 나니 하루아침에 유명해지기도 한다. 천국과 지옥을 오르내리는 연속이다. 그러나 모든 것은 마음이 만들어 내는 것. 태산처럼 흔들리지 않는 깊은 마음의 뿌리를 갖는 것이 인생의 성장이다. 하늘 높이 자라기 위해 깊은 뿌리를 내리는 머나먼 외로운 길을 간다. 시간의 주인이 되어 멋과 여유를 만끽하며 파란 하늘을 쳐다본다. 공간의 주인이 되어 자유로운 여행을 즐긴다. '승자는 시간을 관리하며 살고, 패자는 시간에 끌려가며 산다.' 고 하지 않는가. 나그네의 묘미를 만끽하는 순간이다. '구겨진 종이가 멀리 날아간다.' 고 하듯 놓쳐버린 배에 대한 아쉬움이 생각을 바꾸니 더 큰 기쁨이 되어 다가온다.

우리의 인생에는 몇 시간이 주어질까. 80년을 산다고 가정하면 하루는 24시간, 일주일은 168시간, 한 달(30일)은 720시간, 일 년(365일)은 8760시간이니 80년은 무려 70만 800시간이다. 이렇게 많은 시간을 지니고도 현대인은 시간에 쫓기며 살아간다. 시간압박은 현대인의 큰 스트레스이고 질병의 원인이다. 스위스의 한 노인이 80년 동안의 삶을 돌아보았다. 잠자는 데 26년, 식사하는 데 6년, 세수하는 데 228일, 넥타이 매는 데 18일, 다른 사람이 약속을 안 지켜 기다리는 데 5년, 혼자 멍하니 공상하는 데 5년, 담뱃불 붙이는 데 12일을 소비했다고 한다. 또한 하버드대학교에서 현대의 미국인이 평생 동안 보내는 시간을 조사하여 계산을 하니 잠자는 데 28년(약 24만 5천 시간), TV 시청에 13년 3개월(약 11만 시간), 아무 일도 하지 않고 빈둥거리는 데 4년(약 3만 5천 시간)을 보낸다고 한다. 의식하지 못하는 사이에 시간은 흘러간다. 똑딱 똑딱 하는 소리는 죽음이 다가오는 소리, 남은 인생이 줄어드는 소리다. 소중한 인생을 낭비하지 말고 살아야 한다.

인생에서 목표를 이루기 위해서는 반드시 시간과 노력이 필요하다. 성공적인 삶과 여유 있는 삶, 두 마리 토끼를 다 잡을 수 있는 방법은 무엇일까. 그것은 결국 시간을 효과적으로 관리하는 것이다. '시간을 지배하는 것은 인생을 지배하는 것'이라고 한다. 시간에 쫓기며 떠밀려 가는 삶이 아니라 시간을 능동적으로 관리하고 정복하는 것은 인생의 가장 소중한 기술이다. 세계적인 경영 컨설턴트이자 자기계발 전문가인 피터 드러커는 시간 관리의 세 가지 원칙으로 '시간사용을 기록하라, 시간사용을 점검하라, 그리고 시간사용을 개선하라.'고 한다. 『성공하는 사람들의 7가지 습관』의 저자인 스티븐 코비는 목표의 시급성과 중요성에 따라 우선순위를 정하여 '소중한 것부터 하라'는 유용한 방법을 제시한다.

가슴에 나비문신을 새겨 빠삐용(나비)이라는 별명이 붙은 한 사나이가 악덕 포주를 살해한 혐의로 종신형을 선고 받고 절해고도(絶海孤島)의 수용소에 갇혀 있다. 단순 금고털이범이었던 그는 살인죄의 누명을 쓰고 억울하기 그지없었다. 수용소에서 비인간적인 구타와 굶주림으로 시달리다가 탈출을 시도한

끝에 아홉 번 만에 성공했다. 앙리 샤리에르는 62세 때인 1968년 자전적 소설 『빠삐용』을 출간했고, 이는 영화로 만들어져 불후의 명작이 되었다. 꿈속에서 빠삐용이 저승사자에게 심판을 받는 한 장면이다.

빠삐용 : 저는 결백합니다. 죽이지 않았어요. 증거도 없이 뒤집어씌운 거예요.

심판자 : 그건 사실이다. 너는 살인과는 상관없어.

빠삐용 : 그렇다면 무슨 죄로?

심판자 : 인간으로서의 가장 중죄, 인생을 낭비한 죄다!

빠삐용 : 그렇다면 유죄요. 유죄…, 유죄…, 유죄…, 유죄….

빠삐용은 살아온 자신의 젊은 날을 아무렇게나 허비하며 보낸 죄를 인정한다. 인생을 헛되이 낭비하는 중죄를 저지르고도 죄의식을 느끼지 못하는 것이 보통사람들이기에 이 이야기는 많은 공감과 깨우침을 준다.

미하엘 엔데의 『모모』는 시간을 훔치는 도둑과 그 도둑이 훔쳐간 시간을 되찾아주는 한 소녀에 대한 이상한 이야기다. 모모는 철부지고, 모모는 방랑자며 모모는 생을 쫓아가는 시계바늘이다. '인생은 70년, 22억 7백 52만 초가 주어진 시간인데, 사람들은 이 시간을 도둑맞고 산다.'고 하는 시간저축은행 영업사원 회색신사들로 인해서 바쁘게 일만 하는 이웃사람들에게 모모는 '평범한 일상도 소중하다.'며 용기와 기쁨, 신념을 주고 잃어버린 시간을 찾아준다. 모모는 시간의 지배자다. 내 시간의 지배자는 자신이다. 평범한 일상, 느려터진 삶의 시간도 내 삶의 일부분이다. 매일같이 반복되는 삶이지만 엄밀한 의미에서 반복은 없다. 어제는 어제의 삶을 살고, 오늘은 오늘의 삶을 사는 것이다. 지나간 어제의 일로 삶을 허비하지 말고 누려야 할 한 번뿐인 신비한 오늘을 좋은 것들로 채워야 한다. 시간의 주인이 되어 쳐다보는 푸른 바다 푸른 하늘이 이런저런 가르침을 준다. 대화의 상대가 없는 나그네에게 침묵이 주는 선물이다.

드디어 배가 고동소리 힘차게 울리며 바다 한가운데로 나아간다. 노화읍 동천항을 거쳐 보길도에 도착했다. 고산 윤선도(1587~1671)가 머물렀던 아름다운 섬 보길도, 고향인 해남에 있을 때 병자호란 소식을 듣고 배를 타고 강화도에 이르렀으나 인조는 이미 남한산성에서 항복한 후였다. 이에 울분을 참지 못한 고산은 세상을 등지고 제주도로 가던 중 보길도의 산세에 매혹되어 머물게 되었다고 한다. 조선중기 시조문학 최고의 작가인 고산이 이곳 낙서재에서 읊은 시조이다.

보이는 것은 청산이요 들리는 것은 거문고 소리인데
이 세상 무슨 일이 내 마음에 들겠는가
가슴에 가득 찬 호기를 알아줄 사람도 없이
한 곡조 미친 노래를 혼자서 읊네

청산에서 거문고 소리를 들으며 살아가는 데 이보다 더 마음에 드는 일이 무엇이 있겠느냐는 고산이 부럽다. 고산은 자신이 정착한 일대 마을의 산세가 연꽃을 닮았다 하여 부용동이라 불렀다. 부용(芙蓉)은 연꽃의 다른 이름이다. 부용동 정원이야말로 고산이 꾸민 새로운 이상향으로서 크게 세연정, 낙서재, 동천석실로 나뉜다. 그는 문학적 자질이 뛰어났을 뿐 아니라 음악에도 조예가 깊고 특히 거문고를 좋아했다. 고산 윤선도는 보길도에서 13년간 은거했다. 물과 돌, 소나무, 대나무, 달을 일컬어 다섯 친구라 하여 '오우가(五友歌)'를 부르면서 자연과 함께 생활했다. 적선(積善)과 근검(勤儉)을 중요한 덕목으로 삼은 고산은 큰아들에게 "나는 50이 넘어서야 명주옷이나 모시옷을 입었는데, 시골에 있을 때 네가 명주옷 입은 것을 보고 몹시 불쾌했다."라며 사치스러움을 멀리할 것을 가르쳤다. 시대와의 불화로 은둔생활을 했지만 세상을 밝히는 주옥같은 시와 저서들을 펴내며 살아간 고고한 선비의 삶이었다.

서쪽 하늘에는 눈부신 태양이 강렬한 빛을 내뿜고, 갈매기 나는 바다 위에 잔잔한 파도가 소리 없이 일렁인다. 윤선도는 땅끝에서 제주도를 가다가 보길도에 머물렀지만, 나는 오늘 그 반대인 제주도에서 보길도를 들러 땅끝으로 가고 있다. 문득 세상을 등지고 자기답게 살기 위해 자신의 길을 찾아 떠나가는 고산이 부러워진다.

드디어 멀리 땅끝전망대가 보인다. 바다 위에 솟은 전망대 너머로 해가 진다. 땅끝마을이 보인다. 뱃머리에 서서 땅끝을 바라본다. 드디어 땅끝, 토말(土末)에 왔다. 아니, 땅의 시작점에 도착했다. 땅의 끝에 가보고 싶었다. 그 끝이 새로운 시작임을 확인하고 싶었다. 그곳에는 희망에 찬 무엇인가가 기다리고 있을 것이라 믿었다. 길을 가는 옛사람들은 길이 끝나는 곳에 평화와 안식이 있을 거라 믿고 길을 갔다. 산을 넘고 물을 건너는 수고로움에 종교적인 고양감을 느껴 석탑을 세우고 장승을 세웠다. 오늘 하루 바다의 끝을 달려와 육지가 시작되는 곳에서 기다리고 있을 신비감을 맛본다. 갈두리 선착장에 내려 땅의 끝에 세워진, '땅끝마을'이라 새겨진 표지석을 만져본다. 제주도에서부터 땅끝까지 동행해주었던 태양이 수평선 너머로 사라지고 땅거미가 밀려온다. 뱃길 따라 달려온 하루, 전망대에 올라 지나온 길을 돌아본다. 지금 이 순간, 여행의 묘미를 만끽한다. 예측할 수 없음이 불안이 아니라 흥미롭게 다가온다. 미지의 세계에 대한 도전, 세상을 바라보는 시선에 주는 신선한 변화, 자기만의 진지한 시간을 가지는 낯선 만남 속에 새로운 지혜를 얻는다. 마음 저 깊은 곳으로의 여행, 알았으나 느끼지 못했고 느꼈으나 표현하지 못했던, 표현하기조차 부끄러웠던 그곳으로 걸어가는 이 여행이 아

름답다. 두 발로 걸어가는 공간 속에서 내면을 찾아가는 모험과 투쟁의 여행은 멋이 있고 맛이 있다. 한 걸음 한 걸음 둘러보는 느림의 미학이 있는 걷기, 도보여행은 화려하기보다는 소박하다. 현대식이라기보다는 고전적이다. 인위적인 멋보다는 자연의 멋을 준다. 니체는 "진정으로 위대한 생각은 걷기로부터 나온다."고 했다. '세상에서 가장 먼 거리는 머리에서 가슴까지'라는 그 거리를 걸어서 간다. 평생을 가도 닿지 못한다는 그 거리, 머리로 알았다고 해서 마음으로 느껴지지 않는 이성과 감성의 거리, 그러나 다름을 즐길 줄 알고 조화롭게 승화시켜가는 것을 배우는 것이 걸어서 가는 여행의 최고의 유익이다. 도보여행은 길에 대한 사랑이요 모험이요 전투다. 소통이고 발견이다. 깨달음이고 자유이며 은총이다.

아름다운 순간순간이 스쳐간다. 저 푸른 바다를 헤쳐오며 오늘 하루 몸과 마음을 씻었다. 산뜻한 모습으로 가야 할 길을 바라본다. 고행을 떠나는 순례자가 간다. 세속의 길을 가며 속세를 떠난 구도자의 길을 간다. 편력의 길, 자유의 길을 간다. 성찰의 길, 이상향을 찾아간다. 방랑의 길, 바람처럼 구름처럼 흘러 다니는 풍운아(風雲兒)의 길을 간다. 허탄한 마음을 추스르고 욕망의 짐을 내려놓아 가벼운 발걸음으로 길을 간다. 법구경(法句經)에서는 말한다.

> 황금이 소나기처럼 쏟아질지라도
> 사람의 욕망을 다 채울 수는 없다
> 욕망에는 짧은 쾌락에
> 많은 고통이 따른다

채워지지 않는 욕망의 길이 아닌 버림의 길을 간다. 생사윤회의 근본 요인인 탐욕, 분수 밖의 욕구인 탐욕을 버리는 무소유의 길을 간다. '눈앞의 현실적인 욕망 속에 진정한 자신을 잊어버린다면 이는 흐린 물을 보느라 맑은 물을 잊어버린 것과 같다.' 는 장자의 소리가 들려온다. 몸도 마음도 가볍게 하여, 삿갓을 눌러 쓰고 개나리봇짐을 멘 나그네가 되어 짚신 발로 유랑의 길을 떠나간다.

> 어둠속에서 비춰오는 너의 빛
> 어디서 오는지 나는 모르네
> 바로 곁에 있는 듯, 아스라이 먼 듯
> 언제나 비추건만
> 나는 네 이름을 모르네.
> 꺼질 듯 꺼질 듯 아련히 빛나는 작은 별아

옛 아일랜드 동요가 별빛 따라 흐른다. 별빛이 어둠을 뚫고 살며시 내려와 땅끝의 바다에 앉는다. 그 위로 빛의 길, 희망의 횃불이 타고 있다. 땅끝 마을에 축복의 별빛이 쏟아지며 밤이 깊어간다.

03

"아직 12척이나 되는
배가 있습니다"

청자의 고장 강진으로(38km)

강

진

더 이상 갈 곳 없는 땅끝에서
사랑하는 사람을 위해
노래 부르게 하소서
오늘 하루만이라도
욕심의 그릇을 비우게 해주시고
지난날의 잘못을
뉘우치는 용서의 빈 그릇으로
가득 채워지게 하소서
땅의 끝 새로운 시작
넘치는 희망으로
출렁이게 하소서
　　　　(명가환의 '땅끝의 노래')

이른 새벽 잠자리에서 일어나 무릎을 꿇는다. 경건한 마음으로 눈을 감고 두 손을 모은다. 반신욕을 겸한 목욕재개를 하고 이제 특별한 하루를 시작한다. 대한민국 최남단 땅끝마을에 어둠이 걷히고 먼 바다에서부터 빛의 전령이 밀려온다. 배낭을 둘러메고 밖으로 나선다. 보길도를 가는 갈두리 선착장 옆 형제바위에서 땅끝에서의 일출을 맞이하기 위해 걸어간다. 한평생 동안 30억 번 가량의 심장이 뛴다던가. 오늘따라 뜨거운 심장이 더욱 큰 소리를 내며 뛴다. 흥분 속에 신선한 호흡이 느껴진다. '대한민국 최남단 땅끝마을' 표석 앞에 섰다. 갈매기들이 소리 내며 무심히 날아간다. 드디어 바다 끝이 붉어지며 태양이 조금씩 조금씩 신비한 모습을 드러낸다. 조향미 시인의 '일출'이 바다에서 떠오른다.

희망의 시작
땅끝 해남
34° 17' 21".

땅끝해돋이

두근두근 상기된 하늘

바다는 마침내

둥글고 빛나는 알 하나를 낳았네

저 광대무변 깊은 우주

태초 이래 어김없는 새벽마다

이 붉은 알은 태어나고 태어나 삼라만상 찬란히 부화했구나

　북위 34도 17분 21초, 전라남도 해남군 송지면 갈두산 사자봉 땅끝에서 바다 저편으로 떠오르는 아침 해를 바라본다. 태초 이래 어김없이 떠올랐건만 오늘에야 이곳 땅끝에서 나와 첫 만남을 가진다. 갈라진 형제바위 틈 사이로 홍조의 고개를 내밀며 수줍어한다. 이내 바위 가운데로 거침없이 솟아오른다. 바다는 알 하나를 낳아 드디어 부화한다. 온 누리를 비추고 삼라만상에 빛과 생명을 준다. 50억 년 전에 태어나 쉬지 않고 돌아가는 태양

은 지구에서 1억 4945km 떨어져 있는 섭씨 6000도의 발광체로 지구의 130만 배의 체적(體積)을 가진 영원한 불덩어리다. 밝은 빛을 만물에게 골고루 비추고 모든 생명체에게 나누어주는 태양은 "해가 뜨면 먼지도 빛난다."는 괴테의 말처럼 만물을 빛나게 한다. 바닷물도 빛이 나고, 노을도 빛이 나고, 달도 빛이 난다. 태양이 연출하는 일출은 아름답고 낙조도 장엄하다. 빛의 화신(化神)이요 열의 상징인 태양을 바라보면 어두웠던 마음이 밝아지고 힘들고 고달픈 인생이 위로받는다. 태양이 서산을 넘어가면 어둠이 찾아와서 온 천지가 암흑으로 변한다. 그러면 약한 자는 더욱 두려워지고 슬픈 자는 그 깊이를 더한다. 그래서 태양은 태양신으로 숭상 받아온 경이로운 존재다. 대한민국 육지의 최남단에서 바라보는 오늘의 태양은 일상의 태양이 아닌 특별한 의미로 다가온다. 희망을 기원하고 재충전하는 찬란한 아침의 태양이 온 누리를 비추고, 땅끝마을을 비추고, 고적한 나그네의 마음을 비춘다.

이제 길을 가야 할 시간이다. 최남단 땅끝에서 최북단 통일전망대를 향해 힘찬 첫 걸음을 내딛는다. 가벼운 전율이 온몸을 엄습한다. 땅끝마을을 벗어나 한가로운 고갯길을 올라간다. 푸른 바다에서 밀려오는 시원한 해변의 아침향기를 마시며 걸어간다. 해안도로를 따라 걸어간다. 바람결에 흔들리는 바다의 숨결이 가슴을 들뜨게 한다. 우리나라는 삼면이 바다로 둘러싸여 있는 천혜의 해양국가로서 해안선이 길다. 남한은 1만 1542km, 북한은 2991km로서 남북한을 합한 해안선의 길이는 1만 4533km이다. 그래서 우리나라가 관할하는 바다의 넓이는 44만 7000km, 남한 육지 면적의 4.5배에 달한다.

해안을 따라 강진으로 가는 길, 아름답다. 산길을 오르며 시선은 푸른 바다를 향한다. 눈부시도록 아름다운 아침햇살, 구름 한 점 없이 푸르고 고운 하늘, 그 아래 보길도, 노화도, 백일도가 한 폭의 그림같이 펼쳐져 있다. 아름다운 세상, 입을 벌려 신선한 아침햇살을 마신다. 뜨거운 빛을 마신다. 강렬한 태양의 소리를 마신다. 그리고 마음으로 기원한다. "태양이여! 더럽고 추한 내 몸과 영혼의 쓰레기, 육신의 정욕, 안목의 정욕, 이생의 자랑, 부질없는 탐욕과 오만을 태워다오. 번뇌와 욕망의 덫에서 벗어나 밝고 맑은 마음의 빛을 누릴 수 있도록 해다오."

누구에게나 아침은 온다. 하지만 누구에게나 아침이 찬란하지는 않다. 이는 태양 탓이 아니다. 찬란한 아침도 낮도 밤도 모두 자신이 만든다. 나는 내 인생의 주인공, 찬란한 아침을 호흡한다. 바람 부는 언덕에서 바라보는 맑고 푸른 바다의 모습은 마음 한 구석의 여유를 일깨워준다. 걸어간다. 아름다운 자연의 풍광에 취해 걸어간다. 시원한 해풍이 불어오고 간간이 갈매기가 소리 내며 날아간다. 자연사박물관이 보인다. 조각공원이 보인다. 정자에 앉아 바다를 바라보며 편안한 쉼을 즐긴다. '그대만을 사랑해' 하는 꽃말처럼 동백꽃이 빨갛게 피어 다가온다. 내 마음이 꽃을 향하니 꽃이 보인다. '내가 너를 발견하기 전에는 너는 다만 하나의 몸짓에 지나지 않았다. 내가 너를 보고 웃어주었을 때 너는 내게로 와서 아리따운 동백아가씨가 되었다.'고 하니 나그네도 꽃도 웃는다. 푸르른 소나무가 자신도 겨울을 이겼노라 당당한 자세다. 구름 한 점 없이 맑고 고운 봄날의 햇살이 비치는 사구미 해수욕장의 모래밭을 걸어간다. 발이 푹푹 빠진다. 바닷물에 손을 담그니 시원하다. 옷을 벗고 바다에 뛰어들까 하다가 웃고 만다.

땅끝마을 해남은 한반도의 최남서 지역으로 수많은 도서들이 산재해 있다. 오염되지 않은 넓은 대지와 청정해역, 천년사찰 대흥사와 고산 윤선도의 유적지가 있고, 충무공 이순신 장군의 명량대첩으로 유명한 울돌목이 있다. 이 해협의 폭은 가장 좁은 곳이 293m, 최고 유속은 10노트이다. 한반도 전 해역에서 가장 사나운 물길로 하루에 네 번 역류한다. 물길이 거꾸로 돌아서는 사이마다 바다는 잔물결 한 점 없이 고요해지고 적막함으로 질풍노도의 순간을 예비한다. 바다가 운다고 해서 명량(鳴梁)이라 불리는 해남과 진도 사이의 울돌목, 굴곡이 심한 암초 사이를 소용돌이치는 빠른 물결이 부딪쳐 튕겨져 나오는 바다의 울음소리가 20리 밖까지 들린다는 울돌목의 지형과 조류를 이용해서 성웅(聖雄) 이순신은 13척의 병선으로 왜선 133척을 격퇴시킨다. 명량대첩은 임진왜란 7년 전쟁을 종식시키는 결정적인 계기를 마련했다. 이는 세계 해전사(海戰史)에 길이 남을 극적인 승리였다.

선조25년(1592년) 4월 14일, 소서행장이 이끄는 왜군 선발대 1만 7천여 명이 부산에 상륙했다. 후속부대도 연이어 상륙하니 무려 20만 여에 이르렀다. 대비가 없었던 조선으로서는 조총으로 무장하고 잘 훈련된 왜군에게 속수무책으로 당할 수밖에 없었다. 파죽지세로 북상한 왜군은 20일 만에 한양을 점령해버렸다. 조선군은 임진강에 최후의 방어선을 구축했지만 대패하고, 이에 선조 일행은 평양을 떠나 다시 의주로 피신하고, 왜군은 평양을 거쳐 함경도로 북상했다. 육지에서의 이 같은 참패와는 달리, 바다에서는 연전연승하고 있었는데, 그 주역은 전라좌수사 이순신이었다. 인종 원년인 1545년에 태어난 이순신은 23세 때 훈련원 별과시험에 응시했으나 낙마하여 실패하고, 1576년 32세라는 늦은 나이에 비로소 무과에 급제했으니 29명 중 12등이었다. 그를 합격시킨 이는 십만 양병을 주장한 율곡 이이였다. 참으로 탁월한 선견지명이었다. 그 해 종9품직으로 함경도에서 관직생활을 시작했으나 벼슬길은 순탄치 않았다. 송백(松柏)은 서리를 당해야 그 푸르름을 안다고 했던가. 이순신은 약 22년의 벼슬살이에서 세 번의 파직과 두 번의 백의종군을 한다.

1588년, 종6품 정읍현감으로 봉직하던 중 그의 강력한 후원자인 유성룡의 천거로 정3품직인 전라좌수사로 특진되었는데, 이때가 임진왜란이 일어나기 1년 전이었다. 이는 우리 민족의 행운이었다. 퇴계 이황이 처음 만난 후 '하늘이 내린 인물'이라고 칭찬을 아끼지 않은 유성룡이 이순신과 권율을 특진시키지 않았다면 풍전등화의 위기를 어찌 극복할 수 있었겠는가. 10년이나 되는 세월을 무관이 되기 위해 노력했고, 약한 체력으로 늘 병마에 시달리고 가난한 집안을 걱정해야 했던 그가 포기하지 않고 조선의 장수가 된 것은 다행이고 정말 고마운 일이었다. 모함으로 옥에 갔혔다가 풀려나 권율 장군 휘하에서 백의종군하던 중 삼도수군통제사로 재임명 받고, 그날로 장흥 회룡포에 이르러 간신히 12척의 범선을 수습하여 이곳 해남의 전라우수영에 당도했다. 이순신은 조정에서 수군을 없애려 하자 "신에게는 아직 12척이나 되는 배가 있습니다(尙有十二)!" 하고 장계를 올린다. '필사즉생(必死卽生) 필생즉사(必生卽死)'의 의기에 찬 목소리가 전장을 휩쓸며 풍전등화의 위기 속에 나라를 구할 수 있었다. 벼랑 끝을 잡고 있는 손마저 놓아야 진정한 대장부가 되는 현애철수장부아(懸崖撤手丈夫兒), 이순신은 불세출의 대장부였다.

단재 신채호는 영국의 넬슨보다 이순신이 위대하다고 했다. 무적의 나폴레옹 군을 격파한 영국의 영웅이자 세계적으로 유명한 해군 제독인 넬슨보다 이순신이 위대한 이유는 무엇일까. 그것은 넬슨이 국가적으로 대대적인 지원을 받았던 반면에 이순신은 전혀 그렇지 못한 상황에서 혁혁한 전공을 세웠기 때문이다. 이순신은 무인(武人)이면서 거북선을 만든 발명가요, 문(文)과 서(書)에 뛰어난 예술인이며, 천하 명필이었다.

"임진년 1월 1일, 맑다. 새벽에 아우 여필과 조카 봉, 아들 회가 와서 이야기했다. 다만 어머니를 떠나 남쪽에서 두 번이나 설을 쇠니 간절한 회포를 이길 길이 없다."

이순신의 난중일기(亂中日記)는 이렇게 시작된다. 임진왜란이 일어난 1592년 1월 1일부터 노량해전에서 최후를 맞이하기 이틀 전인 1598년 11월 17일까지 2539일의 대기록이다. 작전일지도 상황일지도 아닌 전쟁터의 외로운 장수의 인간적인 기록이다. 옥문에서 풀려나와 백의종군(白衣從軍) 길에 어머니의 부고(訃告)를 듣고 가슴을 치며 발을 동동 굴리는 애통함을 기록한 글이다. 또한 명량해전 대패의 복수를 하기 위해 장군의 가족이 있는 아산을 쳐들어간 왜군들과 싸우다가 전사한 막내아들 면의 죽음을 듣고 통곡하고 울부짖는 범부(凡夫)의 글이다. 이순신의 글은 영웅다운 호탕함이나 무협의 장쾌함이 없고 간결하다.

유비무환(有備無患)으로 거북선을 건조하고 군기를 엄정히 한 이순신은 구국의 영웅이었다. 아산 현충사에 보관된 이순신의 칼에는 "한 번 휘둘러 쓸어버리니 피가 산하를 물들이는구나 (一揮掃蕩血染山河)"라는 검명이 새겨져 있다. 이순신의 칼은 남쪽 바다를 적의 피로 물들이기 위한 칼이었다. 그의 칼은 나라를 구하고 자신을 죽이는 칼이었다. 가슴에 왜군의 총탄을 맞은 장군의 노량해전 마지막 전투에서의 말은 "싸움이 한창 급하니 삼가 나의 죽음을 알리지 말라."는 것이었다. 그의 죽음은 과연 자살인가 타살인가. 이순신 장군의 의기는 후세를 힘겹게 살아가는 사람들에게 금과옥조(金科玉條)다. 아산 현충사를 찾아 참배하고 불굴의 의지로 희망의 끈을 놓지 않은 장군의 생애를 돌아보며 "신에게는 아직도 12척의 배가 있습니다." 하는 외침에 위로를 얻고 새로운 투지를 불태우던 때가 스쳐간다.

'전망 좋은 곳' 표지판이 사이사이에서 발걸음을 유혹한다. 먼 길을 가려면 쉬어가야 하는 법, 바다를 바라보며 이마에 맺히는 땀방울을 식힌다. 달마산(489m)이 한 폭의 병풍처럼 길을 안내한다. 백두대간의 맥이 마지막으로 솟아올라 이루어진 두륜산 끝자락에 이어진 달마산은 멀리서 보면 마치 긴 공룡의 등을 연상시키는 온갖 기암괴석이 산등성이에 구십 폭 병풍처럼 펼쳐져 자연의 신비함이 수려하다. 눈 내리는 어느 겨울, 달마산 암릉을 뒤로 하고 아늑하게 자리 잡은 미황사를 다녀간 생각들이 스쳐간다.

쇄노재고개에서 잠시 쉰 후 고개 넘어 한적한 시골길, 발가벗은 아이들이 개울가에 보인다. 물놀이를 하고 있다. 아무리 남도의 봄이 포근하기로서니 2월의 목욕이라니. 믿기 어려운 장면이었다. 카메라에 담기 위해 다가가니 아이들은 놀라 옷을 입으려 줄행랑이다. 걸음을 멈추고 먼 거리에서 사진을 찍고는 손을 흔들었다. 팬티를 걸친 아이들도 그제야 손을 흔들며 웃는다.

어린 시절 마을 앞 냇가 미천(美川)은 최고의 놀이터였다. 여름이면 발가벗고 수영하고 씨름과 기마전, 낚시와 방무지를 하던 추억이 깃들어 있다. 냇가 잔디에 누워 밤하늘의 별을 세고, 기적소리를 울리며 달리는 밤 열차를 바라보면서 '저 기차는 어디로 갈까?' 하며 '이 다음에 어른이 되면 저런 기차를 타고 멀리 가봐야지.' 하는 꿈을 꾸었다. 초등학교 입학하기 전 어느 추운 겨울에는 냇가에서 얼음을 깨트리며 놀다가 물에 빠졌다. 죽기 일보 전 때마침 빨래를 하던 어머니가 물에 뛰어들어 구해주셔서 구사일생으로 살아난 추억이 있다. 추운 겨울에는 냇가에서 때를 씻을 수 없어 어머니는 집에서 물을 데워 아프도록 등을 밀어주셨다. 중학생 때까지도 부끄러운 줄 모르고 발가벗은 몸으로 어머니 앞에 섰다. 고등학생이 되어 안동시내의 대중목욕탕에 처음 갔을 때 부끄러워 팬티를 입고 탕에 들어가려는 순간 어떤 아저씨가 "너 목욕탕에 처음 왔구나. 팬티를 벗고 들어와야지." 해서 얼굴이 홍당무가 되었던 때가 아른거린다.

우리나라에 대중목욕탕이 처음 모습을 드러낸 것은 1924년 평양에서였다. 그 이듬해 서울에도 목욕탕이 세워졌는데, 조선을 합병한 일본인들도 공중목욕탕을 쉽게 짓지 못했다. 이는 노출을 극도로 꺼리는 유교적 관습 때문이었다. 양반들은 혼자 목욕할 때조차도 옷을 다 벗지 않은 채 필요한 부분만 씻었다. 한편 종교적인 의미로 신라시대 사찰 안에 대중목욕탕이 있었다고 전해진다. 신라인들은 불교를 받아들이면서 목욕재개를 중요시하는 불교의 풍습 또한 받아들였고, 이는 목욕에 대한 관념을 심화시켰다. 목욕은 몸을 씻는 일일 뿐 아니라 마음의 죄를 씻어 정결케 하는 행위라고 생각했다. 그래서 사찰에 목욕탕이 생겼고, 많은 사람이 한꺼번에 몰리자 대중목욕탕을 지었다는 것이다.

유럽은 위생에 있어서 수세기에 걸쳐 극적으로 변화했다. 고대 로마에서 목욕은 매일 해야 하는 일과였다. 황제는 하루 7~8회 목욕을 즐겼고, 로마 곳곳에는 공중목욕탕이 있었다. 흔히 로마는 3S, 곧 목욕(swim), 스포츠(sports), 섹스(sex)가 흥했기 때문에 멸망했다고도 한다. 이러한 목욕문화는 12세기경 중세에 와서부터 바뀐다. 물을 공급하는 배관공사가 사라지면서 사람들은 아주 어쩌다 목욕을 하게 되었고, 손은 씻었지만 목욕은 사라졌다. 엘리자베스 여왕은 한달에 한 번 정도 목욕한 것으로 알려져 있다. 루이 13세는 일곱 살에 이르기까지 다리를 한 번도 씻지 않았다. 루이 14세는 거의 씻지 않고 살았으며, 프랑스 귀족들 또한 불쾌한 냄새를 감추거나 없애기 위해 적절히 향료를 사용하거나 옷을 갈아입었다. 구정물 냄새와 배설물 등 물이 건강을 위협한다는 생각은 18세기경까지 영국에 널리 퍼져 있었다. 1801년 후반 영국의 한 의사의 기록에 "런던에 거주하는 대부분의 남자들과 많은 숙녀들은 매일 얼굴과 손을 씻는 습관을 가지고 있긴 하다. 하지만 몸을 씻는 일은 연 중에 한 번 할까 말까 할 정도이다."라고 되어 있다. 손과 얼굴은 씻으면서 좀처럼 몸과 발, 성기는 씻지 않았다. 1824년에야 비로소 비누가 르블랑 소다법으로 인해 상업적 규모로 생산, 보급되면서 유럽인들은 새로운 청결 유지에 대한 가치를 깨닫기 시작했다. 민족사(民族史)가 있고, 그 민족의 문화사(文化史)가 있다. 모든 것은 변해가기에 변천사가 있다. 시대를 따라 변해가는 목욕의 역사를 돌아보며 발걸음을 재촉한다.

해남의 영봉 두륜산으로 가는 이정표가 보인다. 8개의 암봉이 이룬 연꽃 형 산세의 두륜산 중턱에는 대흥사가 자리 잡고 있다. 휴정 서산대사(1520~1604)는 85세에 묘향산에서 입적하며 "대흥사에 가사와 바우를 봉안하라."라고 제자 유정 사명대사와 처영에게 유언했다. 휴정은 9세 때 어머니를, 다음해에 아버지를 잃어 고아가 되었다. 성균관에 입학하여 3년 동안 글과 무예를 익혔으나 과거에 낙방하고, 친구들과 지리산을 여행하던 중 법열에 빠져 스스로 출가했다. 명종 4년(1549) 30세에 승과에 급제하지만, 선승(禪僧)의 길을 걷고자 승직을 버리고 금강산, 두류산, 오대산, 태백산, 묘향산에 있는 절을 두루 찾아다니며 수행하고 제자들을 가르쳤다. 1592년 임진왜란이 일어나자 선조는 의주로 피난하면서 신하를 묘향산으로 보내 대사에게 나라의 위급함을 알렸고, 대사는 전국의 절에 격문을 돌려 승려들이 구국의 길에 나서도록 했다. 1604년 1월, 묘향산에서 설법을 마친 대사는 자신의 영정을 꺼내 뒷면에 "80년 전에는 그대가 나이더니 80년 후에는 내가 그대로구나."라는 시를 남기고 가부좌를 한 채 열반(涅槃)에 들었다. 열반에 들기 전 묘향산에서 지은 것으로 알려진 시다.

　　스님 몇 명 있어
　　내 암자 앞에 집 지었구나
　　새벽종에 함께 일어나고
　　저녁 북에 함께 잠든다
　　산골 물 달과 함께 길어 차 달이니 푸른 연기 나고
　　날마다 무슨 일 의논하는가
　　염불과 참선(參禪)일세

　　근대의 고승 만공이 입적하기 직전 거울을 보고 껄껄 웃으며 "자네와 내가 이별할 인연이 다 되었나 보오. 그럼 잘 있게."라며 자신의 모습을 보고 인사하는 것이나 서산대사가 죽음을 받아들이는 모습은 결국 사람은 지수화풍(地水火風)의 사대가 잠시의 인연에 의해 결합되었다가 인연이 다하면 다시 흙과 물과 불과 바람으로 돌아갈 뿐이라는 불생불멸(不生不滅)의 가르침을 준다.

　　대흥사의 일지암에는 다성(茶聖) 초의선사(1786~1866)가 서산대사와 멀지 않은 곳에 모셔져 있다. 열반할 때까지 차를 마시며 수행한 초의선사는 15세 때 물가에서 놀다가 익사 직전 지나가는 승려가 건져주어 살아났다. 그 승려의 권유로 그는 16세에 운흥사로 출가하여 대흥사에서 구족계를 받고 20대 초반에 불법을 통달하고 크게 깨닫는다. 24세 때는 강진으로 정약용을 찾아가 유학과 시문을 배우고 추사 김정희와 친교가 깊었다. 야생 차밭이 산재한 운흥사로 출가한 것은 초의가 훗날 다성이 될 수밖에 없는 운명적인 인연이 되었다. 그곳에는 수행승들에 의해서 이미 다선불이(茶禪不二)의 선풍이 불고 있었다. 초의선사는 사대주의 사상이 팽배하던 시대에 '동다송(東茶頌)'을 지어 우리의 차가 중국의 것보다 맛과 향이 좋다고 하며 72연에 이르는 칭송을 했다. 58세의 나이로 40여 년 만에 고향을 찾아가 그 감회를 읊은 시다.

멀리 고향 떠난 지 사십여 년 만에
희어진 머리를 깨닫지 못하고 돌아왔네
새 터의 마을은 풀에 묻혀 집은 간데없고
옛 묘는 이끼만 끼어 발자국마다 수심에 차네
마음은 죽었는데 한은 어느 곳으로부터 일어나는가
피가 말라 눈물조차 흐르지 않네
이 외로운 중[僧] 다시 구름 따라 떠나노니
아서라 수구(首丘)한다는 말 참으로 부끄럽구나

도암면을 지나 아미산 모텔로 숙소를 계획했다. 도로 표지판을 보니 도암면까지 8km의 거리다. 도암면에서 모텔까지 또 먼 거리를 가야 하니 아무래도 무리라는 생각이 든다. 신전면의 슈퍼에 들러 가까운 데 하룻밤 묵을 곳을 문의하니 아주머니는 "바닷가 망호 선착장에 택시를 타고 가면 모텔이 있다."고 한다. 고맙다고 인사를 하고 나오니 마침 택시회사가 앞에 있어 전화번호를 메모하고 다시 길을 갔다. 해남과 강진의 경계인 도암면 표지판 앞에서 걸음을 멈추고 전화를 하니 택시가 금방 달려온다. 망호 선착장으로 가자고 하자 기사는 심상치 않은 내 차림새에 호기심을 갖고 묻는다.

"망호 선착장에는 왜 가세요?"

"도보여행 중인데 하룻밤 묵을 숙소를 잡기 위해서요."

갑자기 차를 세운 기사는 "거기는 주무실 곳이 없는데요?" 하며 의아해

한다.

슈퍼의 아주머니가 모텔이 있다고 했다고 하자 절대 없단다. 가장 가까운 숙소는 아미산 모텔이라고 한다. 다시 차를 돌렸다. 아니, 이럴 수가! 아주머니의 엉터리 호의가 눈물겹게 다가온다. 여행 중 앞으로 일어날 수 있는 재미있는 갖가지 사건들을 예견케 한다.

여행자에게는 옛날이나 지금이나 먹고 자고 쉴 수 있는 공간이 가장 소중하다. 조선 전기에 이미 여행자를 위한 편의시설이 제법 훌륭했다. 주요 도로에는 이정표와 역, 먹고 잘 수 있는 원이 일정한 원칙에 따라 세워졌다. 10리마다 지명과 거리를 새긴 작은 장승을 세우고 30리마다 큰 장승을 세워 길을 표시했다. 그리고 큰 장승이 있는 곳에는 역과 원을 설치했다. 전국적으로 원은 1210개였다. 역이 국가의 명령이나 공문서 전달 등을 위해 마련된 교통 통신기관이었다면, 원은 그들을 위해 마련된 일종의 공공여관이면서 민간인들에게 숙식을 제공하기도 하는 곳이었다. 당시 원 이외에는 여행자를 위한 시설이 없었으므로 해가 저물면 여염집 대문 앞에서 "지나가는 나그넨데 하룻밤 묵어갈 수 없겠습니까?" 하고 부탁하여 숙식을 해결해야 했다. 임진왜란과 병자호란을 거치면서 민간 주막이나 여관들이 생겨나기 시작했다. 주막은 술을 팔고 마실 수 있는 곳으로 깃발을 달았고, 나그네가 하룻밤 쉬어가는 여관 같은 역할을 했다. 대체로 소박했으며 원래 술을 파는 것이 본업이지만 때로는 음식도 팔고 여인숙도 겸했다. 주막 주인은 대개 남의 소실이거나 일선에서 물러난 작부들이 많았다.

방랑과 풍자의 시심으로 주유천하(周遊天下)를 하며 동가식서가숙(東家食西家宿)하다가 송도를 들렀던 천재 방랑시인 김삿갓(1807~1863)의 시다.

산명(山名)은 송악(松岳)인데
불을 땔 소나무는 왜 없느냐
지명(地名)은 개성(開城)인데
문을 왜 부득부득 닫는고?
황혼에 객 쫓는 것은 인사(人事)가 아니라
동방예의지국 백성이면서 그런 법이 있느냐

송도(개성)에 들어가니 날이 저물어 "하룻밤 자고 갑시다." 하고 문을 두드렸다. 그러자 주인이 나서서 단번에 "못 잡니다." 하고는 문을 닫아버린다. 김삿갓이 고약한 개성 인심을 풍자하면서 "황혼축객비인사(黃昏逐客非人事)"라고 하니 주인이 다시 나와 문을 열고 "들어가 하룻밤 묵어가시지요." 해서 자고 갔다는 이야기다.

인간의 삶은 나그네 여정이다. 인생은 나그네로 살아가면서 행복한 삶을 추구하는 여정이다. 나그네는 고향을 떠나 객지에서 바람처럼 구름처럼 떠도는 사람이다. 잠시 어느 곳에 정착했다가 또다시 일어나 걸어가는 과정이다. 정착의 옷을 벗고 새로운 세계를 향해 길을 떠나는 것이다. 만나는 새로운 세계는 옥토일 수도 황무지일 수도 있다. 힘들고 고단한 때도, 기쁘고 즐거운 시절도 있다. 모든 것이 어우러져 삶은 풍성하고 아름답다. 그래서 삶 자체가 천국에서 이 땅으로 소풍을 온 나그네 여정이다. 인류의 조상 아담과 하와가 에덴동산에서 추방된 이후 인간의 삶은 모두 나그네의 여정이다. 하나님이 갈대아 우르에서 아브람을 부르시고, 소명을 받은 믿음의 조상 아브라함이 고향을 떠나 길을 걸어가는 것이 나그네 삶의 원형이다. 애굽에서 탈출하여 젖과 꿀이 흐르는 가나안을 향해 가는 모세의 여정도 나그네의 것이었다. 29세에 출가하여 80세에 열반하기까지 부처님의 삶도, 도를 이루기 위해 천하를 주유한 공자의 삶도 모두 나그네였다.

　강나루 건너서
　밀밭 길을

　구름에 달 가듯이
　가는 나그네
　길은 외줄기
　남도 삼백 리(南道三百里)

　술 익은 마을마다
　타는 저녁 놀

　구름에 달 가듯이
　가는 나그네

　박목월 시인의 '나그네'를 읊으며 구름에 달 가듯이 남도 길을 걸어간
다. 길을 떠난 나그네는 내 것이 별로 없다. 모두가 타인의 것이다. 잠시
빌려서 잠을 자고 길을 간다. 뗏목을 타고 강을 건넜으면 뗏목은 두고 가
야 한다. 나그네는 짐이 많으면 먼 길을 가기 힘들다. 구름에 달 가듯이 여
유롭게 가자면 몸도 마음도 다이어트를 하고 보따리에 짐도 가볍게 하고
길을 나서야 한다. 잠시 맡았기에 임자(任者)라고 한다. 가벼우면 마음껏
하늘을 쳐다보고 산 넘고 물을 건너며 아름다운 이 세상을 볼 수 있고 즐
길 수 있다. 사람들은 누구나 행복하기를 원한다. 그러나 지금 행복하냐
고 물으면 선뜻 행복하다고 하기를 주저한다. 행복이란 무엇인가? 흔히

행복은 갖고자 하는 욕망이 충족된 상태라고 한다. 그래서 욕망이 작으면 충족하기가 쉽다. 행복은 대체로 욕망과 반비례하고 소유와 비례한다고 하지만 반드시 그렇지는 않다. '지족자(知足者)는 빈천역락(貧賤易樂)이요 불지족자(不知足者)는 부귀역우(富貴易優)'라 했다. 근심 걱정 없이 즐겁게 사는 방법은 주어진 현실에 자족할 줄 알고 감사하며 사는 것이다. 부자가 되는 방법이 둘 있는데, 하나는 재산을 많이 갖는 것이고, 둘은 욕심을 줄이는 것이라 하지 않는가. 마음먹기에 따라 누구나 부자가 될 수 있다는 말이다. 돈도 명예도 모두 부질없는 것이라고 하면서도 유혹에 자유롭지 못한 것이 인생이다. 행복은 자유의지이다. 행복은 정신적 자유이며 경제적 자유이다. 욕망에서 자유로울 수 있어야 하고 물질적 소유욕에서 자족할 수 있어야 한다. 번뇌는 집착에서 나온다. 모든 소유와 인연에 대한 집착을 버릴 수 있기를, 한 걸음 한 걸음 옮길 때마다 내 몸과 영혼에서 집착의 굴레가 떨어져 나가기를 기도하는 마음으로 나그네의 길을 간다.

오후 다섯 시, 이른 새벽길을 나서 먼 길을 왔다. 땅끝마을에서 떠나온 뭍에서의 첫 날, 다산 정약용이 만덕산과 주작산, 덕룡산의 정기를 받으며 한 세상을 이룬 도암면을 지나간다. 강진이 고향인 김해인 시인의 시 '주작산과 덕룡산'이 들려온다.

날개 펼친 주작산이 날아가지 않는 것은
건장한 덕룡산이 곁에 있기 때문이지
멀리서
바라만 봐도
마음 든든한 덕룡산

여의주 문 덕룡산이 승천하지 않는 것은
의젓한 주작산이 곁에 있기 때문이지
멀리서
쳐다만 봐도
가슴 뜨거운 주작산

　택시를 타고 6km 떨어진 숙소에 도착했다. 저녁식사를 물어보니 배달
은 되지 않고 500m 떨어진 곳에 식당이 있단다. '집 나오면 개고생'이라
했는데 끼니는 굶지 않으려고 식당을 찾아가니 문이 닫혀 있다. 낭패감이
밀려왔다. 마침 길 건너편에 시골 맛 나는 소박한 슈퍼마켓이 있어 들어갔
다. 시골 사람들이 예닐곱 와자지껄 정겹게 술을 마시다가 낯선 사람의 출
현에 관심을 갖는다. 주인 할머니께 저녁거리를 달라 하니 흑두부와 막걸
리, 특별히 김치를 챙겨주신다. 숙소로 돌아와 따뜻한 물로 몸을 녹인다.
몸도 마음도 지극히 평온하다. 잠자리 마련에서부터 먹거리까지 서러움
을 겪어도 좋다. 비록 육체의 고행을 할지라도 마음의 안식을 얻고 자유를
느끼고 새로운 길의 빛을 찾을 수만 있다면 그 어떤 고행도 마다하지 않을
각오와 자신이 있다. 좋아하는 막걸리이건만 저녁식사를 대신한다 생각
하니 왠지 처연한 기분이다. 200년 전 죽장에 삿갓 쓰고 방랑한 천재 시인
김병연이 다녀간 도암 석문을 근처에 두고, 시간을 넘어 비슷한 행색과 차
림으로 나그네 되어 맞이한 밤, 낯선 곳에서의 밤이 깊어가고 뒷산에서 들
려오는 이름 모를 산새의 울음소리가 외딴 시골의 적막함을 한층 더한다.
무릎을 꿇고 마음을 모은다. 하루의 삶에 감사하고 안온한 잠을 주시길 기
도한다.

77_ "아직 12척이나 되는 배가 있습니다"

04

동트기 전에
일어나라

정남진 장흥으로(40km)

장흥

노자의 스승은 상용이다. 스승이 늙고 병들어 숨을 거두려 하자 노자가 마지막으로 가르침을 청한다.

"스승님, 돌아가시기 전에 가르쳐주실 말씀은 없는지요?"

"고향을 지나갈 때는 수레에서 내려 걸어서 가거라."

"네, 어디에서 살더라도 고향을 잊지 말고, 고향에서 하듯 자신을 낮추고 살아가라는 말씀이군요?"

스승이 또 말한다.

"높은 나무 밑을 지나갈 때는 종종 걸음으로 걸어가거라."

"네, 어른을 공경하란 말씀이시군요."

이번에는 스승이 입을 벌리며 이야기한다.

"내 입 속을 보거라. 이가 있느냐?"

"하나도 없습니다."

"그러면 혀가 있느냐?"

"네, 있습니다."

"알겠느냐?"

"네, 이빨처럼 강한 것은 먼저 없어지고, 혀처럼 약하고 부드러운 것은 오래 남는다는 말씀이군요."

그러자 스승이 돌아누웠다.

강진만 제방 건너 허허벌판에서 갈대들이 세찬 바람을 맞으며 비명을 지르고 있다. 파스칼은 "인간은 갈대, 즉 자연에서 가장 약한 것에 지나지 않는다. 그러나 인간은 생각하는 갈대이다."라고 했다. 바람이 부는 대로 흔들리는 갈대는 연약해 보이지만 결코 부러지지 않는 유연성을 가지고 있다. 부드러움으로 강한 바람을 비켜간다. 부드러움이 강함을 이기는 이치다. 물은 부드럽고 아래로 흐르는 겸허한 자세를 유지한다. 하지만 그 속성은 불을 이길 정도로 강렬하다. 이빨처럼 강한 것은 먼저 없어지고, 혀처럼 약하고 부드러운 것은 오래 남는다. 인간은 자연 속 연약한 갈대이다. 그러나 자연에 순응하는 결코 부러지지 않는 부드러운 갈대이다.

새벽 3시, 하루의 삶을 시작한다. 일정을 살펴보고 책을 들고 앉았다. 4시부터 동계 올림픽 스피드스케이팅 이승훈 선수의 금메달 도전이 있다. 시간이 되어 TV 앞에 앉아 응원을 한다. 함께 달린 네덜란드 선수를 한 바퀴 이상 앞지르며 금메달을 땄다. 이승훈 선수가 관중들의 기립박수를 받는다. TV 해설자가 이승훈 선수가 온갖 고생과 역경을 겪은 후 금메달리스트가 되었다며 극찬한다. '불시일번한철골 (不是一番寒徹骨) 쟁득매화박비향 (爭得梅花 撲鼻香)' 이다. '뼈를 깎는 추위를 만나지 않았던들 매화가 어찌 지극한 향기를 얻을 수 있겠는가.' 라고 하는 퇴계 이황의 목소리가 들려오는 유쾌한 새벽이다.

아침 8시, 어제의 종점이자 오늘의 출발선에 다시 섰다. 어제의 택시기사에게 사전 부탁을 했는데 늦었다. 배가 고프다. 밥을 먹어야지 하며 도암면 소재지를 향해 서둘러 발걸음을 옮긴다. '다산선생 따님묘소' 라는 표지석이 보인다. 면소재지에 이르니 식당들이 문이 닫혀 있다. 길 가는 사람에게 아침식사 할 집을 물으니 시골이라 없단다. 이런 낭패가 있나, 하며 가는데 청소하는 식당 아주머니가 보인다. 힘없이 "아주머니, 밥 좀 주세요." 하니 준비가 안 된다고 한다. 그러더니 "그럼 반찬은 없지만 들어오세요." 한다. 시장이 반찬이라 어제 몫까지 두 그릇을 먹고 나니 힘이 솟는다. 든든한 포만감을 선봉장으로 하여 다시 길을 재촉한다.

삼거리에 이르자 영랑생가를 알리는 이정표가 보인다. 강진이 낳은 20세기 한국의 대표적인 서정시인 영랑 김윤식은 1903년에 태어나서 1950년에 죽기까지 주옥같은 80여 편의 시를 썼다. 그 중 60여 편은 일제치하 창씨개명을 거부하며 이곳 강진에서 생활하던 시기에 썼다. '북에는 소월, 남에는 영랑' 이라는 말을 되새기면서 영랑의 시 '모란이 피기까지는'을 음미한다.

모란이 피기까지는

나는 아직 나의 봄을 기다리고 있을 테요

모란이 뚝뚝 떨어지는 날,

나는 비로소 봄을 여읜 슬픔에 잠길 테요

5월 어느 날 그 하루 무덥던 날,

떨어져 누운 꽃잎마저 시들어 버리고는

천지에 모란은 자취도 없어지고

뻗쳐오르던 내 보람 서운케 무너졌느니

모란이 지고 나면 그뿐, 내 한 해는 다 가고 말아

삼백 예순 날 하냥 섭섭해 우옵내다

모란이 피기까지는 나는 아직 기다릴 테요

찬란한 슬픔의 봄을

영랑이 "고금도 마주보이는 남쪽 바닷가 한 많은 귀양길/ 천리 망아지 얼렁 소리 쉰 듯 멈추고/ 선비 여읜 얼굴 푸른 물에 띄웠을 제" 하고 노래했듯이 강진은 남쪽 바닷가 귀양 곳이었다. 다산 정약용이 18년 귀양살이를 하며 대작 『목민심서(牧民心書)』를 완성한 곳이 영랑생가에서 불과 30리 길이다.

삼거리에서 차량통행이 적고 한적한 다산로를 따라 다산 정약용의 자취를 찾아간다. 고요한 산길을 지나 내리막으로 가니 몇 해 전 다녀간 다산초당과 다산유물전시관 안내판이 보인다. 막내 진교가 두 살 때인 2000년 가족과 함께 섬 여행을 떠났던 때 이곳 다산초당을 다녀갔다. 당시 땅끝마을 해남에서 첫날밤을 묵고 보길도, 완도, 거문도, 백도, 소록도를 거쳐 폭우가 쏟아지는 합천 해인사에서 마지막 밤을 보내고 고향 안동으로 갔었다. 세 아들이 아직 어리고 즐거웠던 그때가 주마등처럼 스쳐 지나간다.

강진만을 한눈으로 굽어보는 만덕산 기슭에 자리한 다산초당은 다산 정약용이 강진 유배 18년 중 10여 년 동안을 생활하며 『목민심서』, 『경세유표』 등 500여 권에 달하는 저술을 하고 제자들을 가르치며 조선조 후기 실학을 집대성하는 위대한 업적을 이룬 곳이다. 정조의 두터운 신임을 받아온 정약용은 노론의 공격에도 벼슬을 거듭하다가 정조가 승하한 후 40세 되던 해인 순조 1년(1801)에 체포되어 국문을 받는다. 이때 천주교 신자인 셋째 형 약종과 이가환, 이승훈, 권철신 등은 사형을 당하고 둘째 형 약전은 신지도로, 자신은 경상도 장기로 유배를 간다. 그러나 그해 10월 '황사영 백서사건'의 황사영이 체포되자 다시 국문을 받고 형은 흑산도로, 그는 다시 강진으로 유배를 간다. 정약용은 동문 밖 밥집 노파의 호의로 골방을 하나 얻어 기거하며 처음 이삼년 동안은 비극과 절망감 속에 술로 세월을 보냈다.

당시 천주교를 박해한 가장 큰 이유는 부모의 제사를 지내지 않고 사당을 없애 인륜에 어긋난다는 것이었다. 유교가 뿌리박고 있던 사회통념으로는 너무나 타당한 이유였다. 가톨릭에서 오늘날 제사를 허용하는 데 미루어보거나 불교가 토착 민간신앙을 수용하면서 포교한 데 비춰보면 안타까운 희생이라 할 수 있다. 당시 청나라 신부 주문모가 자수하여 천주교에 대한 교리를 설명하며, 모든 죄가 자기에게 있으니 자신에게 죄를 주고 나머지 신도들은 석방해 달라고 했으나 허사였다. 이때 오늘날 제천의 배론 성지에 숨어 있던 황사영은 흰 비단에 백반으로 글씨를 써서(이것을 물에 넣으면 글씨가 나타난다) 청나라에 알려 도움을 청하려다 발각되었다. 이것이 '황사영 백서사건'이다. 이 사건을 계기로 조정에서는 천주교도들이 서양 오랑캐의 힘을 끌어들여 나라를 망치려 한다며 천주교에 대한 박해를 더욱 가중시켰다. 다산은 이때 천주교도로 유배를 오게 된 것이다. 다산이 유배 와 있을 때 막내아들 농아는 홍역을 앓다 마마로 죽었다. 이전에 자식 다섯을 이미 언 땅에 묻은 다산은 눈물로 어린 아들을 위해 글을 지었다.

"네가 세상에 왔다가 세상을 떠난 것이 겨우 세 해였는데, 나와 헤어져 지낸 것이 두 해가 된다. 사람이 60년을 산다 치면 40년을 아비와 헤어져 지낸 셈이니, 슬퍼할 만하다. 네가 태어났을 때 내 근심이 깊었기에 네 이름을 '농(農)'으로 지었다만, 뒤에 집 형편이 나아지면 어찌 너를 농사나 지으며 살게야 했겠느냐? 그래도 죽는 것보단 나았겠지. 내가 죽었더라면 장차 기쁘게 황령을 넘어 열소를 건넜을 테니, 나는 죽는 것이 사는 것보다 낫다. 그런데도 나는 멀쩡히 살아 있고, 사는 것이 죽는 것보다 나은 너는 죽었으니, 내 마음대로 할 수 있는 것이 아니로구나. 내가 네 곁에 있었다 해도 꼭 살지는 못했을 것이다."

-후략-

다산은 농아가 태어난 뒤 자신을 참소하고 시기하는 사람이 많은 것을 알고 칼날을 피하기 위해 처자식을 이끌고 은거한다. 아들 이름을 농(農)이라 지은 것은 어지러운 세상에서 글을 배워 우환을 만들지 말고 그저 농사꾼으로 사는 것이 좋겠다는 생각에서였다. 자식이 아비를 찾다 죽어도 가볼 수조차 없는 아비의 처지가 참담했던지 죽었어야 할 사람은 정작 자신이라고 했다. 고작 세 해를 살고 제 생일날 죽은 아들이 못내 가슴 아팠던 아버지는 뒤에 천연두 치료방법을 정리한 『마과회통』이란 책을 지어 안타까움을 달랬다. 절망을 극복하는 다산다운 방법이었다.

가족은 가장 소중한 울타리다. 아무리 초라하고 허름할지라도 가족이 있는 그곳은 천국이다. 손때가 묻어나고 추억이 묻어나고 정을 나누는 그곳이 그립지 않을 이가 있을까. 다산은 강진에서 병든 아내가 부쳐온, 시집올 때 입었던 낡은 치마 다섯 폭을 가위로 잘라 작은 첩을 만들어 두 아들에게 보내는 글을 썼다.

"입에 들어가기만 하면 더러운 똥이 되고 말 음식을 위해 정력과 지혜를 소모하지 말아라. 그것은 화장실에 충성을 바치는 일이다. 근면과 검소 그리고 성실, 이것은 선비가 어떤 처지에 있더라도 결코 잊어서는 안 될 것이니라."

'두 아들에게 보내는 훈계'라는 글 중의 일부이다. 아들에게 글을 쓴 다산은 시집간 외동딸에게도 그림을 그리고 글을 써서 보냈다. 또한 다산은 백성들의 고통에 눈물 흘리며 유배지의 아픔을 '애절양(哀絶陽)'으로 노래한다. 유배생활 3년 차에 쓰인 작품이다.

갈대밭의 젊은 아낙 울음소리 처량도 해
관문 향해 울부짖고 하늘 향해 통곡하네
……
칼 갈아 방에 드니 흘린 피 자리에 흥건하고
스스로 한탄하길 자식새끼 낳은 것이 원수라오
……
말이나 돼지 거세함도 가엾다고 말하거늘
하물며 우리 백성 자손 잇는 길임에야
부잣집엔 일년 내내 풍악 소리 울리지만
쌀 한 톨, 비단 한 치 바치는 일 없구나
다 같은 백성인데 이다지 불공평한고

내 시름겨워 객창에 홀로 앉아
거듭거듭 시구편(鳲鳩篇)을 읽는구나

'시구편'은 『시경』의 한 편 명으로 뻐꾸기가 새끼 일곱 마리를 먹여 키울 때 한 마리도 거르지 않고 공정하게 먹이를 주어 기른다는 내용이다. 시아버지의 상을 당한 지 삼년이 지났고 갓 태어난 아이는 호적에 먹물도 마르지 않았는데 삼대의 이름이 나란히 군적에 올라 있는 것이다. 세 사람 장정의 군포 값으로 농가의 유일한 재산인 소를 빼앗긴 농부가 새끼 낳은 것이 죄라며 그만 잘 드는 칼로 자신의 성기를 제거해버린 것이다.

다산은 한자가 생긴 이래 가장 많은 저술을 남긴 대학자이다. 산문이 15권, 여유당집 250권과 다산총서 246권 등 590권의 책을 썼으며 2500여 수의 시를 남긴 탁월한 시인이자 애국애민의 사상가였다. 평균 한달에 한 권 이상 저술했다. 오랜 저술활동으로 엉덩이에 종창이 걷잡을 수 없이 번지자 그는 선 채로 선반 위에 필묵을 올려 두고 집필했다고 한다. 다산은 제자들에게 말했다.

"동 트기 전에 일어나라. 기록하기를 좋아해라."

서포 김만중이 남해로 유배 가서 많은 저술을 남기고 송강 정철이나 고산 윤선도가 그러한 것처럼 다산 정약용이 강진으로 유배를 오지 않고 벼슬자리에 있었다면 바쁜 공무로 인해 어찌 『목민심서』, 『경세유표』 등과 같은 불후의 명작을 기록할 수 있었을까. 다산은 해배 후 75세를 일기로 세상을 떠나 자택인 여유당 뒷산에 묻혔다.

개인의 불행을 넘어 아름다운 유산으로 남은 다산의 이야기를 떠올리며 걸어가니 강진만이 펼쳐진다. 강진만은 겨울철새 관찰지로 재두루미, 고니 등 천연기념물이 있는 곳이다. 휴식을 취하며 망원경으로 강진만의 겨울철새를 관찰한다. 철새는 계절에 따라 이동하는 방랑자다. 참새, 까치와 같이 한 지역에 눌러 사는 새는 텃새다. 철새는 제비와 같은 여름철새와 기러기, 오리 등의 겨울철새로 구분한다. 우리나라에는 겨울새 112종, 여름새 64종, 나그네새 9종 등 모두 266종의 철새가 있다. 철새들은 귀소본능이 있어 자신들이 놀던 옛 숲을 그리워한다.

고등학교 시절 '철새는 날아가고(El Condor Pasa)'가 나의 애창곡이었다. 남미 페루의 민요에 가사를 붙여 사이먼과 가펑클이 노래한 이국적인 아름답고 애잔한 곡이다. 페루 잉카제국의 수도 쿠스코와 마추픽추를 여행할 때 감상한 인디오들의 민요 연주는 가슴 저미는 슬픔과 애환을 느끼게 했다. 고향을 떠나 전쟁터를 누비던 전사들, 태양을 숭배하던 그들은 해가 지면 전쟁을 멈추고 산 위에서 멀리 고향 하늘을 바라보며 "콘도르야, 콘도르야, 어서 네 날개 위에 나를 태워 그리운 고향, 사랑하는 가족들에게 데려다 다오." 하며 애타게 노래했다는 것이다. 콘도르(Condor)란 말은 잉카인들 사이에서 '어떤 것에도 얽매이지 않는 자유' 라는 의미를 가지고 있다. 콘도르란 새 역시 잉카인들이 신성시해온 새다. 그들은 영웅이 죽으면 콘도르로 부활한다는 종교적 사상을 가지고 있었으며 높이, 오래, 멀리 나는 콘도르를 '미래에의 여행' 의 동반자로 삼았다. 과거로 돌아가서 애창곡 '철새는 날아가고' 를 구성지게 불러본다.

구름도 잃어버린 작은 새야/ 고향도 잃었나 가여운 새야

친구도 멀리 떠나버리고/ 혼자만 남았나 가여운 새야

저 멀리 훨훨 날아가거라/ 고향을 찾아서

보고픈 친구 찾아 날아라/ 저 멀리 저 멀리 날아가거라

마침 목이 말라올 즈음 슈퍼가 두 곳 보인다. 어느 집에 갈까. 한 쪽은 산뜻하고 한 쪽은 허름하다. 허름한 슈퍼에 마음이 끌려 문을 여니 대낮에 거나하게 취한 시골 아저씨들 술판에 정겨운 웃음이 진동한다. 시원한 물이 목젖을 타고 내린다. 정자에 앉아 잠시 휴식을 취하며 지도를 펼쳐본다. 종이 위의 길 '지도(地道)', 지도 한 장에 의지해서 나는 이 길을 걷는다. 그리고 먼 길을 간다. 우리 국토의 정보를 체계화하고 집대성한 선각자 고산자 김정호(?~1866)는 지도를 만들기 위해 전 국토를 주유천하하며 수많은 고난과 역경을 겪었다. 결국 '대동여지도' 를 완성하여 흥선대원군에게 바쳤다가 그 정밀함에 놀란 조정대신들에 의해 국가기밀을 누설했다는 죄목

으로 옥사했다고 전해진다. 인생의 길이든 길 위의 길이든 앞서간 선각자들이 간 길은 뒷사람이 가야 할 길을 인도한다. 어리석은 자나 길치가 이끄는 길을 따라가면 웅덩이로 빠질 수 있다. 어떤 길이 최선의 길인지 스스로 선택해야 한다. 세네카는 "거친 땅 위에서 굳어진 발굽을 가진 짐승은 어떠한 길도 걸을 수 있다."라고 말했다.

펼친 지도에는 차량이 다닐 수 없는 제방길이 있다. 남들이 가지 않는 고요한 강진만 제방길을 간다. 가다가 돌아보면 뒤도 아득하고 앞을 쳐다봐도 끝이 없는 길이다. 허허벌판의 왼쪽에서는 세찬 바람소리에 갈대의 비명이 들려온다. 휘어질지언정 결코 부러지지는 않는다고 절규한다. 오른쪽은 강진만의 겨울철새들의 울음소리가 끼룩 끼룩, 꾸욱 꾸욱 다양하게 들려와 나그네의 심금을 울린다. 철새가 무리를 지어 하늘 높이 날고 있다. 마치 바람결에 춤추듯 날아간다. 무리 중 한 마리가 바람을 향해 비상한다. 날갯짓을 하지만 제자리걸음이다. 나아갈 수 없는 줄 알면서 바람을 희롱하고 즐긴다. 바람 또한 철새들과 갈대들을 벗 삼아 강진만에서 지내온 지 오래인지라 가볍게 웃는다. 탐진강이 바다와 만나고 바다가 넉넉함으로 강물을 받아들이는 강진만에서 갈대와 철새들, 하늘과 구름과 바람을 벗 삼아 한 나그네가 제방길을 비틀거리며 걸어간다. 배가 보인다. 배 위에서 어부가 그물을 만지며 한가롭다. 이곳 강진만에는 매년 9월 풍어제가 열린다. 어업활동을 하는 어민들의 풍어와 마을의 평안, 해상의 안전을 기원하는 전래 고유의 행사다.

긴 제방길 끝에서 강진만을 뒤로 하고 남포교 다리를 건너 강진읍으로 들어선다. 읍내를 스치며 목리교를 향하여 외곽의 넓은 들판 길로 접어든다. 강진군은 1967년 인구 12만 명이었던 이래 43년간 계속해서 인구가 감소 추세였다. 그래서 2010년 인구 감소율 0%를 위해 전국 최초로 모든 전입자에게 장려금을 지급하는 인구 늘리기 시책 지원조례를 제정했다. 면적이 인구

1000만의 서울과 비슷한 강진군의 2009년 8월 말 인구는 40,837명으로 강진 인구감소 하한선인 4만을 유지하기 위하여 다양한 시책을 강구하고 있다. 최근 강진은 귀농 1번지로 뜨고 있다. 남도 끝에서 인생 2막을 시작하는 사람들이 모여드는 것이다. 은퇴 후 귀농이 대부분이었던 과거와는 달리 젊은 층의 귀농이 늘고 있다. 젊은 귀농인 중에는 지역 연고는 물론 농사 경험이 없는 사람도 상당수다. 강진군은 이렇다 할 기업도 없고 군민의 대다수가 농업과 수산업, 임업에 종사하는 전형적인 농어촌 지역이다. 농업은 나이 들어서도 현역으로 활동할 수 있는 직업이다. 70세가 넘어서도 청년처럼 일하고 살 수 있는 농촌은 모든 사람들의 마음의 고향이다. 대부분 시골의 삶을 동경하면서도 젊은 층은 아이들의 교육으로 인해 선뜻 귀농하지 못한다.

  국가도 지방정부도 인구가 자원이자 경쟁력이다. 우리나라는 현재 출산율이 세계적으로 가장 낮아 심각한 문제가 되고 있다. 2010년 현재 대한민국의 인구는 4887만 명이다. 2100년이면 현재 인구의 절반인 2468만 명으로 떨어지고, 2500년에는 33만 명으로 축소된다는 삼성경제연구소의 보고서가 있다. 이렇게 되면 민족도 사라지고 국가도 사라질 수 있다. 지난해 우리나라의 출산율은 1.15명으로 OECD 국가 중 최하위다. 인구가 줄고 평균수명은 길어져 고령화 사회가 되면 일할 노동력은 줄고 부양해야 할 노인은 늘어나는 어려운 상황이 된다. 불과 30년 전만 해도 인구증가를 걱정했다. 1970년대에는 '딸 아들 구별 말고 둘만 낳아 잘 기르자' 고 했고, 1980년대엔 인구증가보다 성비 균형이 관건이라 '잘 키운 딸 하나 열 아들 안 부럽다' 는 구호로 출산정책을 폈다. 2000년 들어서 급격한 인구감소로 소산(少産)에서 다산(多産)으로 방향을 바꾸고, 2004년에는 '아빠! 혼자는 싫어요, 엄마! 동생을 갖고 싶어요.' 라는 표어를 내놓았다.
  최근 우크라이나의 한 작은 도시의 의회에서는 아기가 없는 25세 이상의 성인 남자에 대해 6%의 소득세를 부과하는 청원을 정부와 국회에 보냈다. 오래 전 유럽에는 독신세라는 세금이 있었다. 남자가 25세, 여자가 19세가 넘어도 결혼을 하지 않으면 세금을 부과하는 것이다. 당시의 주요 조세 수입원은 소득에 관계없이 성인(보통 15세 이상의 남자)에게 부과하는 인두세였다. 인두세는 징수하기가 간편했기 때문에 고대로부터 널리 채택되었다. 인두세의 수입을 늘리자면 인구가 많아야 했기에 독신세는 여러모로 의미가 있었지만 결국 폐지되었다. 인구를 늘리기 위한 다양한 당근과 채찍이 필요한 시점이다. 200년 전 인구폭발을 예견한 맬서스가 살아 돌아와 오늘날의 현실을 본다면 인구증가가 아닌 인구감소를 예언할 수도 있겠다는 생각이 든다. 지방자치 시대에 인구증가를 위해 적극적인 정책을 펴고 있는 강진군의 선견지명에 박수를 보낸다.

목리교 다리 위에서 강진만을 향하여 도도하게 흐르는 탐진강 줄기를 바라보다가 길을 재촉한다. 잠시 후에 있을 김연아의 경기 중계를 봐야 한다. 간신평야의 마을농로를 따라 걸으며 이 길 끝이 큰 도로와 연결되어 있기를 기대한다. 탐진강을 따라 강변길을 올라가다가 강을 건너 논둑길을 간다. 이윽고 군동면에 들어서서 가까운 식당으로 들어가니 김연아 선수가 올림픽에 출전하는 모습이 방영되기 직전이었다. 식사하면서 응원을 했다. 일본의 아사다 마오와는 비교가 안 될 정도로 잘했다.

다시 길을 나섰다. 4차선 도로와 2차선이 나란히 있어 한산한 2차선 길로 걸으니 여유로웠다. 고려청자 도요지를 알리는 이정표가 보인다. 강진 대구면 일대는 9세기에서 14세기까지 고려시대 500년 동안 청자를 제작했던 곳이다. 우리나라 국보, 보물 청자의 85%가 이곳 강진에서 생산한 것이다. 강진군에서는 청자의 오묘한 신비와 아름다움을 재현하고 청자문화를 꽃피운 청자 골의 자긍심을 알리기 위해 매년 여름 청자 문화제를 개최하고 있다. 도자기는 청자, 백자, 분청사기로 나눈다. 그 중 청자는 옥과 관련이 있다. 중국에서 옥은 군자를 상징하며 부귀와 사후내세를 보장해주는 신앙적인 의미가 있어 부장품으로 많이 사용했다. 옥은 생산량이 매우 적기 때문에, 귀한 옥을 흙으로 만들어보려 노력하다가 위·오·촉 삼국시대에 도자기로 만들어지게 되었다. 우리나라에는 통일신라 말기 중국을 다녀온 선승들을 통해 찻잔이 유입되기 시작했고, 9세기 중엽 청자를 만들기 시작했다. 중국 도자기 기술에 고려인의 독창적인 상감기술이 개발되면서 고려청자가 탄생되었다. 강진은 청자 도자기의 도요지다.

드디어 장흥 읍내가 보인다. 읍내를 통과하는 탐진강 주변에는 주민들을 위한 체육시설 등 다채롭게 꾸며진 편의시설이 인상적이다. 섬진강, 영산강과 더불어 전라남도 3대 강의 하나인 탐진강은 영암 금정산에서 발원하여 은어가 서식하고 비옥한 평야를 전개하는 장흥의 젖줄로서 장흥 읍내를 관통하고 강진만으로 흘러든다. 읍내를 지나서 부산면을 들어서며 도로를 버리고 한적한 강둑길을 걷는다. 바람이 몹시 강하게 불어온다. 갈대들이 울부짖듯 요란스레 소리를 내며 바람에 휘날린다. 출렁이는 탐진강물 위로 물새 떼들이 유영하며 즐긴다. 흐리다. 비가 올 것 같다. 물새 한 마리가 날아오르다가 바람으로 인해 힘겹게 나아간다. 휴대폰이 울린다. 조카인 김윤미 세무사다. 심한 바람소리가 들린다며 건강 조심하라고 염려한다. 예쁘고 똑똑하고 마음씨가 고운데도 남자친구가 없다. 어머니는 손녀 윤미를 빨리 중매해서 시집보내라고 성화시다. 그러면 나는 "고무신도 짝이 있는데 어머니, 걱정 마세요." 하고 달랜다.

허허벌판의 강둑길을 걸어간다. 나는 정녕 어디로 가고 있는 걸까. 무엇을 찾아 이 낯선 벌판을 헤매며 시린 가슴을 어루만지고 있는가. 가슴속의 이 외로움은 어찌해야 하나. 눈가에 이슬이 맺힌다. 정녕 어디로 가야 하나. 자유

로운 내 영혼의 세계는 어딘가. 신(神)은 작가이고 인간은 연기자에 지나지
않는다고 한다. 내가 가는 길은 천상에서 저술된 동화 작품에 따라가고 있는
것인가. 나의 가는 길을 오직 신만이 아는 건가. 나의 가는 길은 내가 선택하
는 것이 아니었는가. 나는 나의 자유의지로 나의 길을 가고 싶다. 비록 그 길
이 험하고 힘든 길이라 할지라도 무릉이 있다면 두 다리에 힘주고 가고 싶다.
두려움 없이 두 눈 똑바로 뜨고 가리라. 민영 시인의 '무릉 가는 길 1' 이다.

이제 우리는 어디로 가야 하는지를 정해야 한다
가까운 길이 있고 먼데 길이 있다
어디로 가든 처마 끝에
등불 달린 주막은 하나지만
가는 사람에 따라서 길은
다른 경관을 보여준다

보아라 길손이여,
길은 고달프고 골짜기보다 험하다
눈 덮인 산정에는 안개 속에 벼랑이
어둠이 깔린 숲에서는
성깔 거친 짐승들이 울고 있다
길은 어느 곳이나 위험천만
길 잃은 그대여, 어디로 가려 하느냐?

그럼에도 나는 권한다
두 다리에 힘주고 걸어가라고
두 눈 똑바로 뜨고 찾아가라고

길은 두려움 모르는 자를 두려워한다고

가다 보면 새로운 길이 열릴 거라고

…한데, 어디에 있지?

지도에도 없는 꽃밭 무릉(武陵)

가는 사람에 따라서 다른 모습을 보여주는 길, 외로운 이 길이 무릉을 찾아가는 고행의 길이다. 새로운 길이 밝고 희망차게 열릴 거라는 믿음을 가지고 벌판 강둑길을 간다. 탐진강 수산연구센터를 지나니 날이 어두워지기 시작한다. 장동면과의 경계인 호계교 다리에 도착해서 걸음을 멈추었다. 마치 쓰러질 것 같은 시골스런 슈퍼가 있어 택시를 불러 장흥으로 가기 위해 들어서니 할머니가 계시다. 택시를 호출하고 막걸리 한 통을 놓고 할머니와 이야기를 나눈다. 자식들을 도회지로 내보내고 홀로 살고 있어 쓸쓸한 느낌이건만 할머니는 자식 자랑에 기운이 넘치신다. 할머니에게 사진 한 장 찍겠다고 하자 나중에 사진 꼭 보내주어야 한다며 익숙한 듯 자세를 취하신다.

택시가 도착해서 숙소를 찾기 위해 장흥 읍내로 향했다. 장흥에 자랑할 만한 것이 무엇이 있는지 물으니 택시기사는 '정남진'이라고 한다. 서울 사람 열 명에게 장흥이란 곳을 아는지, 어디에 있는지를 물어보면 채 한 명도 되지 않는다며, 장흥을 알리기 위해 강원도 동해의 정동진과 비교되는 정남진을 개발하고 있다고 한다. 정동진이 서울 광화문에서 정동쪽으로 내달으면 도착하는 나루라는 유래를 가진 것에 착안하여, 서울 광화문에서 정남쪽으로 내려오면 도착하는 해변이란 의미로 정남진이라 하여 지역 이미지 브랜드를 발굴했단다. 정남진은 우리나라 가장 추운 지역인 북쪽의 중강진과도 일직선상에 있다.

읍내에 들어서니 어느덧 밤이 되어 탐진강변의 불빛이 찬란하다. 숙소에 들어설 무렵 빗줄기가 쏟아지기 시작한다. 남도 끝자락 작은 도시 장흥에서 여장을 푼다. 맑고 밝은 햇살 아래 이른 봄날의 따사로움을 남쪽하늘 아래에서 맞보았는데 이제는 비가 내린다. 내일은 더욱 많은 비가 온다고 한다. 그럼 어떻게 해야 하나. 무얼 걱정하나, 내일 일은 내일 생각하자. 한 날의 기쁨과 고단함은 그 날로 족한 것, 오늘 하루의 삶에 감사하자. "우리에게 내일은 없다. 날이 지나면 내일은 바로 오늘"이라고 톨스토이는 말하지 않았는가. 나그네로서 최선을 다한 자신에게 찬사의 박수를 보내며 낯선 곳에서의 밤을 향유하며 생의 찬미를 노래한다.

다음날 아침이다. 비가 더욱 세차게 내린다. 이 빗속을 걸어야 하나 하는 생각도 잠시 정남진 바닷가로 향한다. "아직은 공사 중"이라는 택시기사의 말이 창가를 때리는 빗소리에 묻혀 사라진다. 꽤나 먼 거리를 달려 정남진에 도착했다. 바닷가에는 빗속을 나는 갈매기만 있을 뿐 고요하다. 먼 바다를 바라보며 상념에 잠긴다. 아직은 이른 시간, 그나마 하나뿐인 가건물의 천막 식당에도 손님을 맞을 준비가 되어 있지 않아 빗속을 거닌다. 잠시후 조개구이에 소주를 곁들이며 아주머니와 이야기를 주고받는다. 맑은 비바람이 파도소리에 밀려들어온다.

산과 들과 바다가 잘 조화를 이루는 장흥, 처음으로 밟아보는 장흥이 마음 가까이에 웃으며 다가온다. 정남진 바다에 내리는 빗소리와 파도소리가 외로운 나그네의 심사를 달래준다. 밝고 강하게 빛나는 남도 끝자락 정남진 장흥의 자랑이다. "봄에는 싱싱한 키조개가 있고 제암산 정상에는 선홍빛 철쭉이 울긋불긋 물들인다. 여름에는 살아 있는 갯벌에서 맨손으로 활어를 잡는 개매기 체험을 하고 탐진강변에서 시원한 물 축제를 한다. 가을에는 울긋불긋한 오색미(米) 들판을 내려다보는 도립공원 천관산의 억

새가 아름답다. 겨울에는 통통한 굴과 향긋한 매생이가 바닷속에서 꿈틀거린다."고 한다. 소설 '이어도'의 작가 이청준의 고향 장흥에서 마라도 남단 이어도가 희미하게 다가온다.

긴긴 세월 동안 늘 거기 있어 왔다.
그러나 섬을 본 사람은 아무도 없었다.
섬을 본 사람은 모두가 섬으로 가버렸기 때문이다.

이어도를 본 사람은 돌아오지 않았다. 바다 속에 있어 큰 파도가 밀려올 때만 모습을 드러내는 섬 이어도. 옛날의 그 열악한 배로 이어도를 보는 순간 배는 이미 바다 속으로 가라앉았다. 그러니 이어도는 본 사람이 없는 전설의 섬, 죽음의 섬이었다. 바다에 나가 돌아오지 않는 남편이나 아들이 깃든 곳, 자신들도 결국 그들을 따라 떠나야 될 곳이라 믿는 환상의 섬, 이어도는 피안의 이상향이자 복락의 땅이었다. 살아서 되돌아오지 못하지만 이어도는 이승의 삶이 고달플 때 편히 쉴 수 있는 죽음의 섬이면서 구원의 섬이었다. 이어도는 바로 마음으로 꿈꾸는 세상이자 오늘 내가 살아가고 있는 그곳, 곧 파랑도였다.

옛날옛날 제주도 어느 마을에 노모를 모시고 사는 부부가 있었다. 비록 살림은 곤궁했으나 알뜰살뜰 정이 오가며 행복한 웃음이 떠날 날이 없었다. 그러던 어느 날 동네 남정네들이 여인들만 살고 있다는 섬 이어도를 찾아 몰래 떠나갔다. 여인들은 바닷가에 달려가 목 놓아 불러보았지만 성난 파도만이 메아리 되어 돌아왔다. 모두가 생사불명, 오로지 남편만이 살아 돌아왔다. 그러나 아내는 남편을 그리다가 파도에 휩쓸려 간 뒤라 남편은 망부석처럼 바닷가에 서서 먼 수평선만 바라보았다. 아내는 파도에 밀려 떠다니다가 여인들만 살고 있는 아름다운 섬 이어도에 닿아 아들을 낳는다. 딸이면 키울 수 있으나 아들이면 죽여야 한다는 사실에 차마 아들을 죽이지 못하고 대바구니에 담아 보내고 이어도에서 바다로 추방당한다. 얼마 후 정신을 차려보니 자기가 살던 마을이라 집으로 달려갔다. 낯선 이들이 살고 있어 남편의 이름을 대고 묻자 "그분은 고조할아버지인데 이어도에서 돌아와 매일 바닷가에서 아내를 그리다가 병들어 죽었다."고 한다. 이어도의 하루가 인간세상의 십년이 된다는 사실을 그때 비로소 알게 된 아내는 한순간 백발이 성성한 노파가 되어 죽고, 한줌 바람이 되어 날아가 버렸다.

지상의 낙원, 피안의 섬 이어도는 사람들의 마음속에 있었다. 산 넘고 물 건너 찾아다닌 파랑새는 바로 자신의 마음에 있었다. 어디선가 희미한 음성이 들려온다. "너는 낯선 바닷가에 무엇을 찾아왔는가. 유토피아를 찾아왔다면 그 섬은 네가 살던 그곳이다. 현실이 두려워 멀리 도망을 친 건가. 그렇다면 돌아가서 당당히 맞서라. 새로운 지혜의 횃불을 찾아 나섰는가. 그렇다면 위대한 스승을 찾아가라. 신의 목소리를 듣기 원하는가. 그렇다면 기도하는 자들이 모인 곳으로 가라. 너는 왜 이곳에 와 있는가. 너는 무엇을 하고 있는가." 그렇다. 나는 왜 이곳에 서 있는가. 나는 지금 무엇을 하고 있는가. 구름처럼 바람처럼 흘러가고 싶어서 온 길, 바람이 어디서 와서 어디로 가는지 알 수 없지만 내 발걸음은 흐르는 시작과 끝을 정하고 발길 닿는 데로 길을 나서 여기에 왔다. 배움과 깨달음은 시간과 공간 속에서 자연스럽게 체득되리라. 위대한 스승인 시간이 가르쳐주고, 자연의 정령이 가르쳐주리라. 해와 달, 나무와 풀잎들이, 바람과 구름이, 내리는 비와 눈이 외로운 나그네에게 무엇을 생각하고 무엇을 해야 하는지를 말해주리라. 생각을 비우고 욕심을 비우자. 미움도 원망도, 후회도 모두 다 버리자. 오직 침묵하자. 떠들면서는 내 마음의 소리를 들을 수 없다. 침묵할 때만 흐르는 강물의 소리를 들을 수 있고, 웅장한 산의 외침을 들을 수 있고, 내 마음의 소리를 들을 수 있다. 무념무상으로 작은 인연에서부터 고마움을 느껴보자. 스치는 현상들의 의미를 더 깊이 있게 소중히 여기자. 마음을 흔드는 온갖 상념에서 벗어나 훨훨 날아다니는 자유로운 영혼을 갖자. 정남진 바다 위로 쏟아지는 빗소리가 마음 저 깊은 곳까지 깨끗이 씻어 내린다. '비야, 더욱 쏟아져라. 저 바다가 넘쳐흐르도록 쏟아져라. 하늘의 뚫린 구멍으로 폭포수같이 내리부어라. 그러면 노아의 홍수마냥 세상이 깨끗해지고 내 마음의 결이 펴지려는가?

다시 탐진강변의 숙소로 돌아와 지친 몸과 마음을 누인다. 잘 가꾸어 놓은 강변길로 사람들이 모여든다. 젊은 연인들이 밝은 모습으로 걸어간다. 저녁 무렵, 강 건너편에 보이는 장흥이 자랑하는 전국 최초의 주말시장인 토요시장에서 지역 특산물인 표고버섯을 곁들인 저렴한 한우고기를 안주 삼아 나그네 설움을 달랜다. 주룩주룩 빗소리가 밤새 창문을 두드린다. 탐진강변에 내리는 빗소리가 아득히 먼 옛날 엄마의 자장가 소리로 들린다. 비오는 날, 엄마의 눈물과 한숨이 섞인 자장가로 들린다. 엄마가 보고 싶다. 외로운 나그네가 낯선 곳에서 또 하루를 삼키며 엄마의 품에 안겨 죽음보다 깊은 잠으로 빠져든다.

05

오늘 내가 남긴
발자국은

녹색의 땅 보성으로(37km)

보 성

공자는 주유천하(周遊天下)를 하며 자신의 이상을 실현하려 했으나 어려웠다. 56세 때 자신이 태어난 노나라의 대사구가 되어 국정에 참여했으나 왕이 그의 뜻을 들어주지 않아 3개월 만에 부득불 사직했다. 그리고 공자는 위, 진, 송나라로 갔으나 모두 그를 받들어주지 않았다. 오히려 목숨의 위협을 느끼고 송나라를 허둥지둥 빠져나와야 했다. 공자가 정나라에 왔을 때 그의 제자들도 뿔뿔이 흩어지고 자공 하나만 남아 따라다녔다. 어느 날 공자는 울적한 심정으로 성 동문 아래 고독하게 서 있었다. 이를 본 어떤 사람이 공자를 찾고 있는 자공에게 말했다.

"성 동문 아래 한 사람이 서 있는데, 이마를 보면 요임금 같고 목을 보면 고요 같고 어깨를 보면 자산 같으며, 키는 훤칠하니 크나 허리 아래는 대우보다 세 치나 짧더군. 그 초췌하고 풀죽은 꼴을 보니 마치 상갓집 개 같은데!"

자공은 공자를 모욕하는 말인 줄 알고 공자를 찾아서 이야기를 하니 공자는 "그가 나를 이거 같소 저거 같소 하는 건 맞지 않을지도 모르나 상갓집 개 같다는 말은 옳아. 참 옳은 말이야"라고 했다.

상가지구(喪家之拘)라. 처량하게 상갓집을 기웃거리는 개같이 정처없이 떠돌아다니는 사람을 비유하는 말이었으니 공자의 심사가 얼마나 처연했겠는가. 후세 사람들은 이 말을 있을 집이 없거나 막다른 골목에 이른 사람을 비유하는 말로 썼다. 비록 떠돌아다니는 외로운 나그네지만 공자처럼 상갓집 개가 아니라 유유자적(悠悠自適) 풍류를 즐기는 운수납자(雲水衲子)라 자위하며 나의 길을 간다.

삼일수하(三日樹下)라고 했다. 한 나무 아래 사흘이 넘도록 머물지 말라는 뜻이다. 한 군데 오래 머물면 집착과 애욕이 생겨 깨달음을 얻기 위한 고행에 방해가 된다는 부처의 가르침이다. 계속해서 비가 온다. 비가 와도 오늘은 가야 한다. 비오는 날의 여행을 즐겨야 한다. 호계교에서 다시 오늘의 길을 간다. 할머니의 슈퍼는 정적에 싸여 있다. 인사를 드릴까 하다가 마음으로 보낸다. 우의(雨衣)에 내리는 비의 촉감이 신선하다. 비오는 날의 아침 공기가 폐부를 찌르며 시원하게 다가온다. 산마루에 구름이 한가로이 흘러간다. 보성까지는 17km, 길은 조용하다. 오직 빗소리만 정적을 깨트린다. 간혹 마주치는 사람들이 빗속을 걸어가는 내 모습이 신기한 듯 바라본다. 미소를 보내면 오히려 당황하여 고개를 돌린다. 누군가와 이야기를 하고 싶다. 마음으로 나누는 말을 하고 싶다. 하지만 오늘의 친구는 비밖에 없다. 내리는 비와 말을 나눈다. "봄비는 일비, 여름비는 잠비, 가을비는 떡비, 겨울비는 술비니 너는 일비야!" 라고 한다. 농부의 일손이 바빠지는 계절 봄이다. 때를 맞춰 봄비가 내린다.

　나는 비오는 날이 좋다. 봄에 오는 비는 포근해서 좋고, 여름비는 시원해서 좋다. 가을에 내리는 비는 쓸쓸해서 좋고, 겨울에 오는 비는 적적해서 좋다. 착하고 좋다는 뜻의 선(善)과 아름답다는 뜻의 미(美)는 똑같이 양(羊)에서부터 나왔다. 애초 같은 뜻이었다. 그러니 좋은 것은 아름다운 것이다. 그래서 비는 아름답다. 비오는 날이면 때로는 슬픈 마음이 든다. 오래 전 아팠던 상처들이 살아나와 알 수 없는 저 깊은 곳으로 자신을 이끌어 간다. 장터에 살던 어린 시절 마루에 앉아 처마에 떨어지는 비를 바라보며 슬픔에 잠겼다. 비가 오면 어머니, 막걸리와 국밥을 팔아 식구들의 양식을 마련해야 하는 어머니의 장날이 생각난다. 초등학교 3~4학년 시절 장날 비가 오면 교실 창밖으로 슬픔에 젖은 어머니가 스쳐갔다.
　비오는 등산길, 대구의 팔공산 염불암 처마 밑에 앉아 하염없이 눈물을 흘렸다. 비오는 추석 성묘길, 이름도 얼굴도 모르는 증조할머니 무덤 앞에서 "할머니! 이 가난의 질곡에서, 한 맺힌 수렁에서 벗어나도록 저 열심히 살 테니 도와주세요!" 하며 눈물로 절을 하던 고등학생 시절이 떠오른다.

비오는 산길을 걸으며 열심히 살리라 다짐했고, 한 잔 술을 마시며 방황도 했다. 즐풍목우(櫛風沐雨)라, 머리털은 바람으로 빗질하고 몸은 빗물로 목욕하는 방랑의 세월을 걸어오며 가야 할 그 길을 잃어버리지 않기 위해 노력했다. "구두닦이가 운명이라면 최고의 구두닦이가 되리라." "하인으로 살아야 한다면 천하제일의 하인으로 살리라." 하는 링컨과 도요토미 히데요시의 말을 되새겼다. 방황하면서도 매사를 긍정적으로 생각하려 노력했다. 30대 초반 책상에 붙여 놓고 스스로를 일깨운 글이다.

1. 나는 항상 희망을 품고 내일을 기다린다.
2. 나는 개척자의 강한 혼이 있어 극한 상황을 극복한다.
3. 내 몸에서는 강철과 같은 강인한 냄새가 풍긴다.
4. 나는 용기와 지혜로 수많은 난관을 극복한다.
5. 내 마음은 갈대와 같이 유연하여 늘 따뜻한 정을 잃지 않는다.
6. 나는 어떠한 불의의 압력이나 핍박에도 뜨거운 내 심장을 지킨다.
7. 나는 내 아내를 사랑하고 선한 아버지임을 자랑스럽게 여긴다.
8. 나는 내 인생을 아름답게 조각하는 최고의 조각가임을 항상 자부한다.

그럭저럭 살아가는 날들이 미래의 불안을 키우는 가운데 항상 새로운 전기를 맞아 전진하는 희망을 버리지 않았다. 오히려 희망이 있었으므로 인내할 수 있었다. 막막함 중에서도 희망이 있는 한 아직은 행복했다. "주머니에 손을 넣고서는 성공의 사다리를 오를 수 없다." "눈물로 씨를 뿌리는 자 기쁨으로 단을 거둔다." "고진감래(苦盡甘來)라, 참고 견디며 열심히 하면 그 열매는 달다." 라는 말들을 믿고 열심히 살았다. "지성이면 감천이요, 하늘은 스스로 돕는 자를 돕는다." 는 말을 확신했다. '자조(自助)의 정신이 영웅보다 강하다.' 라고 생각했고, '일신우일신(日新又日新)' 으로 회사의 사훈(社訓)을 삼아 향하(向下)가 아닌 향상(向上)되는 삶을 살기 위해 노력했다.

남에게 어떤 말이나 자극을 주어 그 사람의 생각이나 행동에 변화와 영향을 주는 것을 암시라 하며, 그 중에서도 남이 나에게 주는 암시를 타인암시, 내가 나 자신에게 주는 암시를 자기암시라 한다. 타인암시건 자기암시건 긍정적이고 적극적인 좋은 암시를 주어야 한다. 타인과 함께 있으면 즐겁고 의미 있고 배울 게 있다는 생각이 들어야 한다. 그렇지 않으면 함께 있는 것이 불편하게 느껴진다. 타인암시도 중요하지만 자기암시는 더욱 중요하다. 신념은 강한 자기암시다. '나는 할 수 있어. 하면 된다. 세상에 안 될 일이 어디 있어.' 하는 강한 자기암시는 심적으로 힘이 되지만, 패배주의에 젖어 '나는 할 수 없어. 해도 안 될 거야.' 라고 한다면 해보기도 전에 힘과 자신감을 잃고 만다. "네가 믿는 대로 되리라." 한 예수의 가르침이나 "일체유심조(一切唯心造)"라고 한 원효의 말은 모두 강한 자기암시를 갈파한 것이다. 겨자씨만 한 믿음만 있어도 산을 움직인다는 강한 자기암시를 마음밭에 뿌려 신념을 갖고 살아간다면 능치 못할 일이 무엇이 있겠는가. 적극적이고 긍정적인 자기암시는 삶을 변화시킨다.

내 인생에서 자기암시는 거의 절대적인 영향을 미쳤다고 해도 과언이 아니다. 때로는 방황과 좌절감을 느끼면서도 결코 포기할 수 없다는, 멋있게 일어나야 한다는, 그리고 일어날 수 있다는 의지와 신념을 가졌다. 그리고 믿는 대로, 원하는 모습대로 이루어진 결과를 그리며, 성취감을 미리 맛보며 열심히 살아왔다. 나는 소망의 위대함을 믿는다. 욕망은 몰락으로 인도하고 소망은 구원으로 인도한다. 씨앗을 뿌리지 않고 거두기를 원하면 욕망이지만, 뿌리고 추수를 원하는 것은 소망이다. 욕망의 끝에는 희망을 가장한 절망이 기다리고 있다. 연꽃이 더러운 흙탕물에 살면서도 물을 정화시키고 아름답게 꽃을 피우듯, 소망은 험한 세상의 고난과 역경 속에서 빛으로 인도하며 자유의 꽃을 피운다. 소망하고 또 소망해야 한다. 작은 소망하나를 이루면 다음 단계로 업그레이드를 해서 다시 도전하고, 다시 도달했을 때 또 다른 성취감을 맛보며 달려왔다. 그리고 어머니에게 달려가서 자랑했다. 그것은 나의 기쁨이기도 하지만 어머니에게도 한풀이요 기쁨이었다. 그럴 때면 아들이 자랑스러우면서도 안쓰러운 어머니는 말씀하셨다. "애비야, 이젠 공부 그만하고 잠 좀 자고 아이들하고 놀아가면서 쉬엄쉬엄해라."

사람은 자기가 심은 만큼 거둔다. 콩을 심으면 콩을 거두고 오이를 심으면 오이를 거둔다. 종두득두(種豆得豆)요 종과득과(種瓜得瓜)다. 눈물로 씨를 뿌려 기쁨으로 단을 거둔다. 아름다운 생명의 동산에서 밭을 갈고, 씨앗을 뿌리면서 부지런히 일하는 인생의 성실한 농부가 되어 살아간다. 내인생의 대지에 사랑을 심고 희망을 심고 용기와 환희를 심는다. 정성으로 씨앗을 뿌리고, 항상 감사하며 열심히 갈고, 웃으면서 열매를 거둔다. '인생은 예술'이라고 한다. 나는 내 인생의 조각가다. 내 인생은 내가 만들어내는 작품이다. 무엇을 조각할지는 순전히 나의 선택이다. 빛나는 생을 창조하기 위해서는 불굴의 의지로 노력해야 한다. 세계 최초로 히말라야를 정복한 힐러리 경은 "도전이야말로 인간의 본질이다."라고 말했다.

사람은 저마다 자기의 십자가를 지고 인생길을 간다. 고난의 십자가를 지지 않고 가는 인생은 없다. 뜻대로 되는 일보다 뜻대로 되지 않는 아픔이더 많은 것이 인생이다. 행과 불행, 길흉화복은 언제나 함께 온다. 호사다마(好事多魔)라고 하지 않는가. 행운의 여신은 맞아들이면서 불행의 여신에게 문을 닫는다면 행운의 여신 또한 이내 뒷문으로 나가버린다. 온실에서 자라는 화초는 생명력이 약하지만 들판에서 비바람을 맞으며 자라는 화초는 생명력이 강하다. 어릴 적 가난과 어머니의 눈물은 내 인생을 들판의 들풀같이 강하게 자라게 했고 들불같이 타오르게 했다. 환란이 오히려 유익이 되어 돌아왔다. 먼 길을 돌아왔지만 처음 원했던 그 자리에 왔다. 이제는 내 분수를 알아 안분지족을 누리고 수분지족의 삶을 간다. '이 세상에서 가장 강한 자는 자기를 이기는 자요, 가장 부유한 자는 자기가 가진 것으로 만족할 줄 아는 자' 라고 했다. 과유불급이니 욕심을 버리고 족한 줄을 안다. 바라는 바를 이루고 족한 줄을 알기에 소박하지만 성공을 자부한다. '그것이 나의 그릇이니까' 하며 자족한다.

　인생은 편력의 길을 가고 순례의 길을 가는 여행이다. 무거운 짐을 지고 먼 길을 가야 하는 방랑길이자 아름다운 소풍길이다. 광명의 길, 암흑의 길, 승리의 길, 파멸의 길, 절망의 길, 희망의 길을 가는 끝없는 유랑이다. 고난과 시련의 길, 영광과 환희의 길을 가는 나그네 여정이다. 어제도 오늘도 내일도 가야 하는 나의 길은 언제나 새롭다. 일신우일신(日新又日新), 혁신의 길을 가야 한다. 새롭게 펼쳐지는 시간(時間)의 길, 공간(空間)의 길, 인간(人間)의 길을 간다. 이 땅에 잠시 다니러 온 나그네가 자유로운 발길로 길을 간다. 빗속을 걸어간다.

　비가 온다. 비를 맞으며 웃는다. 쉰두 살의 인생의 능선에서 비오는 날을 관조한다. 비가 오면 걷고 싶었다. 비가 오면 어디론가 가고 싶었다. 비가 오면 외로워졌다. 비가 오면 누군가가 그리웠다. 비가 오는 날 바쁜 일이 생기면 싫었다. 비오는 날은 그 누군가와 말없이 술잔을 기울이며 마음을 나누고 싶었다. 아니 혼자라도 좋았다. 비가 있으니까. 비오는 낯선 시골 산길을 넘어간다. 간간이 지나가는 차량이 빗물을 튀긴다. 사람을 구경하기가 어려운 시골길, 외로운 나그네 빗속을 걸어간다. 처연한 심정이 되니 발걸음도 기운이 없다. 갑자기 패잔병이 된 것 같은 느낌이다. 비오는 날의 발걸음에 활기보다는 무거움이 깔려 있다. '이것은 아니다.' 하며 다시 힘

차게 걷는다. 마음도 다시 밝아온다. 마음이 걸음걸이를 만들고, 걸음걸이
가 다시 마음을 만든다.

사람의 걸음걸이는 천차만별 각양각색(各樣各色)이다. 어떤 사람의 걸
음걸이는 세련되고 당차며 어떤 사람의 걸음걸이는 패배자의 걸음걸이다.
갈 길 잃어 방황하는 자의 걸음걸이와 목표를 향해 힘차게 나아가는 자의
걸음걸이는 분명히 다르다. 그 걸음걸이가 하루아침에 이루어진 것이 아
니니 곧 인생의 반영이라 할 수 있다. 자연스런 자신의 걸음걸이를 보는 것
은 자신의 인생을 보는 것과 같다. 자신이 내딛는 한 걸음 한 걸음이 인생
을 만드는 과정이라고 생각하면 함부로 내딛을 수가 없다. 제대로 걷는 한
걸음이 인생이 된다면 오직 그것에만 집중하여 당당하고 의연하게 발걸음
을 내딛을 일이다. 다시 발걸음에 활력이 넘친다.

장동면 소재지를 지나니 삼거리에 'slow city 15km' 라는 안내 표지판이
보인다. 느림의 대명사 달팽이 그림도 그려져 있다. 한국은 아시아에서 유
일하게 민간인이 주도하는 범지구적 운동 슬로시티를 배출한 국가다. 장
흥군의 대표마을은 유치면 반월마을이다. 슬로시티는 국제연맹이 직접 실
사해서 선정하는데, 인구 5만 명 이하 지역이어야 하고 자연 생태계가 철
저히 보호되어야 한다. 또한 지역주민이 전통문화에 대한 자부심을 가지
고 있어야 하며, 유기농법에 의한 지역 특산물도 있어야 한다. 그리고 대형
마트나 패스트푸드점이 없어야 한다. 슬로 철학으로 삶도 사업도 모든 것
을 슬로 슬로로 하자는 운동이다.

'사업(BUSINESS)' 은 BUSY+NESS에서 나온 말로 '사업은 바쁘고 빠른
것' 이라는 의미를 내포하고 있다. 그러나 요즘은 그러한 통념도 차츰 변해
가는 추세다. 이제 삶의 풍성함은 자기 발밑의 소중한 것을 찾아내는 데서
비롯된다는 사실을 인식해야 한다. 그러자면 느림을 즐길 수 있는 여유가

있어야 한다. 그 느림을 즐기기 위해서는 많은 것들이 뒷받침되어줘야 한다. 똑같이 주어진 시간으로 느림의 여유를 누리기 위해서는 더욱 부지런해야 한다. 남들보다 더 열심히 노력해야 그 느림이란 걸 즐길 수 있게 된다. 이 느림의 멋을 즐기기 위해, 느림의 여유를 망각하지 않기 위해 더욱 부지런히 하루하루를 살아가야 한다. 조금씩 천천히 끊임없이 나아가며 낭만이 있고 여유가 있고 꿈이 있는 느림보 달팽이가 될 것이다.

삼거리 슈퍼마켓 처마 밑에서 잠시 비를 피하며 휴식을 취한다. 따뜻한 커피로 몸을 녹인다. 왠지 저절로 웃음이 난다. '집 나오면 개고생이라는데 왜 이렇게 사서 고생이람.' 하고는 다시 걸음을 재촉한다. 12시 경에 김연아 선수의 금메달 도전 경기가 있어 그전에 도착하여 식사하며 응원하자는 생각으로 부지런히 걷는다. 12시가 조금 지나자 보성 읍내가 보인다. 가장 가까운 식당을 찾아서 살피는데 녹차갈비탕 전문집이 보인다. 차(茶)의 고장 보성에서는 별미인 녹차갈비탕이 유명하기에 다행이라 생각하며 식당으로 들어갔다. 비에 젖은 신발을 벗고 넉살 좋게 양해를 구해 발을 씻고는 방안의 TV 앞에 앉았다. 음식 투정 한 번 안 하는 습관이지만 처음 접해본 갈비탕 국물맛이 기대만큼은 아니었다. 갈비탕을 다 먹은 후에도 경기는 시작되지 않았다. 시간은 자꾸 가는데…. 할 수 없이 자리를 박차고 일어났다. 발이 젖지 않도록 비닐봉지를 얻어서 발을 감싸고 신발을 신었다. 발은 이미 빗물에 젖어 퉁퉁 불고 물집이 하나 생겨 있었다. '물집이라!' 의외였다. 빗줄기는 쉬지 않고 쏟아져 내렸다.

보성역 앞에 이르자 '판소리서편제 보성소리고장'이라 새겨진 돌로 된 조형물이 비를 맞으며 애수에 젖은 소리를 내뿜고 있다. 민간 전승문화인 판소리는 민중들의 삶이 촉촉이 묻어 나오는 예술로서 호남지역을 중심으로 발전해왔다. 영조 때부터 조선 말기까지의 소리광대 90명을 망라해 기록한 『조선창극사』의 '광대열전'에는 전라도 출신이 62%를 차지하는데, 그 중에서도 전북 출신이 전남 출신의 갑절이다. 섬진강을 중심으로 남서 쪽인 보성, 장흥, 나주 지역의 가늘고 애잔하며 기교와 수식을 가미한 소리를 '서편제'라 하고, 섬진강을 중심으로 동편인 구례, 운봉, 순창, 고창 지역의 굵고 우람한 통성의 소리를 '동편제'라 한다. 보성의 소리가 일맥을 이룬 것은 특히 회천면 강산마을의 박유전에 이르러서였다. 그의 음악은 대원군에 의해 강산제라는 칭호를 받는데, 대원군은 실각 후 박유전을 찾아 강산마을에 와서 소리판을 벌였다고 한다.

읍내를 벗어나 한적한 길 옆 소공원에는 '다향보성(茶香寶城)'이란 조형물이 보성이 녹차의 수도임을 자랑한다. 보성은 전국 최대의 차 주산지로서 녹차의 고장이다. 한국 차의 명산지로서 지리적으로도 한반도 끝자락에 위치해 바다와 가깝고 기온이 온화하면서 습도와 온도가 차 재배에 아주 적당하다. 보성군에서는 차 산업과 차 문화의 보급 발전을 위해 매년 '다향제'를 개최한다. 옛사람들은 차를 마시며 마음을 나누었다. 맑고 향기로운 차 한 잔을 마시며 시를 노래하고 인생을 노래했다. 찻물을 끓이는 동안 대숲과 솔바람 소리를 듣고, 한 잔의 차를 마시며 흰 구름과 밝은 달을 초대하여 벗을 삼았다. 그 맥을 이어 다향이 된 보성은 차 문화를 보급하는 전진 기지로서 자리매김했다. 차 씨는 구법승들에 의해 중국에서 들어오기도 했지만, 오히려 신라의 차 씨를 중국에 퍼뜨린 후 등신불이 된 지장법사는 우리나라 최초의 다시를 남겼다. 스님의 시 '동자를 산 아래로 내려 보내며'이다.

암자가 적막하니 너는 부모 생각나겠지
정든 절을 떠나 구화산을 내려가는 동자여

난간을 따라 죽마 타기 좋아했고
땅바닥에 앉아 금모래를 모았었지
냇물로 병을 채우려 달 부르던 일
단지에 찻물 끓이며 하던 장난도 그만두었네
잘 가라, 부디 눈물일랑 흘리지 말고
늙은 나야 벗 삼는 안개와 노을이 있느니라

빗줄기가 점점 굵어지는 도로를 따라 소설 『태백산맥』의 무대 벌교를 향해 간다. 2번국도 4차선으로 올라가는데 빗소리를 뚫고 경적이 울린다. 깜짝 놀라 고개를 돌리니 30대 중반의 사내가 차창을 열고 의아하게 쳐다보며 묻는다.

"이 빗속을 정말 걸으실 겁니까?"

"예." 하며 미소 지었다.

"정말 걸으실 겁니까?"

"그럼요." 하고 웃는다.

"대단하십니다."

이렇게 말하고 그는 염려와 부러움이 겹치는 표정으로 웃으며 달려간다. '마음씨가 고운 친구구나.' 생각하며 더욱 세차게 쏟아지는 빗속을 간다. 4차선 도로에 들어서니 차량통행이 많아 위험해보여 조심한다. 차량들 또한 이 빗속을 걸어가는 이상한 보행자가 신경 쓰이는 듯 경적을 울리기도 하고 비상 깜박이를 작동하며 서행한다. 간혹 비를 맞고 걸어가는 별난 인간이 어떻게 생겼는지 얼굴을 보려는 듯 옆에 와서 천천히 가기도 한다.

쇠실휴게소가 보인다. 반갑다. 잠시 비를 피하고 한기를 떨치려 문을 열고 들어섰다. 애국가가 들려왔다. TV 앞으로 가서 보니 김연아 선수가 시상대에 서 있었다. 순간 '금메달을 땄구나!' 생각한다. 기분이 좋았다. 따

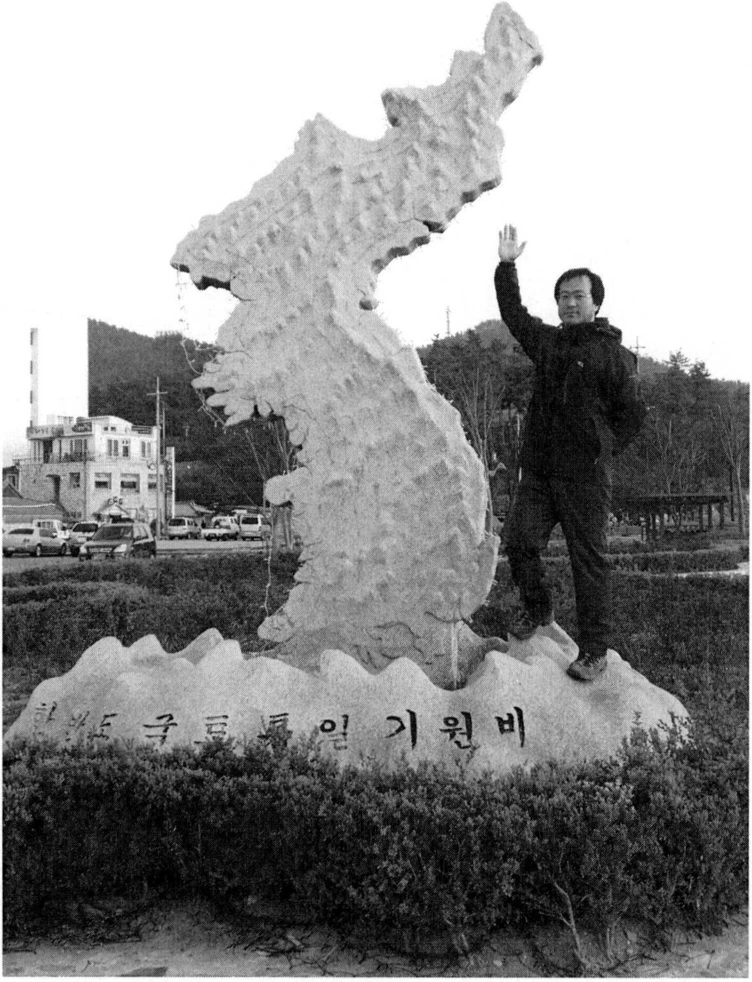
한반도 국토 통일 기원비

뜻한 차를 한 잔 마시며 난로 옆 의자에 앉았다. 탁자 위에 낯익은 얼굴의 사진이 있었다. 유인촌 장관이었다. '2007년 여름 국토종단 길에 해남에서 4일째 되는 날 여기 휴게소에 들러 기념사진을 찍은 것'이라며 휴게소 아주머니가 설명해준다. 아주머니에게 나는 3일째라고 하고는, 국토 종단하는 사람들이 많이 다니느냐고 물었다. 그러자 "서울까지, 임진각까지, 자기 고향까지, 자기가 현재 살고 있는 곳까지, 가끔 고성 통일전망대까지 간다고 하는데, 그곳까지 진짜 갔는지는 모르겠지만 모두들 참으로 대단하다."고 하며 웃는다. 국토종단을 하는 사람들이 오고가는 길을 오늘 나도 걷고 있구나 생각하니 동질감이 느껴져 뿌듯해진다. 대한민국에서 태어나 이 땅 위를 내 발로 걸어보는 일은 분명 소중하고 의미 있는 일이다. 그것은 이 땅 위에 스쳐갔고 현존하는 존재들에 대한 관심이고 사랑이다. 내 나라 내 땅의 역사와 문화, 자랑거리를 알지 못하고 먼 나라부터 찾아가는 사람들이 많다. 별을 바라보느라 발밑의 꽃을 보지 못하는 처사다. 자신의 정든 고향을 걸어서 찾아가고, 국토를 종단하면서 분단된 민족의 통일을 기원하고, 백두대간의 근골을 가련한 두 발로 걸으면서 그 발자국마다 사랑과 이해와 염원을 담아 걷는 일은 자신의 존재에 대한 확인이요 성찰이며 국가와 사회, 국토와 자연에 대한 사랑이고 관심이다. 조태일의 '국토서시'다.

발바닥이 다 닳아 새 살이 돋도록 우리는
우리의 땅을 밟을 수밖에 없는 일이다.

숨결이 다 타올라 새 숨결이 열리도록 우리는
우리의 하늘 밑을 서성일 수밖에 없는 일이다.

야윈 팔다리일망정 한껏 휘저어

슬픔도 기쁨도 한껏 가슴으로 맞대며 우리는
우리의 가락 속을 거닐 수밖에 없는 일이다.

버려진 땅에 돋아난 풀잎 하나에서부터
조용히 발버둥치는 돌멩이 하나에까지

이름도 없이 빈 벌판 빈 하늘에 뿌려진
저 혼에까지 저 숨결에까지 닿도록

우리는 우리의 삶을 불 지필 일이다.
우리는 우리의 숨결을 보탤 일이다.
일렁이는 피와 다 닳아진 살결과
허연 뼈까지를 통째로 보탤 일이다.

휴게소에는 '김구선생은거지' 기념 소공원이 있었다. 백범 김구
(1876~1949) 선생은 22세 때 일제가 명성황후를 시해하자 이에 대한 응징
으로 일본군 장교 쓰치다를 살해하고 옥고를 치르다가 탈옥하여 이곳 득
량면의 쇠실마을로 찾아들었다.

일제의 명성황후 시해 암호명은 '여우사냥'이었다. 이는 모방의 천재 일
본이 당시 세계 강국이며 같은 섬나라인 영국의 민속 야외 스포츠 '여우사
냥'에서 작전명을 따온 것이다. 1895년 10월 8일 을미사변, 명성황후는 늙
은 상궁의 간곡한 말에 궁녀의 옷으로 갈아입고 궁녀들 사이에 섞여 앉자
마자 일본도를 든 낭인들이 경복궁 옥호루로 들이닥쳤다. 낭인의 우두머
리는 궁녀들 틈에 있는 명성황후를 찾아내 칼을 휘둘러 가슴을 베었다. 숨
이 끊어져 가면서도 당당하고 비명조차 지르지 않는 황후의 의연함에 낭

인들은 화가 났다. 낭인들은 황후를 윤간하고 밖으로 끌어내 석유를 끼얹고 불을 질렀다. 시해사건에 참가했던 낭인의 칼집에는 '일순전광자노호(一瞬電光刺老狐)', 곧 '단숨에 전광과 같이 늙은 여우를 베었다.'고 적혀 있었다. 2007년 7월, 명성황후 시해 사건을 반성하는 일본의 전 현직 교사 13명이 남양주에 있는 명성황후의 무덤을 찾아 사죄했다. 2005년에는 시해 가담자 후손 2명이 '명성황후를 생각하는 모임'의 교사들과 이곳을 방문한 바 있다.

유학자에서 동학교도로, 동학교도에서 걸시승(乞詩僧)으로, 걸시승에서 기독교인으로 변모해가는 백범 김구의 사상 역정은 얼마나 진지하고 치열하게 삶의 의미를 추구하고 민족과 백성을 위해 고뇌했는지를 알 수 있다. 평소 백범이 애송한 휴정 서산대사의 선시다.

답설야중거(踏雪野中去) 불수호난행(不須胡亂行)
금일아행적(今日我行跡) 수작후인정(遂作後人程)

눈 오는 벌판을 가로질러 걸어갈 때/ 발걸음을 함부로 하지 말지어다.
오늘 내가 남긴 자국은/ 드디어 뒷사람의 길이 되느니

사람이 길 아닌 길로 가면 가시덩굴이나 진흙탕에 빠져 고생하게 된다. 그래서 사람은 반드시 길로 가야 한다. 사람에게는 마땅히 가야 하는 사람의 길, 곧 인도(人道)가 있다.

공자가 말하는 인도는 효제충신(孝悌忠信)이다. 율곡 이이도 선비의 행위 중 효제가 근본이라 하며 삼천 가지 죄목 중 불효가 가장 큰 죄라고 했다. 또한 장자는 "도는 우리의 감각으로 알아낼 수 있는 것이 아니다."라고 하며 큰 뜻을 품은 위대한 인간이 가는 길을 설파한다. "북쪽 바다에는 물고기가 있으니 그 이름을 곤이라 한다. 곤의 크기는 몇 천리인지 알 수 없다. 변하여 새가 되니 그 이름을 붕이라 한다. 붕의 등은 몇 천리인지 알 수 없다. 한 번 떨쳐 날면 그 날개가 하늘에 드리운 구름과 같다. 붕이 날면 물길을 갈라 치는 것이 삼천리요, 요동쳐 오르는 것이 구만리이며 여섯 달을 가서 쉰다고 한다. 그래서 큰 뜻을 품고 떠나는 위대한 인간의 모습을 표현할 때 '붕정만리(鵬程萬里)'라고 한다."

　백범은 뒷사람의 길이 되는 위대한 길을 걸어갔다. 백범이 남긴 발자국 붕정만리를 바라보며 다시 길을 나선다. 하늘에서 내리는 비, 지나가는 차들이 튕겨주는 빗물로 온몸은 이내 흠뻑 젖었다. 고개를 내려오니 4차선 도로 옆으로 농로가 있다. 도로를 벗어나 농로를 걸으니 날아갈 것만 같다.

　농로를 따라 한참을 걸으니 덕산제 저수지다. 저수지 전망대에서 잠시 상념에 젖어본다. 물새들이 비오는 저수지 위를 날고 있다. 처연한 심사와는 달리 한 폭의 그림 같은 아름다운 경관이다. 발걸음을 옮겨 예당리 마을을 지난다. 남매가 사법고시를 합격해서 온 마을사람 모두가 함께 축하해 주는 현수막이 도로 가운데 비바람에 날리며 춤을 춘다. 나의 고등학교 일학년 생활기록부에 기록된 장래 꿈은 검사였다. 3학년 때 장래 꿈을 목사로 바꾸면서 전혀 새로운 길을 가게 된 그때를 회상해본다.

　조성면을 지난다. 어느덧 오후 5시, 빗줄기는 가늘어졌다. 지도상으로 우회하는 길이 있어서 도로에서 내려와 한가롭게 산길을 돌아서 올라간다. 춘산각이란 누각이 고풍스럽게 자리 잡고 있다. 누각에 올라앉으니 뱃속이 출출하여 보성에서 사온 식은 찐빵을 한 입 물고는 목이 메어 물을 마신다. 누각에는 삶의 교훈이 되는 글귀들이 여기저기 많이 새겨져 있다. '재산을 잃으면 조금 잃는 것이요, 명예를 잃으면 많이 잃는 것이요, 건강

을 잃으면 모두를 잃는 것이다.' 등의 글들이다. 인적이 드문 곳에 누군가
가 지나가는 사람을 위해 지은 듯하다.

　우리나라에는 오랜 옛날부터 한여름 피서지로 모정(茅亭)과 누정(樓亭)
이 있었다. 누정은 누각과 정자를 일컫는 정자 식 건물이다. 쌓아올린 대
위에 세운 건물을 누각이라 한다면, 누정은 밑에 대가 없다고 할 수 있다.
조선시대 누정은 양반 남성들을 위한 곳이었다. 야트막한 구릉이나 산록,
계곡이나 경관 좋은 강변, 절경의 암반 위나 연못가에 누정을 지었다. 음풍
농월로 세월을 보내는 특권층에 대한 비판도 따르지만, 자연을 관조하고
조화를 이루고 살아가는 선비들의 멋과 풍류도 있다. 16세기 이후, 특히 연
산군에서 중종 대에 이르는 시기에 많이 건립되었는데, 이는 정치세력 간
의 권력다툼이 벌어지자 많은 선비들이 정계진출을 단념하고 고향에 내려
가 여생을 보내게 된 데 그 이유가 있다. 이러한 전통은 송나라 때의 대유
학자 주희가 무이산에 들어가 무이정사라는 정자를 세워 은거하면서 비롯
되었다. 퇴계 이황은 도산서당을, 서경덕은 개성의 화담에, 남명 조식은 지
리산 자락에, 율곡 이이는 황해도 해주의 석담에 정자를 지어 제자들을 가
르쳤다. 이는 선비의 마음가짐은 부귀공명만을 추구하는 것이 아님을 보
여준다고도 할 수 있다. 진주의 촉석루, 안동의 영호루, 밀양의 영남루, 울
진의 망양정, 간성의 청간정 등 공식 기록에만 885개에 달하는 누정은 전
국 곳곳에 있다. 이름난 누정의 편액에는 지금도 당대 일류의 글씨와 문장
이 전해져오고 있으니 자연 풍광이 좋은 곳에 위치한 누정에서 주옥같은
시와 산수화가 탄생했다.

　모정은 글자 그대로 농민들이 한여름 더위를 피해 잠시 휴식을 위해 사
용하는 초가를 얹은 소박한 정자다. 농민들의 휴식처이자 집회소요, 순박
한 농민의 숨결이 살아 있는 곳이다. 모정은 한여름철 김매던 농민들이 점

심을 먹고 불볕더위를 피해 눈을 붙이는 요긴한 장소다. 모정은 원래 초가 지붕이었으나 요즘에는 기와를 얹곤 한다. 모정은 누정에 비하면 전통의 지속력이 강하다. 시대가 변한 지금도 여전히 생활 속에 살아 숨 쉬는 공간 으로 자리 잡고 있다. 비록 초가가 기와로 바뀌었을지라도 모정이란 이름 을 그대로 간직한 채 역사 속에 함께 공존하고 있는 것이다.

모정이라기보다는 누정에 가까운 춘산각에서 나그네의 뱃속을 달래고 심사를 달래며 먼 산을 바라본다. 산 위에는 구름이 흘러가고 마음에는 느 낌의 조각들이 떠간다. 저 침묵의 묵중한 산과 같이, 저 유연한 구름같이 살고 싶다. 초근목피로 연명하더라도 자연과 더불어 자유롭게 살고 싶다. 씨줄 날줄로 얽힌 인연의 굴레에서 벗어나 가끔은 혼자이고 싶다. 그리고 내 안의 나를 보고 싶다. 가끔은 이렇게 훌훌 떠나 모든 것을 놓아버리고 싶다. 그래서 정말 자유인이, 자연인이 되고 싶다. 가끔은 바보가 되고 싶 다. 바보처럼 웃고 싶다. 가끔은 눈을 감고 침묵하고 싶다. 우뚝 솟은 바위 처럼 침묵하고 싶다. 무소의 뿔처럼 혼자서 가고 싶다.

> 큰 소리에 놀라지 않는 사자처럼
> 그물에 걸리지 않는 바람처럼
> 흙탕물에 물들지 않는 연꽃처럼
> 무소의 뿔처럼 혼자서 가고 싶다
> ('수타니파타')

어둠이 밀려오고 외딴 산기슭을 올라간다. 작은 공원이 있다. 천하대장 군과 지하여장군이 지친 나그네를 반가이 맞아준다. 세운 장소에 따라 그 기능이 다양한 장승들, 이 장승들은 험악한 얼굴이 아닌 친근한 얼굴들이다. 위엄과 권위를 지키며 악귀를 물리치려는 것이 아니라, 먼 길 가는 지친 나그네에게 힘과 용기를 주고 고개 넘어 평안히 가라고 인사를 한다. 『변강쇠전』의 한 대목이다.

천하의 색골 옹녀가 천하의 오입쟁이 변강쇠에게 투정을 부렸다. 건장한 저 신체에 밤낮 하는 것이 잠자기와 그 노릇뿐, 굶어죽기 고사하고 우선 얼어죽을 테니 오늘부터 지게 지고 나무나 하여 옵소. 옹녀의 투정을 받고서 강쇠가 나무를 하러 갔다. 그런데 하라는 나무는 안 하고 장승을 빼내어 지게에 지고 왔다. 이를 보고 깜짝 놀란 옹녀가 말했다. "에그, 이게 웬일인가, 나무하러 간다더니 장승 빼어왔네 그려. 나무 암만 귀타 하되 장승 빼어 뗀단 말은 듣도 보도 못 했소. 만일 패어 때었으면 목신동증(木神動症) 조왕동증 목숨보전 못 할 테니 어서 급히 지고 가서 전 자리에 도로 세우고 왼발 굴러 진언(眞言)치고 달음질로 돌아옵소." 그러나 강쇠는 도끼 들고 달려들어 장승을 패어 군불을 지핀다. 이에 함양장승 대방이 발론하여 통문을 보내 조선팔도 장승을 모두 소집하여 장승동증을 발동하여 강쇠를 공격한다.

장승 동티난 변강쇠 이야기가 소설과 판소리로 두루 전해지는 것이나 장승이 대체로 험악한 인상을 하고 있는 것으로 보아 예전 사람들은 장승을 함부로 건드려서는 안 되는 영물로 인식했다. 장승은 마을을 수호하고 때로는 이정표 기능을 한다. 사계절 비바람과 눈보라를 맞으면서 마을을 지켜주는 장승은 무섭고도 친근한 벗이었다.

'있으라고 내리는 이슬비인지, 가라고 내리는 가랑비인지.' 부슬부슬 비가 내리는 고개를 넘어가니 지도에 표시된 대로 땅거미 사이로 하얀 모텔이 시야에 들어온다. 드디어 다 왔구나. 남은 오늘 하루의 길, 지친 발걸음이지만 희열에 차서 걷는다. 여장을 푼다. 따뜻한 욕조에 몸을 담그고 빗속에서의 고된 하루의 여정 뒤에 희열을 느껴본다. 바람결에 운율을 타고 창문가에 빗소리가 실려온다. 저녁식사를 하려 하니 멀리서 배달을 와야 하는데 1인분은 배달이 안 된단다. 얼큰한 오징어볶음에 소주 한 병 곁들여 지친 몸을 달랜다. 계속해서 내리는 밤비, 창문을 두드리는 바람소리와 이름 모를 산새의 가락을 자장가 삼아 평온하고 아늑한 잠 속으로 빠져든다.

"신이시여! 사랑하는 사람들과 살아 있는 모든 존재들, 생명이 없는 모든 것에 이르기까지 당신의 축복 속에 평안한 밤이 되게 하소서."

아아, 인생은 아름다워라!

06

청산은
나를 보고

시골나라 곡성으로(45km)

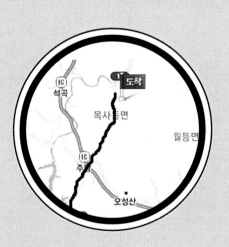

곡 성

청산은 나를 보고 말없이 살라 하고
창공은 나를 보고 티 없이 살라 하네
탐욕도 벗어놓고 성냄도 벗어놓고
물같이 바람같이 살다가 가라 하네

세월은 나를 보고 덧없다 하지 않고
우주는 나를 보고 곳 없다 하지 않네
번뇌도 벗어놓고 욕심도 벗어놓고
강같이 구름같이 말없이 가라 하네

고려 말의 선승 나옹선사(1320~1376)의 노래다. 무학대사의 스승으로 나옹이라는 이름은 '게으른 늙은이'라는 뜻이니, 언제나 마음을 한가롭게 가지라는 말이다. 양지바른 곳에서 졸기나 하고 손끝 하나 까딱하지 않으니 공양주 보살이 "저 노인은 공부도 안 하고 일도 안 하니 공양을 드리지 말아야지." 한다. 푸른 하늘 흰 구름을 무대로 바람소리 산새소리 반주 삼아 '사랑도 부질없고 미움도 부질없어 청산은 나를 보고 말없이 살라 하네.' 하는 나옹선사의 노래를 부르며 나 홀로 깊고 고요한 산길을 넘어간다.

고요한 산골의 새벽, 새 소리에 잠을 깨어 창문을 연다. 비온 뒤의 신선한 새벽 공기가 폐부를 찌른다. 상큼한 아침이다. 오늘 하루도 평안하길 기도하며 하루를 시작한다. 전기장판으로 인한 아쉬움을 달래려 뜨거운 욕조 물에 몸을 담그고 활력에 찬 하루를 상상한다. 모텔 밖으로 나오니 어제 보지 못한 모텔 주변 정경들이 새롭게 다가온다. 벌교까지는 아직 거리가 먼데, 어제 이 모텔이 없었다면 얼마나 번거로웠을까 생각하니 고마움을 느낀다. 신선한 아침이다. 이른 시간 정적에 깃든 하얀 집이 내가 사랑하고 그리는 꿈속의 고향, 청산에 있는 고향 집을 떠올리게 만든다.

　나에게도 내 인생에 자랑하고 싶은 일들이 있다. 그 중에서도 가장 흐뭇한 일은 내 고향 시골에, 내가 살아왔던 그때, 그 어렵고 힘들었던 그곳에 부모님을 위하여 새로운 안식처를 꾸며드린 일이다. 북풍한설(北風寒雪) 추위가 몰아치는, 먹고 살기 위해 힘들게 고뇌하는 부모님의 삶의 무게를 느꼈던 방 두 칸짜리 북향집을 헐고 그곳에 하얀 2층집을 지었다. 부모님은 좋아하셨다. 부모님을 모시고 시골에서 생활하던 아우 또한 신명이 났다. 그 2층집을 짓는 데는 아우의 피와 땀이 서려 있다. 아우가 시골로 오기 전 몸이 불편한 어머니와 술을 좋아하시는 아버지, 자식들이 모두 힘들어했다. 나는 아우에게 이렇게 제안했다.

　"시골로 가라. 먹고 사는 문제는 형이 평생 책임질게. 단 부모님 잘 모셔라."

　당시 의정부에서 레스토랑을 하고 있었지만 경영이 힘들었던 아우는 시골 행을 결심했고, 나는 아우와 제수씨에게 감사했다. 아우는 허름한 시골집을 개조해서 낙향했다. 부모님은 좋아하셨다. 특히 불편한 몸으로 식사 준비를 하시던 어머니에게는 큰 힘이 되었다. 아우의 새로운 삶 속에서 어머니와 나의 삶은 바뀌었다. 한두 주일마다 시골집에 가면 내 역할은 집안 대청소하고 냉장고 청소하고 시장보고 설거지하고…, 참으로 많았다. 그리고 돌아서는 발걸음. 시골집이 보이지 않을 때까지 눈물을 흘렸다. 그러나 아우가 오면서 모든 것이 달라졌다. 아우가 시골로 오는 것은 부모님께도 내게도 아우에게도 모두 행복한 일이었다. 아우는 시골생활에 멋있게 적응하고 모두들 평화로웠다. 그리고 나는 결심했다. 부모님 살아생전 멋있는 집을 지어 행복한 노후를 보내게 해드리자고. 아우도 시골생활 잘할 수 있도록 해주자고. 결국 나도 이곳 청산에 묻힐 것이니, 바로 내 고향에 예쁜 집을 지어보자고. 그렇게 해서 청산에 하얀 2층집이 지어졌다. 그렇게도 가난했던 청산의 '돌네집' 이 모든 시골 사람들이 부러워하는 '하얀 2층집' 으로 변했다. 청산의 하얀 2층집은 우리 모두의 기쁨이었다. 2003년 새 집을 지었던 이 무렵이 청산의 부모님과 아우의 가족이 가장 행복한 때였고, 나 또한 모든 것이 즐거웠다. 청산에는 지극한 평안이 있었다. 아우는 포항에서 오는 건설회사(포스홈, 이 글을 빌려 새삼 감사를 전한다)와 대화하고 직접 몸으로 땀을 흘리며 혼신의 힘을 다했다. 집이 지어지고 나자 아우는 말했다.

"형, 나도 고생 많이 했는데 수고비 두둑하게 줘야 되는 것 아닌가?"

"네가 평생 살 집인데 수고비는커녕 형한테 감사해라."

"에이, 형 농담이지."

"그래, 정말 고생 많이 했다."

이제 겨우 6시가 조금 넘은 시간, 길은 한가롭고 사람도 차도 없다. 2호선 국도를 따라간다. 조금만 더 가면 소설 『태백산맥』의 무대 벌교다. '함부로 주먹자랑 하지 말라' 는 꼬막으로 유명한 벌교를 배경으로 쓰인 소설 『태백산맥』은 여순반란사건의 실패자들이 지리산으로 퇴각하는 것으로 시작되는 민족의 아픔을 보여주는 이 시대의 걸작이다. 작가 조정래는 작품을 통하여 민족통일의 진로를 가로막는 이데올로기적 대립의 역사적 뿌리를 파헤치고 여순사건의 연장선상에서 6·25를 조명하고 있다. 군인 242만 명, 민간인 286만 명이 사망한 동족간의 전쟁인 6·25전쟁 60주년을 맞이하여 다시 한 번 민족의 비극을 되새겨본다.

태백산맥은 길이 600km, 원산 부근의 추가령 곡에서 동해안을 따라 낙동강 하구의 다대포 부근까지 이르는 산맥으로서 한국에서 가장 긴 남북 주향의 산맥이다. 우리나라의 산맥은 태백산맥을 근간으로 하여 광주산맥, 차령산맥, 소백산맥, 노령산맥으로 이루어진다. 산맥이란 산지의 산봉

우리들이 길게 연속적으로 이루어진 지형이다. 그러나 100여 년 전의 우리 선조들은 그런 산맥을 알지 못한다. 우리가 아는 산맥은 1900년부터 2년간 일본인 고토로 분지로가 한반도를 답사한 후 광맥에 따라 분류, 명명한 지리 인식체계다. 우리에게는 그 이전 산맥체계를 수계(水系)와 연결시켜 정리한 분류체계가 있었으니, 그것이 바로 백두대간이다.

　백두대간은 백두산(2744m)에서 두류산(백두산에서 흘러내려온 산)의 다른 이름인 지리산(1915m)까지의 큰 산줄기다. 백두대간의 출발지로서 민족의 성산(聖山)으로 추앙받는 백두산에서 동해안을 끼고 국토의 척추인 양 이어진 대간은 금강산(1638m)을 지나고, 남한으로 향로봉(1293m), 진부령(529m), 설악산(1708m), 오대산(1563m), 대관령(832m), 두타산(1353m), 태백산으로 이어 흐르다가, 남쪽으로 낙동강의 동쪽 분수 산줄기인 낙동정맥을 형성시켰다. 대간의 본줄기는 다시 소백산(1421m)을 지나고 죽령(689m), 역사상 최초로 개통된 하늘재(525m), 이화령(548m), 속리산(1508m)으로 뻗어내려 한강과 낙동강을 분수했다. 이로부터 다시 금강과 낙동강의 분수령이자 예로부터 영남과 중부지방을 잇는 추풍령(221m), 황학산(1111m), 삼도봉(1177m), 덕유산(1614m), 육십령(734m), 영취산(1,075m)까지 금강의 동쪽 분수산맥을 형성하며, 섬진강의 동쪽 분수령인 지리산에서 백두대간은 끝난다. 총 길이 1625km에 이르는 우리나라 땅의 근골(筋骨)인 산줄기이다. 이 가운데 남한 구간은 지리산에서 향로봉까지 약 690km에 이른다. 우리나라 산줄기는 1대간, 1정간, 13개의 정맥으로 구성되었고, 이는 모두 강의 유역을 경계 짓는다. 대간과 정간은 동서 해안으로 흘러드는 강을 양분하는 산줄기다. 정맥은 대간과 정간으로 갈라져 하나하나의 강을 경계 짓는 분수 산맥을 말한다. 백두대간의 산줄기들은 지역을 구분 짓는 경계선이 되어 각지의 언어 · 습관 · 풍속 등과 부족국가의

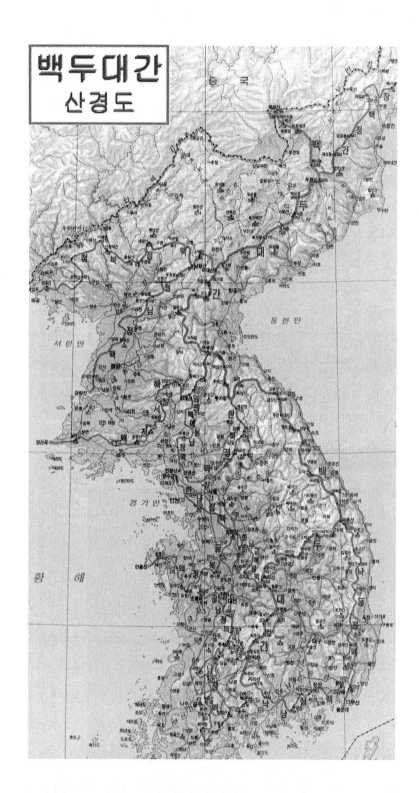

영역을 이루고 행정의 경계가 되었으며 오늘날까지 자연스러운 각 지방의 분계선이 되었다.

백두대간을 체계화한 지리책이 『산경표(山經表)』이다. 신경준이 지었다는 설과 1800년대 초기에 어떤 이가 신경준이 지은 책을 참고로 하여 편찬한 것이라는 설이 있다. 『산경표』의 원리는 '산은 산으로 이어지고 산은 물을 넘지 못하며 산은 인간을 나누고 물은 인간을 잇는다.' 라는 인문 지리적 입장이다. 『산경표』의 가치는 오늘의 실제 지형과 일치한다는 점이다. 산과 물에 따른 지역 간 문화차이를 반영하므로 우리의 전통문화와 인문, 지리, 역사를 이해하는 데 필수적이다.

우리나라에서 가장 완벽한 자연의 길은 백두대간의 길이다. 한반도 지형의 등뼈를 이루는 대간 길은 평균고도가 1000m를 넘는다. 대간 능선의 봉우리에서 바라보는 장쾌함은 이루 형용할 수가 없고, 대간의 원시림을 걸으면 태고 시대로 되돌아가는 청량감과 생명력을 느낀다. 대간은 하루를 걸으면 헝클어진 마음이 차분해지고, 이틀을 걸으면 건강한 삶이 되살아난다고 한다. 1990년대 초부터 일기 시작한 백두대간 종주 열풍으로 지금은 많은 산악인들이 백두대간 종주를 하고 있다. 산을 좋아하는 내게도 그것은 오랜 숙원이었다. 그래서 지난해 3월, '백두대간의 꿈' 7인으로 구성된 종주 팀을 만들어 격주로 월 2회 구간 종주를 시작했다. 도보여행을 나서기 위해 추풍령에서 잠시 발걸음을 멈추었지만, 도보여행을 마치면 다시 종주 팀과 합류하여 백두대간 종주를 마무리할 계획이다. 캄캄한 새벽 2~3시경에 산행을 시작하여 하루 평균 10시간 이상, 거리 20km 이상을 걸으니 보통 사람이 걷기에는 체력의 부담이 있다. 힘들고 어렵지만 두 발로 걸어서 국토의 산하를 종주하는 일은 얼마나 멋있고 의미 있는 일인가. 내 나라 내 땅의 자연과 사람을 만나고, 과거와 현재를 만나는 일은 남아 있는 이 땅의 삶을 더욱 풍요롭고 아름답게 장식해줄 것이다. 백두대간 종주는 쩨쩨하게 굴지 않고 가슴을 확 펴고 살아가는 지혜의 눈과 마음을 주는 선계(仙界)로 가는 산행이다.

산길로 접어든다. 빽빽한 푸른 나무들이 젊음을 자랑한다. 꼬불꼬불, 간간이 시골농가가 있고 산 위에는 파란 하늘이 구름 너머로 사이사이 고개를 내밀며 펼쳐져 있다. 아름다운 한 폭의 그림이다. 산새들도 경쾌한 목소리로 아침을 노래한다. 자연의 신묘한 조화가 연출되는 아침이다. 동쪽 하늘에서 날이 밝아오고 새로운 생명의 숨결이 시작된다. 대지가 기지개를 켜고 깨어나고 몸을 일으키면서 새로 태어난 신선한 아침의 숨결을 느낀다. 나뭇잎들과 풀잎들도 깨어난다. 모든 사물이 새 날의 숨결과 함께 움직이기 시작한다. 모든 곳에서 생명이 새롭게 거듭난다. 이것은 더 없이 신비로운 일이다. 비록 날마다 일어나는 일이지만 접하고 느낄 수가 없었다.

태양이 구름 사이로 고개를 내민다. 모처럼의 만남이라 반갑다. 모든 살아 있는 존재와 식물들은 태양에서 생명을 얻는다. 태양이 없다면 어둠만 있고 대지 위에서는 생명이 사라질 것이다. 하지만 태양도 대지의 도움을 받지 않으면 안 된다. 비를 내리는 구름이 있기 때문에 태양과 대지가 협력해 생명에 필요한 수분을 공급한다. 신선한 공기와 햇볕, 구름과 바람, 자연의 모든 것이 새삼 아름답고 신비하게 조화를 부린다. 사람이 이 세상을 소중히 여기지 않으면 세상 또한 인간을 소중히 여기지 않는다. 세상은 아름다움을 발견하고 아끼는 자에게 아름다움을 베푼다. 인간이 세상의 신비를 무시하고 마음대로 땅을 파헤치고 나무를 베어 넘긴다면 세상은 슬픔을 준다. 세상은 사람들이 생각하는 것의 반영이다. 사람들이 자연을 파괴하고 훼손한다면 언젠가 자연 또한 사람들을 삶 밖으로 내동댕이칠 것이다. 대자연의 반격으로 고통을 받을 것이다. 네덜란드의 신학자 에라스

무스의 대표작 『우신예찬』에서 '지상에서 가장 행복한 종족' 으로 묘사한
인디언들의 십계명이다.

대지는 우리의 어머니, 그 어머니를 잘 보살피라.

나무와 동물과 새들, 당신의 모든 친척들을 존중하라.

위대한 신비를 향해 당신의 가슴과 영혼을 열라.

모든 생명은 신성한 것, 모든 존재를 존경하는 마음으로 대하라.

대지로부터 오직 필요한 것만을 취하고, 그 이상은 그냥 놓아두어라.

모두에게 선한 일을 행하라.

모든 새로운 날마다 위대한 신비에게 감사하라.

진실을 말하라. 하지만 사람들 속에선 오직 선한 것만을 보라.

자연의 리듬을 따르라. 태양과 함께 일어나고 태양과 함께 잠들라.

삶의 여행을 즐기라. 하지만 발자취를 남기지 말라.

자연은 만물을 낳아서 기른다. 만물을 낳아 기르면서도 자기 소유로 삼
지 않는다. 스스로 일했으면서도 자신의 능력을 뽐내지 않고, 만물을 길러
주었지만 아무것도 거느리지 않는다. 이것을 일러 '현묘한 덕' 이라고 노
자는 말한다. 자연은 위대한 스승이다. 자연으로부터 겸허히 배워야 한다.

산기슭을 넘으니 이마에 땀이 맺힌다. 내리막길에 등광제 저수지가 맑
은 얼굴을 내민다. 어제까지 내린 비구름이 아직 완전히 개이지 않고 산마
루에서 한가롭게 떠간다. 한쪽 산봉우리에는 흰 뭉게구름이 뭉게뭉게 피
어오른다. 흰 구름 먹구름이 천산만봉(千山萬峰)을 둥실둥실 떠간다. 막히
는 데가 없이 조화를 부린다. 구름은 변화의 선수요 유연의 극치다. 구름에
게는 바람이라는 동행이 있다. 바람이 없으면 구름은 움직일 수 없다. 바람

처럼 구름처럼 자유롭게 주유천하를 하고 싶다. 오르막이 있으면 내리막이 있고, 내리막이 있으면 오르막이 있다. 인생살이도 마찬가지다. 쨍하고 해뜰 날이 있으면, 비가 오고 흐린 날도 있는 법이다. '화무는 십일홍(十日紅)이요 권불십년(權不十年)'이라 했다. 봄꽃도 한때요 부귀영화도 한때다. 길흉화복(吉凶禍福), 흥망성쇠(興亡盛衰)가 돌고 도니 인생만사(人生萬事)가 일장춘몽(一場春夢), 남가일몽(南柯一夢), 호접몽(胡蝶夢)의 꿈속이라 영원한 것은 없다. 인생은 세 권의 책을 쓴다. 이미 과거에 쓴 책, 미래에 쓰일 책, 그리고 현재 쓰고 있는 책이다. 인생이라는 책의 그 첫 장에는 탄생이 있고, 마지막 장에는 죽음이 있다. 탄생과 죽음의 길 위에는 많은 이야기의 장이 있다. 그 이야기를 어떻게 써내려갈 것인가는 작가의 몫이다. 불성실한 태도로 쓸 것인지 감동적으로 쓸 것인지는 작가인 주인공 자신의 역할이다.

기온이 쌀쌀해서 이내 땀이 식고 마음까지 시원해진다. 산골집들이 고향에 온 듯 푸근하다. 삼거리 슈퍼에서 아침 요기할 곳을 물으니 없단다. 꼼짝없이 굶는구나 하고 우유로 아침을 대신한다. 먹고 사는 것이 어려웠던 어린 시절이 억울해서 고등학교 자취생활을 할 때도 '굶지 말자'는 슬로건을 책상에 붙여 놓았다. 15번 국도를 따라 오르막길을 간다. 뱃속에서 밥 달라고 시계가 울린다. 송광사로 가는 이정표가 보인다. 다시 땀을 뻘뻘 흘리며 고개를 오르니 석거리재 휴게소다. 늦은 아침식사를 하고 느릿느릿 여유롭게 내려간다. 12시경 송광 면소재지에 도착했다. 점심식사를 못할까 봐 간단히 먹기로 하고 중화요리 집에 들어가 자장면을 주문했다. 아뿔싸, 행색이 남루한 나그네에 대한 배려인지 푸짐하다. 주인장의 성의를 무시할 수 없어 남김없이 먹고 나니 포만감에 흐뭇하다.

어떤 사람이 자장면 아홉 그릇을 먹고 나서 계산이 얼마인지 묻는다. 종

업원이 "손님, 이왕이면 계산하기 좋게 열 그릇 채우시지요." 하니 손님 왈, "내가 돼지인 줄 알아요?" 하며 화를 낸다. 밖으로 나가던 손님이 배가 불러 중심을 못 잡아 넘어졌다가 툭툭 털면서 일어나서 하는 말, "역시 밀가루 음식은 끈기가 없구나." 옛 이야기를 떠올리며 웃는다. 그래, 집 나서면 춥고 배고픈 게 제일 서러운데 등 따숩고 배불러야지!

주암호가 보인다. 광주와 전남도민의 식수원인 주암호, 주암댐이 건설되면서 남도의 젖줄이 되었다. 장쾌한 호반 경관은 바다와는 또 다른 낭만을 준다. 보성, 순천, 화순의 3개 시군을 거쳐 인공적으로 조성된 주암호는 섬진강을 거쳐 남해로 흐른다. 아름다운 호반 경관의 이면에는 실향민들의 가슴 아픈 애환이 있다. 정든 고향이 수몰되어 떠날 수밖에 없는 실향민들을 위로하기 위해 세워진 망향루에 오르고, 망향비를 바라보면서 갈 수 있는 고향이 있다는 사실에 감사한다.

내 고향 안동에는 안동댐, 임하댐이 있다. 댐이 만들어지고 수몰지구 사람들은 고향을 떠나야 하는 실향민이 되었다. 그들은 다시는 고향에 돌아갈 수 없었다. 세상으로 나와 살아가면서 돌아다녀보니 나의 중심은 언제나 고향에 있었다. 고향이 구심력, 원심력으로 끌어당기고 나는 항상 그 주위를 맴돌고 있었다. 세상이 아무리 넓어도 온 세상의 중심은 나 자신이고, 나의 근원은 어머니이고 고향이며 그 속에 깃든 아득한 추억이었다. 추억은 언제나 '나 돌아가리라~' 하는 희망의 샘이었다. 세상의 바다를 떠다니다가 다시 돌아가 정박하고 쉴 수 있는 정든 고향이 있다는 것은 축복이요 기쁨이다. 고향은 어머니요 집이다. 아침에 나갔다가 저녁에 돌아오는 안식처다. 역발산기개세(力拔山氣蓋世)로 세상에 발자국을 남기며 돌아다니다가 인생의 그림자가 점점 길어지는 황혼 무렵에 다시 돌아갈 안락의 보금자리다. 지난날들이 꿈결처럼 희미하게 스쳐 지나가고 추억만이 놀랍도록 아름답게 다가오는 인생의 황혼에는 어제의 눈물과 회한으로 얼룩지기도 하고 편안한 미소로 다가올 다음 세상을 기대하기도 한다. 사랑하는 사람들, 정든 고향 산하와 오랫동안 떨어져 세계의 한 끝에서 다른 끝까지 누비며 유랑의 발걸음을 옮기다가 불현듯 다시 돌아가 머물고 싶은 고향은 인생의 아침이고 저녁이다. 사람은 고향의 하늘과 뒷동산, 마을을 흐르는 시냇물이 키운다. 동쪽하늘에서 떠오르는 태양이 꿈을 키우게 하고 서산 너머로 미소 짓는 석양은 욕심을 지운다.

괴테는 "자기 인생의 맨 마지막을 맨 처음과 맺을 수 있는 사람은 행복하다."라고 했다. 빈손으로 왔다가 빈손으로 가는 것이 인생이라고 한다. 내가 처음 왔던 그곳에서 마지막에 다시 빈손으로 돌아가 한줌의 흙이 되는 것이 인생이다. "사람은 필요한 것을 찾아 세계를 돌아다니다가 고향에 와서 그것을 발견한다."는 말이 있지 않은가. 내가 찾아 헤맨 그 파랑새가 고향에 있는 것이다. 나그네는 돌아가기 위해 길을 떠난다. 돌아갈 고향이 있기 때문에 정처 없는 발걸음이 여유롭고 운치 있다. 흙에서 창조된 인간이 한줌의 흙으로 돌아가는 것은 나그네 발길의 출발이고 귀향이다. 수구초심(首丘初心)이라, 여우는 죽을 때 머리를 자기가 살던 굴로 향한다. '물고기도 제 놀던 물이 좋고' '호마(胡馬)는 북풍을 그리워한다.' 고 하지 않는가.

도연명은 "새는 옛 숲을 그리워하고 고기는 옛 못을 생각한다."라고 하며 귀거래사를 노래했다. 다섯 말 쌀의 봉급을 위해 상급관리에게 굽실거려야 하는 벼슬을 버리고 고향으로 돌아간다. 이러한 도연명의 취향을 후세 사람들이 흠모했고, 누구나 도연명에 빗대어 아첨하면 그것이 아첨인 줄 알면서도 기뻐했다. 어느 고을의 화가가 고을 원님에게 아첨하기 위해 '귀거래도(歸去來圖)' 그림을 그려주었다. 원님은 자기가 벼슬을 버리고 돌아가기를 원해서 화가가 그런 그림을 그렸다고 생각하여 크게 화를 내고 화가를 심하게 매질했다고 한다. 아첨도 사람을 가려서 해야 할 일이다. 언젠가는 고향으로 돌아가겠다는 귀소의식이 강한 우리 민족이 빚은 이야기다. 도연명이 굽실거리며 녹을 받고 사느니 차라리 전원으로 돌아가 생활은 궁핍하지만 한가롭게 사는 길을 택했다면, 견유학파의 철학자 디오게네스가 그러하다.

고대 그리스의 철학자 디오게네스는 조의조식(粗衣粗食), 즉 거칠게 먹고 험하게 입고 산 사람으로 유명하다. 형편이 구차스러운 그는 값싼 푸성귀를 구해 깨끗이 씻어 먹곤 했다. 하루는 그가 시냇가에서 푸성귀를 씻고 있는데 유복한 친구 아리스티포스가 지나가며 이를 보고 안타깝다는 듯 중얼거렸다.

"고개 숙이는 법을 조금만 알아도 호의호식할 수 있을 것을…."

그러자 디오게네스가 돌아보면서 응수했다.

"조의조식하는 법을 조금만 알면 고개 숙이고 알랑방귀 뀌지 않아도 될 것을…."

디오게네스는 환한 대낮에도 촛불을 들고 다녔다. 사람들이 물으면 정직한 사람을 찾기 위해서라고 대답했다. 그는 집 대신 나무통 하나를 가지고 그 통을 굴리며 다니다가 밤이 되면 적당한 데 자리 잡고 잠을 잤다. 어느 날 평소 철학자를 좋아하는 알렉산더 대왕이 그를 만나러 와서 정중하게 인사하며 물었다.

"도와드릴 일이 없겠습니까?"

"있지요. 햇살을 가리고 있으니 조금만 비켜서주시오."

함께 왔던 사람들은 철학자의 퉁명스러움을 비웃었지만 알렉산더는 돌아서면서 중얼거렸다.

"내가 만일 알렉산더가 아니라면 디오게네스가 되고 싶다."

BC 323년 6월 13일 알렉산더가 죽는 날 디오게네스도 죽었다. 다음 세상에서 그들은 같은 날 태어났다. 이 철학자는 사람들의 시선이 있는 곳에서도 수음(手淫)하는 것을 마다하지 않았다. 사람들이 어째서 점잖지 못하게 그런 짓을 하느냐고 하면 태연하게 대답했다.

"가죽만 몇 차례 문질러주면 되니 해결이 얼마나 손쉽고 빨라? 배고픔도 이것처럼 뱃가죽을 몇 차례 문질러주는 것으로 해결되면 얼마나 좋을까?"

정복자 알렉산더를 면전에서 비아냥거릴 수 있었던 디오게네스도 성욕이나 배고픔의 해결은 쉽지 않았던 모양이다. 도연명이나 디오게네스는 위대한 정신의 소유자이다. 자신이 원하는 삶의 길을 거침없이 살아갔다. 구속함이 없는 자유의 길, 정신의 자유로움을 꿈꾸며 잔잔한 주암호를 따라 걸어간다. 주암호에는 조국의 광복과 근대화를 위하여 고향을 떠나고 나라를 떠나야 했던 서재필 선생 기념공원이 있다. 서재필 선생은 1864년 순천시 용덕면 용암리 가내마을에서 태어났다. 1884년 갑신개혁을 주도해 3일천하를 이룬 뒤 이의 실패로 미국 망명길에 올랐다. 우리나라 최초의 의학박사가 된 후 1895년 귀국해서 『독립신문』을 창간하는 등 열정을 다하다가 1951년 87세를 일기로 타계했다.

차량의 왕래가 비교적 적은 한적한 길을 걸어 조계산 도립공원으로 들어가는 송광사 삼거리를 지나간다. 삼거리에서 송광사까지는 2.5km, 다녀오기에는 멀게 느껴져서 다음에 다시 오기로 하고 길을 재촉한다. 불보사찰이라 불리는 송광사가 조계산에 자리 잡고 있으니, 이는 인도에서 중국으로 건너온 달마대사가 선종을 일으킨 초조, 즉 1대조이고 6대조인 혜능과 관련이 있었다.

혜능은 중국에서는 남쪽 오랑캐의 땅이라 불리는 신주 사람이다. 일찍이 아버지를 여읜 그는 땔나무 장수를 하며 홀어머니를 모셨다. 하루는 나

무 판 값을 받고 나서는데 집주인이 경 읽는 소리가 들렸다. 혜능이 그 구절이 어느 경이냐고 물으니, 나무 산 사람이 『금강경』이라며, 자기는 동선사에서 왔는데 동선사에는 선종의 법을 다섯 번째로 전수한 5조 홍인대사가 있으며, 그 밑에 배우는 승려가 7백 명이 넘는다고 한다. 혜능이 동선사를 찾아갈 뜻을 밝히자 그는 은 열 냥을 주면서, 홀어머니에게 혼자 살 방도를 마련해주고 뜻을 세워 공부하라고 했다. 혜능은 한달을 걸어 동선사에 이르러 홍인대사를 만났다.

"너는 어디에서 왔으며 무엇을 구하고자 하느냐?"

"저는 신주 사람으로 스님에게 불법을 배워 부처가 되고자 합니다."

"신주 사람이면 오랑캐인데, 오랑캐가 어찌 부처가 될 수 있겠느냐?"

"스님의 몸은 오랑캐의 몸과 같지 않을 것입니다만, 부처 성품에야 무슨 차이가 있겠습니까?"

"그렇다면 여기서 일하는 스님들과 일이나 해보거라."

"대체 어떤 밭에서 무슨 일을 하라시는지요?"

"방앗간으로 따라가서 방아나 찧어라."

혜능은 방아 찧기와 장작패기로 여덟 달을 보냈다. 어느 날 홍인대사가 은밀히 혜능을 찾아왔다.

"네 소견이 쓸 만하다고 생각한다만, 내가 너를 아는 체하지 않는 것은 다른 제자들이 너를 해칠까 두려웠기 때문이다. 너도 짐작하느냐?"

"저도 그래서 스님 계시는 조당 문턱에는 가까이 가지 않았습니다."

어느 날 대사가 7백 명이나 되는 제자들을 한 자리에 모으고 일렀다.

"이제 너희들은 참 마음자리로 돌아가 그 마음자리를 지혜로써 살피고, 깨달음의 노래를 지어 오너라. 만일에 큰 뜻을 깨친 자가 있으면 의발(衣鉢)을 전하리라."

의발이란 초조 달마대사의 장삼과 밥그릇으로, 이는 자신의 뒤를 이어

달마의 법을 여섯 번째로 계승하는 6조로 삼겠다는 뜻이었다. 혜능은 글을 몰랐다. 그래서 장별가라는 사람에게 자신이 시를 읊을 테니 글을 받아서 달라고 부탁했다.

보제본무수(菩提本無樹)
명경역비대(明鏡亦非臺)
본래무일물(本來無一物)
하처야진애(何處惹塵埃)

깨달음은 본래 나무가 아니요
마음 거울 또한 틀 위에 놓인 것이 아니다
본래 한 물건도 없는데
어디에 때가 묻고 먼지가 앉는단 말인가

다른 수행자들은 그 노래를 보고 모두 놀라움을 감추지 못했다. 그러나 홍인대사만은 형편없는 글이라며 그 노래를 지워버렸다. 행여 다른 수행자들이 해할까 두려워서였다. 홍인대사는 그날 밤 혜능을 가만히 불러 의발을 전해주었다. 혜능은 그 절을 도망쳐 나와 조계산에서 법을 일으킨다. 송광사가 자리한 산 이름이 조계산이고 서울의 조계종 총림이 조계사인 것은 우리의 선종이 이 혜능의 법통을 이어받았기 때문이다. '본래무일물 하처야진애' 다.

조계종은 한국을 대표하는 불교종단이다. 그 이면에는 800년 전인 고려시대 지눌이 있다. 고려는 불교국가였다. 당시의 승려들은 깊은 산사에서 참선하는 구도자의 모습이 아니었다. 화엄종, 법상종 등은 교종 종단으로 고려건국 이후 왕실 및 문벌귀족들과 결합해 온갖 특혜를 누렸다. 그러던 중 무신정권이 출범하며 자신들의 기반이 무너지자 정권에 반발했고, 이런 시대적인 분위기에서 등장한 선승(禪僧)이 지눌이다. 지눌(1158~1210)은 '언어를 사용하지 않고 교 밖에 따로 전한다[不立文字, 敎外別傳]'는 종지를 담은 선종에 관심을 가지고 참선과 독경에 힘쓰며 평생 동안 『육조단경』을 지은 중국 선종의 육조 혜능을 사모하여 스승으로 모셨다. 지눌이 얼마나 혜능을 사모했는지, 만년에 송광산 길상사를 9년 동안에 걸쳐 중창불사를 통해 확장한 뒤, 송광산을 혜능이 머물렀던 조계산의 이름을 따서 조계산으로 개칭했다. 조계(曹溪)란 본래 혜능의 별호로서, 지눌은 조계종이 오늘날의 위치를 차지하는 데 결정적인 역할을 한 것이다. 당시 무신정권은 교종을 억압하고 선종을 지원하여 선종과 교종의 대립이 심각했다. 지눌은 '선(禪)은 부처의 마음'이고 '교(敎)는 부처의 말씀'이니, 선과 교가 둘이 아님을 깨달음으로 인도적인 교와 중국적인 선을 회통함으로써, 선을 위주로 하되 교를 소홀히 하지 않는 한국적인 불교를 창도하기에 이르러 불교 개혁운동에 앞장섰다. 지눌은 송광사 법당에서 육환장을 높이 들어 법상을 두어 번 내리친 후 "일체의 모든 진리가 이 가운데 있느니라." 하는 말을 남기고 열반에 들었다. 7일 후 화장하여 오색사리 수백 개를 거두어 수선사 북쪽에 탑을 세우고 봉안했다.

보조국사 지눌이 절을 짓기 위해 전국을 두루 돌아다니다가 이곳 조계산에 이르렀을 때의 전해지는 이야기다. 산꼭대기에 이르러 둘러보니 훌륭한 가람터가 시야에 들어왔다. 하지만 그곳에는 산적의 소굴이 있었다. 그곳을 찾아가서 산적에게 붙잡힌 지눌은 자신이 중이라 했다.

"흥, 중이라고? 관아에서 온 놈이 중으로 변장하고 왔으렷다!"

산적은 지눌을 끌고 가서 한쪽에 묶어놓고 자기들끼리 식사를 했다. 계곡에서 잡은 송사리 매운탕을 맛있게 먹던 산적이 갑자기 일어나, "저놈이

중이라면 물고기 반찬을 먹지 못할 거야." 하고는 지눌에게 건네니 지눌은 말끔히 먹어치웠다.

"고기를 먹는 것을 보니 네놈은 중이 아닌 게 틀림없다!"

그 말에 지눌은 계곡의 흐르는 물에다 먹은 것을 토해내기 시작했다. 국사의 입에서 나온 송사리들이 수면에 닿자마자 이내 다시 살아나 헤엄쳐 달아났다. 산적들은 자신들의 잘못을 빌고, 그 자리에 절을 짓는 일을 도와주고 제자가 되었다. 그 절이 바로 송광사요, 지금 송광사 골짜기 물속에서 헤엄치는 고기들은 지눌이 토해놓은 물고기의 후손이라고 한다. 그리고 물고기도 송사리라는 이름 대신 '중이 토한 고기'라 하여 '중토'라고 부른단다.

송광사, 우리나라 오랜 불교 역사 속에서 전통 승맥을 계승한 승보사찰로 법보사찰인 합천 해인사, 불보사찰인 양산 통도사와 더불어 삼보사찰로 불린다. 송광사는 신라 말 혜린선사에 의해 창건되어 송광산 길상사라 했다. 고려에서 조선 초기까지 180년 16명의 국사(國師)를 배출하면서 승보사찰이 되고, 해인사는 팔만대장경이 있어 법보사찰이 되었으며, 통도사는 부처의 진신사리가 있어 불보사찰이 되었다.

부처는 길에서 태어나서 보리수나무 아래 길에서 성도(成道)했으며, 길에서 도를 전하고 길에서 열반(涅槃)했다. 부처가 길에서 설법한 말씀을 기록한 것을 경(經)이라 하는데, 해인사에 있는 팔만대장경은 81258매의 경판에 1538종의 경전으로 되어 있다. 이를 책으로 엮으면 6805권이나 되고, 날마다 1권씩 읽으면 18년이 걸린다고 하니, 그 방대함은 참으로 대단하다.

양산 통도사는 오대산 월정사, 설악산 봉정암, 태백산 정암사, 사자산 법흥사와 함께 부처의 진신사리를 봉안한 5대 적멸보궁이다. 적멸보궁이란 부처의 진신사리를 봉안한 전각을 말한다. 부처의 진신을 모신 것을 상징하니 법당에는 별도의 불상이 없다. 진신사리는 곧 부처와 동일체로 숭배

받는다. 신라의 승려 자장율사가 당나라에서 가져온 부처의 사리 100과를 얻어 나누어주어 통도사는 불보종찰이 되었다.

주암호 호수가 끝나가는 주변에서 아쉬움을 달래며 앉아서 휴식을 갖는다. 잔잔한 호수에는 구름이 그림자도 남기지 않고 지나가고 새소리만 들려올 뿐 세상이 고요하다. 한가로움이 무한한 평안으로 이어진다. 다시 길을 나서니 차량의 시끄러운 소리가 들려오고 주암 IC가 모습을 드러낸다. 창촌리 가게에서 물 한 통을 사서 곡사동면으로 가는 한적한 길로 접어든다. 큰 나무그늘 정자에 앉아 먼 하늘을 바라본다. 흰 구름이 흘러간다. 새들이 지저귄다. 인적이 드문데 한 농부가 빠른 걸음으로 걸어간다. 덩달아 나도 다시 길을 재촉한다. 지도상으로 보아 오늘은 잠자리가 없어서 괜히 마음이 쓰인다. 고갯마루에 오르니 '곡성군 목사동면' 이라는 안내판이 보인다.

아아, 드디어 곡성 땅에 발을 내딛는구나 생각하니 반가웠다. 구름에 덮인 산기슭에 마을이 보인다. 산으로 둘러싸인 평온한 시골마을이 마치 아늑한 엄마의 품 같아서 고향의 그리움이 스며든다. 어둠이 몰려오는 시간, 잠자리가 없어서 목사동면사무소로 갔다. 여러 사람들이 있었다. 하룻밤 재워줄 곳을 청하니 여기는 없고 차를 타고 이웃 면소재지로 가야 한다며 마을 청년회장이 태워주겠다고 나섰다. "시골인심이 좋습니다." 하며 차에 오르니 옆 자석에 앉은 사람이 "혹시 인터넷에 글을 올리시면 꼭 그렇게 써달라."고 농담을 한다. 차는 인근 석곡면으로 달렸다. 가는 도중에 날이 캄캄해졌다. '목사동면' 이라는 명칭이 특이하다며 유래를 묻자, 목사동(木寺洞)의 木은 '十+八' 이며, 그래서 18개의 사찰이 있었다는 전설에 의해 붙여진 이름이란다. 청년회장인 자신이 18개의 사찰을 찾는 일을 하고 있는데, 현재 12개의 사찰 흔적을 발견했다며 자랑스러워한다. 잠시 대화를 나누는 사이에 차는 어느덧 숙소에 도착했다. 정월 대보름 쥐불놀이 가 있으니 구경 오라는 말을 남기고 청년회장은 갔다. 젊은 친구의 애향심 이 남다르고 훈훈한 정이 고마웠다.

식사를 하고 숙소에 들어가려 식당으로 갔다. 해장국을 주문하고 기다 리는데 갑자기 밖이 소란스럽다. 나가보니 20여 명의 풍물패가 정월대보 름을 맞이하여 업소에 들러 복을 빌어주며 한판 신명나게 풍악을 울리며 놀고 있었다. 잠시 후 식사를 하고 있는데 풍물패가 식당으로 들어왔다. 식 당 아주머니는 정성으로 술과 음식을 대접하고 돈이 든 봉투도 내민다. 풍 물패 중 한 명이 감사히 받으며 덕담을 건넨다. 아주머니도 연신 허리를 굽 혀 인사한다. 풍물패가 가고 난 뒤 한 아주머니가 들어와서 넋두리를 한다.

"아이고, 우리 집도 하고 가야 하는데, 그냥 가버렸네."

거리로 나오니 가랑비가 촉촉이 내린다. 모텔에 들어가니 주인이 없다. 전화를 하다가 보니 아주머니가 달려오는데 식당에서 방금 만난 그 아주 머니다. 방은 전기장판이 깔려 있고 난방이 되어 있지 않아서 냉기가 흐른 다. 욕조에 뜨거운 물도 나오지 않는다. 왠지 서글퍼진다. 그나마 비를 피 할 수 있는 잠자리가 있다는 사실에 감사하면서 대충 씻고 옷을 입은 채 잠 자리에 몸을 눕힌다. 보름달을 볼 수 없는 정월 대보름의 밤이 낯선 곳에서 깊어간다. 나그네의 심사에 외로움도 깊어간다.

07

비익조(比翼鳥)와
연리지(連理枝)

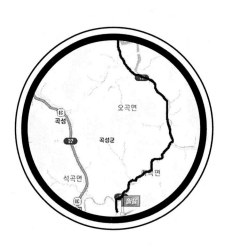

한국의 미 남원으로(42km)

남 원

어떤 사람이 처마 아래서 비를 피하고 있다가 관세음보살이 우산을 쓰고 가는 것을 보고 말한다.

"관세음보살님, 중생을 보살핀다는 뜻에서 저와 함께 우산을 쓰는 게 어떠십니까?"

"저는 빗속에 있고, 당신은 처마 아래 있으니 당신은 제 도움이 필요 없습니다."
이 사람은 처마에서 뛰어나와 빗속에 섰다.

"지금 저도 빗속에 있으니 이제 도와주실 거죠?"

"당신도 빗속에 있고, 저도 빗속에 있습니다. 제가 젖지 않은 것은 제가 저를 도운 것이 아니라 우산이 저를 도운 것입니다. 당신도 도움이 필요하면 제가 아닌 우산을 찾아 나서시지요!"

말을 마친 관세음보살은 가던 길을 갔다. 이튿날 이 사람은 어려운 일을 당해 절에 관세음보살을 찾아갔다. 법당에 들어가니 어제 본 관세음보살이 자기 상 앞에서 절을 하고 있기에 가서 물었다.

"당신은 관세음보살이시지 않습니까?"

"네, 제가 바로 관세음보살입니다."

"당신은 무엇 때문에 자신에게 절을 하십니까?"

관세음보살이 미소 지으며 말한다.

"저도 어려운 일을 당했지요. 남을 구하기 전에 먼저 어려운 저 자신을 구해야지요."

장자는 '애기애타(愛己愛他)'라 했다. 도산 안창호가 친필로 쓴 '愛己愛他' 현판이 몇 해 전 중국 상해 임시정부에 있는 것을 본 적이 있다. 자기를 사랑하고 남을 사랑할지니, 자기를 사랑하는 것이 곧 남을 사랑하는 것이다. 나를 버려두고 어찌 남을 사랑하겠는가. 나를 더욱 크게 사랑하고 힘을 길러 가족과 이웃과 사회와 나라를 사랑할 일이다. 하늘은 스스로를 돕는 자를 돕는다. 내 눈에서 흐르는 눈물도 닦지 못하면서 어떻게 이웃의 눈물을 닦아줄 수 있겠는가. 바로 옆에 있는 사람의 눈물도 닦아주지 못하면서 누구를 위한단 말인가. 나무관세음보살!

눈을 뜨니 새벽 3시다. 욕조에는 아직도 뜨거운 물이 나오지 않는다. 아침마다 습관적으로 하는 반신욕을 할 수 없으니 차라리 차가운 물로 샤워를 한다. 정신이 번쩍 든다. 책을 보다가 일찍이 짐을 챙겨서 거리로 나왔다. 비는 그치고 거리는 아직 캄캄하다. 아침 식사할 곳도 찾아볼 겸 목사동면으로 가는 버스를 알아보기 위해서 나왔지만 식사할 곳도 버스도 없다. 슈퍼 아저씨가 문을 연다. 우유와 빵을 사서 나오니 마침 어둠속에 택시가 주차해 있어 전화를 한다. 받지 않는다. 낙심하며 또 다른 한 대의 택시에 전화를 건다. 그러자 반가운 목소리가 화답한다. 택시를 타고 모두가 잠든 시골의 새벽 거리를 달린다. 서서히 여명이 밝아온다. 통일전망대까지 멋있고 안전하게 잘 마무리하라는 친절하고 고마운 기사 아저씨의 도움으로 면사무소 앞에서 사진촬영을 하고 다시 길을 간다. 조용한 시골마을, 이른 아침 낯선 방문객의 출현에 놀란 새들이 잠에서 깨어나 요란스레 반겨준다. 고요하고 평화로운 시골 길, 고적한 나 홀로의 길을 간다.

다리를 건너 구례방면 8번 국도를 걷는다. 보성강이 소리 없이 흐르고 있다. 고려 창업의 충신인 신숭겸 장군의 생가가 있는 용산제 안내 표지판이 보인다. 신숭겸 장군은 대구 공산전투에서 태조 왕건으로 변복해서 왕을 살리기 위해 대신 죽음을 무릅쓴 용장이다. 용산제를 들르지는 못하지만 장군의 의기를 느끼며 길을 간다. 신숭겸은 원래 성이 없었고 삼능산이란 이름을 가지고 있었다. 그런데 개국공신으로 뒤에 성을 하사받고 평산 신 씨의 시조가 되었다. 마치 신라사람 김행이 고려 태조를 보필한 공으로 권 씨 성을 받고 안동 권 씨의 시조가 되는 것과 같다.

문헌상으로 성을 사용한 시기는 고구려 건국 초기인 1세기 무렵부터이다. 성은 주로 왕족과 귀족들이 사용했고, 그 중에서도 중국을 왕래한 사람들이 사용했는데, 신라의 김인문, 최치원, 장보고 등이 그랬다. 고려 중엽

부터는 일반에서도 널리 성을 사용했고, 조선시대에 이르러 대부분의 백성들이 성을 지니게 되었으나 일부 천민들은 여전히 성을 갖지 못했다.

송나라 소사의 『성해』에 의하면 한자 성의 종주국인 중국은 2568성이나되며, 우리의 성에 해당하는 일본의 씨(氏)는 그 종류가 10만에 가깝다고한다. 우리나라의 성은 2000년 현재 286성(귀화인 제외)으로 그 가운데 金, 李, 朴씨가 44.9%를 차지하는 대표적인 성씨다. 崔, 鄭씨를 합한 5대 성이전체 인구의 50% 이상을 차지한다. 인구 100명 미만의 희귀 성씨도 40여개에 달한다. 2009년 6월 신사임당이 5만 원 권에 등장하기 전까지 우리나라 화폐는 이 씨 성을 가진 사람들이 주인공이었다. 100원짜리 주화에는이순신 장군, 1천 원 권에는 율곡 이이, 5천 원 권에는 퇴계 이황, 1만 원 권에는 세종대왕이 나오는 재미있는 현상이었다.

보성강을 끼고 도로를 걸어간다. 강 건너편에 야영장이 있다. 아직 추운날씨인데도 벌써 야영객들이 보인다. 10여 대의 승용차와 텐트가 있다. '별난 사람들이구나. 봄이 왔다고는 하지만 아직 2월이다. 그런데 야영이라니?' 세상만사 진풍경이다. 죽곡삼거리가 나온다. 18번 국도를 따라가면압록으로 해서 섬진강을 끼고 곡성으로 가게 된다. 하지만 산길을 넘는 조용한 지방도 840번 도로를 따라 죽곡면에서 신풍으로 향한다. 고요하다. 사람들이 간간이 보이고 차량통행은 거의 없다. 도로변에 할머니가 앉아서 한가로이 산골의 신선한 아침을 즐긴다. "안녕하세요?" 하고 인사하니할머니도 고개를 끄덕이며 웃음으로 답하신다. 신풍리 정자에 앉아 빵과우유로 아침 식사를 한다. 정자 이름이 선유정(仙遊亭)이다. 신선이 머무는 정자란 뜻이니 내가 곧 신선이다.

청산의 시골집에는 '청류정(淸流亭)'이라는 정자가 있다. 집 앞 정경이아름다워 정자를 지었는데, 아버지가 다니시던 마을 경로당 노인회 회장님이 이 이름으로 현판을 친필로 써서 걸어주었다. 청산의 집은 북향이다. 멀리 산이 보이고 집 앞에는 과수원이 있으며 그 뒤에는 낙동강의 지류인 미천(美川)이 흐른다. 왼쪽 앞으로는 중앙선 철길이 있고 대구~안동 간 4차선 도로가 지나는데, 중앙고속도로 남 안동 IC 진입로가 연결되어 있어서 정자에 앉으면 시야가 넓고 경치가 아주 좋다. 청산은 어머니가 있고 어릴 적 내가 놀던 아득한 추억의 강이 흐르는 곳이다. 청산의 겨울, 집 문을 열고 나서면 하얀 눈이 온 누리를 덮고 있어 순백의 장관을 연출한다. 봄이면 청산의 온갖 꽃들과 과수원의 복숭아꽃, 사과꽃 등이 울긋불긋 아름답게 수놓는다. 여름밤 정자에서 밤하늘의 별을 세노라면 그 유명한 바이칼의 별빛이 무색하다. 또한 비오는 날에는 정자에서 빗소리를 들으며 사색에 젖거나 멍하니 앉아 있어도 좋고, 책과 막걸리를 벗 삼으면 천하가 내 것인 양 풍요로워진다. 가을이면 굴러 쌓이는 낙엽들이 달팽이 뿔 위에서 살아가는 공허한 삶의 의미를 일깨워주고 귀뚜라미 울음소리는 먼 추억 속으로 여행을 안내한다.

정자는 십여 년 전 어머니를 위해 지어졌다. 1992년 뇌출혈로 쓰러진 어머니는 반신불수의 몸이 되어 바깥출입이 어려우셨다. 당시 지팡이를 의지해 가까운 곳은 갈 수 있었지만 먼 곳은 누군가의 도움 없이 불가능했다. 자연히 하루 종일 집에만 계셔야 했다. 외로운 어머니에게 정자는 친구였다. 어머니가 홀로 가실 수 있는 휴식처였다. 어머니는 홀로 정자에 앉아 멀리 기차가 지나가고 자동차가 다니는 것을 구경하며 때로는 옛일을 돌아보고 자식들을 그리워하셨다. 정자는 어머니의 안식처였다. 또한 가족들이 모이는 때면 우린 모두 정자에 앉아 가슴에 가득한 정을 나누었다. 30년 가까이 된 예전 집을 허물고 하얀 2층집을 지은 2002년, 정자에 위기가 왔다. 정자가 있던 자리에 집이 들어서야 하니 허물어야 했다. 하지만 궁리

끝에 포클레인 두 대를 이용해 정자를 들어서 그 옆 지금의 자리로 위치를 옮기는 데 성공했다. 새롭게 정자가 앉은 자리는 아주 오래 전 어머니가 시집와서 힘들게 벌어서 장만한 토지였다. 생활이 힘든 부모님은 이 땅을 30여 년 전 뒷집 아저씨에게 팔았다. 부모님은 그 땅을 보면서 가끔 아쉬워하셨고, 그럴 때면 어릴 적 일하던 그 고추밭을 부모님이 살아계실 때 다시 사드려야겠다고 생각했다. 2000년 어느 날 저녁 뒷집 아저씨를 찾아가서 원하는 대로 드릴 테니 밭을 되팔라고 했다. 거래는 즉석에서 이루어졌다. 아버지와 어머니는 몹시 기뻐하셨고, 나는 무슨 큰일을 해낸 듯 나 자신이 자랑스러웠다. 정자는 지금도 청산 시골집 옆에 나란히 자리를 잡고 스쳐가는 미풍(微風)을 즐기면서 정든 이들을 그리워하며 앉아 있다.

시간이 흘러 정자를 벗 삼던 아버지는 돌아가셨다. 부모님을 모시기 위해 고향으로 돌아온 사랑하는 아우도 어느 날 홀연히 다시는 못 올 머나먼 길을 떠나 이제는 정자가 보이는 청산의 아버지 옆에 한줌의 흙으로 누워 있다. 어머니는 몸이 더욱 약해져서 집에서 10분 거리에 있는 도립노인병원에 계신다. 지금은 맏형님과 형수, 제수씨와 조카 나현, 진철이가 정자를 돌보며 시골집에 살고 있다. 청산에 해가 뜨고 지고 밤하늘의 달과 별이 그 빛을 발하다가 날이 밝아 쇠해도 정자는 그 자리에 있다. 흐르는 세월 속에 구름이 흘러가고 바람이 스쳐가도, 꽃이 피고 지고 계절이 바뀌어도, 비바람 눈보라가 몰아쳐도 정자는 항상 우리 가족사를 보고 듣고 느끼면서 함께 호흡하고 대화하고 정을 나눈다.

낯선 산골마을의 선유정이 청산의 청류정을 부른다. 청류정은 아버지를, 아우를, 어머니를, 사랑하는 가족을, 함께했던 시간들을 떠올리게 한다. '배고픈 것보다는 외로움이 힘들고, 외로움보다는 그리움을 참아내기가 힘들다'는 말처럼 모두가 그립고 보고 싶다. 정든 추억의 그 시절이 그립다. 눈시울이 붉어짐은 그리움인가, 그리움이 준 아픔인가. 구름 사이로 햇빛이 보이기 시작한다. 구름 사이로 아버지, 아우의 모습이 보인다.

"아버지! 외로움도 회한도 없는 그곳에서 편히 쉬세요."

"아우야! 네가 너무너무 보고 싶다. 너를 떠올리면 눈물이 앞선다. 편히 쉬거라."'

비와 구름으로 며칠간 태양을 볼 수가 없었는데 오늘은 구름 사이로 햇빛이 비친다. 꼬불꼬불 산길을 따라 올라간다. 산새 소리가 흥겹다. 저수지가 보인다. 금년 겨울, 눈과 비가 유난히 많아서인지 저수지에는 물이 가득하다. TV 뉴스에는 한라산의 백록담에도 물이 가득하단다. 뒤를 돌아보니 신선하고 아름다운 아침 풍경이 장관이다. 태양이 구름 사이로 간간이 모습을 드러낸다. 골짜기마다 하얀 구름들이 숨바꼭질하듯 숨어 있다. 가볍게 노래가 나온다.

"저 산 가장자리에 구름이 걸려 있네
그곳에 구름과 함께 내 가슴도 걸려 있네
저 산 가장자리에 구름이 떨고 있네
그곳에 구름과 함께 내 가슴도 떨고 있네
저 산 가장자리에 태양이 비치네
그곳에 태양과 함께 내 가슴도 비치네."

푸르른 소나무들은 간밤의 비에 씻겨 더욱 푸름을 뽐내며 산새들에게 쉼터를 제공한다. 4일 만에 모습을 나타낸 태양이 따사로운 햇볕으로 온 산하를 축복한다. 신선한 바람에 마음을 씻고, 아름다운 경치에 눈을 씻는다. 산 위를 걸어 올라가며 뒤돌아보고 또 돌아본다. 발걸음이 떨어지지 않아 자리에 앉는다. 아아, 정말 아름답구나! 앞으로 보아도 아름답고, 뒤로 보아도 아름답고, 위로 보아도 아름답구나. 눈을 떠도 아름답고, 눈을 감아도 아름답구나. 도로가 개통된 지 얼마 되지 않는 한적한 산길을 올라가다 말고 아름다운 자연의 풍광을 만끽한다. 내 인생의 즐거움이 100배로 다가온다. 걸어가는 여행의 묘미가 100배로 다가온다. '즐거워해야 할 것은 즐거워하고 싫어해야 할 것은 싫어하는 것, 이는 뛰어난 사람의 가장 합리적인 처신'이라고 아리스토텔레스는 말하지 않았던가.

땀 흘리며 산길을 올라간다. 사람들은 흔히 인생을 등산에 비유한다. 인생살이가 산을 오르는 과정과 비슷하다는 것이다. 오르막이 있으면 내리막이 있고, 즐거움도 있지만 괴로움도 있다. 정상을 향해 올라가면서 아름다운 꽃과 푸른 초목을 만나는가 하면 가파른 고개와 위험한 절벽도 만난다. 그리고 한 고개를 넘으면 더 높은 새로운 고개가 기다린다. 그래서 산 넘어 산이라고 한다. 이제 끝이려니 하고 올랐는데 다시 봉우리가 기다리면 절망감을 느낀다. 그리고 다시 새로운 봉우리에 올랐을 때의 희열은 성취감의 극치다. 산은 정복의 대상이 아니다. 산에는 정상이 없다. 정복을 한 번이라도 당했다고 느끼는 산도 없고, 자신이 정상이라고 오만한 산도 없다. 겸허히 산을 오를 때 산은 많은 사랑을 베풀고, 봉우리에서 보이지 않는 더 큰 존재를 느낄 때 산은 미약한 인간에게 힘과 용기, 그리고 크고 넓은 진리의 안목을 준다. 산골짜기도 능선도 크고 작은 봉우리도 인생의 한 단면이다. 사계절에 따라 옷을 갈아입고 다양하게 자신을 연출하는 산은 신묘한 예술가다. 내가 입을 다물고 침묵하며 바라볼 때 산은 감미로운 예술가, 거대한 스승이 되어 다가온다.

드디어 고갯마루 진둔치에 올랐다. 이마에 맺힌 땀방울이 시원한 바람에 날려간다. 곡성이 자랑하는 산림 휴양지인 통명산(765m)과 주부산(678m)의 등산로가 보이고 고개 너머에는 또 다른 세상이 보인다. 흰 구름 아래 산과 저수지가 한눈에 들어온다. 사람도 자동차도 집도 아무도 없다. 보이는 것은 구름이 두둥실 떠가는 하늘과 어머니 같은 부드러운 산세와 파란 저수지다. 어디서 나타났는지 갑자기 아침나들이에 나선 3마리의 노루가족이 쏜살같이 달려간다. 손을 흔들어주고 이제 여유롭게 내리막길을 간다. 입안에서 노래가 흘러나온다. 나도 모르게 아리랑을 흥얼거린다.

아리랑 아리랑 아라리요/ 아리랑 고개로 넘어간다
나를 버리고 가시는 님은/ 십리도 못 가서 발병난다

아리랑 아리랑 아라리요/ 아리랑 고개로 넘어간다
청천 하늘엔 잔별도 많고/ 우리네 가슴엔 꿈도 많다

한 번 두 번 되풀이하여 부른다. 눈가에 이슬이 맺힌다. 목소리가 잠긴다. 가슴 깊은 곳에서 애환이 밀려온다. 고개를 들어 하늘을 본다. 먼 산을 바라보며 마음을 달랜다. 아리랑은 우리 민족의 혼이요 소리다. 아리랑 속에는 우리 민족이 겪어온 한과 슬픔, 그리고 희망이 함께 내재되어 있다. 이 소리는 깊은 산과 산을 넘어 우리네 가슴속에 숨어들었고, 수많은 강을 따라 흘러내려왔다. 우리 겨레의 대표적인 노래인 아리랑이 눈시울을 적시며 내 입술에서 울려나온다. 눈물은 소리 없는 언어다. 아리랑은 무엇이며 눈물은 또 무엇인가. 우리 백의민족의 역사는 고난의 역사요, 외세의 침입을 당하며 힘겹게 버티고 살아남은 역사다. 과거에 발목이 잡혀 현실을 낭비하지도, 미래를 포기하지도 않은 지혜로운 길을 온 역사다. 용서는 하되 잊지는 못하고 슬퍼한 역사다. 남을 미워하는 마음을 가지고 살아가면 그 피해자는 바로 자기 자신이다. 미워하는 것도 좋아하는 것도 내 마음이지만, 용서할 수 없는 일도 용서하는 것이 나를 위하는 길이다. 남을 용서하는 것은 나를 용서하는 길이기 때문이다. 모든 것은 마음이 만든다. 일체 유심조를 깨달았을 때 고통도 불행도 사라진다. 세상에 대한 미움도 타인에 대한 미움도 용서하고, 자신에 대한 미움도 용서해야 진정한 마음의 평화가 있다. 나는 나 자신의 주인이며 저 광대무변한 우주의 주인이다. 예수가 가르쳐준 기도문 "내가 내게 죄 지은 자를 사하여 준 것같이 우리 죄를 사하여 주옵시고…." 하며 기도한다. 내가 지은 죄에 대한 죄 사함을 받자면 내가 내게 죄지은 자를 용서해야 한다. 나를 위해 용서해야 한다. 그것이 나를 사랑하는 것이다. 나를 사랑하지 않고 어찌 남을 사랑하겠는가. 이기(利己)가 아닌 애기(愛己)다. 묵은 것을 버리지 않고는 새것을 받아들일 수 없다. 이 세상은 고해(苦海), 고통의 바다이니 근심 걱정도 삶의 과정이다. 왜 이런 억울한 일이, 이런 불행이 닥쳤는지 살피고 딛고 일어서야 한다. 마음속의 아픔과 분노를 아리랑에 실어서 바람결에 날려버린다. 눈물로 씻어서 구름에게 보낸다. 하늘에는 따사로운 태양이 미소 짓고 땅에서는 원시의 인간이 대지를 노래한다.

나무가 홀로 서 있듯이
대지는 내게 홀로 가는 용기를 가르쳐주네
가을이면 떨어져 생명을 마감하는 잎사귀들처럼
대지는 내게 떠남을 가르쳐주고
봄이면 다시 싹을 틔우는 씨앗들처럼
대지는 내게 부활을 가르쳐주네
눈이 녹으면서 자신을 버리듯이
대지는 내게 자신을 버리는 법을 가르쳐주네

대지를 걸어간다. 용기를 가르치고 생명을 일깨우는 대지를 밟으며 길을 나아간다. 부활을 가르치고, 버리고 떠남을 가르치는 대지를 걸어간다. 바람처럼 구름처럼 대지의 길 방랑의 길을 간다. 정착과 방랑은 반대말이다. 방랑은 정처 없이 이곳저곳 떠돌아다니는 것이다. 방랑(放浪)의 랑(浪)에는 물 수(水)변이 있다. 이는 물이 흐르듯 흘러흘러 간다는 것을 의미한다. 유랑(流浪)도 마찬가지다. 물 수변이 둘이나 있다. 물이 흐르고 구름이 흘러가듯이 간다. 흔히 정착민의 반대말로 유목민(遊牧民)을 사용한다. 유목은 거처를 정하지 않고 물과 목초를 따라서 소, 말, 양 등의 가축을 몰고 다니며 하는 목축을 말한다. 프랑스의 석학 자티 아탈리는 "부유한 사람들은 즐기기 위해 여행할 것이고 가난한 사람들은 살아남기 위해 이동해야 하므로 결국은 누구나 유목민이 될 수밖에 없을 것"이라고 했다. 원시의 인류는 먹을 것을 찾아 떠돌아 다녔다. 1만 년 전 농업혁명이 일어나면서 정착을 하기 시작했다. 그리고 사람들은 누구나 정착하기 원했다. 하지만 사막이나 초원이 삶의 터전인 사람들은 정착하기가 힘이 들었다. 먹을것과 마실 것, 오아시스를 찾아 다녀야 했다. 유목민에게는 '공간은 있지만 시간은 없다'는 말이 있다. 정착민은 넓은 공간에 대한 생각 대신 시간에 대해 많이 생각했다.

역사는 시간을 날줄로 공간을 씨줄로 하여 만들어진다. 유목민은 공간에 대한 생각을 많이 하므로 시간에 대한 관념이 부족해서 역사의 기록이 별로 없다. 징기스칸은 "내 후손들이 비단옷을 입고 정착하는 그때가 바로 멸망하는 때"라고 했지만 후손들은 성을 쌓고 비단옷을 입고 정착했다. 그 결과 대제국을 건설하고 불과 150여 년 만에 약소국으로 전락하고 만다. 유목민족과 정착민족은 역사상 많은 갈등을 일으켰다. 진시황제는 유목민족에 대비해 만리장성을 쌓았으며, 유목민족인 훈족의 침입은 반(半) 유목민족이었던 게르만족의 이동을 초래했고, 게르만족의 이동은 서로마 제국의 멸망을 가져왔다.

사람에 따라 정착민의 기질이 있으면 유목민의 기질이 있다. 비록 좁은 공간에 발이 묶여 있어도 마음은 구만리 창천을 날아오르며 이제 자신의 길을 찾아간다. 떠돌이 방랑자의 길, 마음껏 자유로움을 느낄 수 있는 유목민의 길을 간다. 정착민의 안락과 평화를 잠시 미루고, 거칠고 험한 사막을 누비고 끝없는 초원의 길을 향해 나아간다. 특별한 선택이고 도전으로 자신을 찾아 나서는 구도자의 길, 마음의 성전을 참배하러 가는 순례자의 길을 간다. 달팽이 뿔 위에서 구우일모(九牛一毛)의 교만한 지식으로 자아를 잃고 욕망만을 채우기 위해 살아온 삶이 아닌가 돌아보고 참회의 길, 진정 소중한 것을 찾아 우선순위를 바꾸고 자신을 변화시키기 위한 개혁의 길을 간다.

쌍구 저수지를 지나고 구성 저수지를 지난다. 배가 고파서 발걸음이 빨라진다. 드디어 곡성읍이 보인다. 읍내로 들어서니 이제야 다시 사람 사는 세상에 왔구나 하는 마음이 든다. 읍내 구경을 하고 점심 식사를 한다. 백반이다. 평소에 백반을 매식하는 경우는 드물다. 이색 경험이다. 반찬 가짓수는 많지만 수저가는 곳은 한정된다. 남은 반찬은 버릴까 재활용할까, 아깝다는 생각이 든다. 거리를 나서니 비교적 조용하고 평화롭다. 섬진강 기차마을 이정표가 보인다. 전라선 폐선을 활용하여 섬진강변을 따라 드라이브를 즐길 수 있는 관광용 증기 기관차를 운영하고 있다. '태극기 휘날리며'를 비롯한 영화와 드라마 촬영의 명소다. 섬진강을 무대로 한 관광자원이다.

길이 212.3km의 섬진강(蟾津江)은 전북 진안 백운면 데미샘에서 발원하여 임실, 순창, 남원, 구례, 곡성, 승주, 광양, 보성, 화순, 담양, 하동 등 3개도 11개 시군의 젖줄기 역할을 하고 광양만으로 흘러든다. 단군시대에는 모래내, 백제시대에는 다사강, 고려 초에는 두치강이라 불리다가 고려 말에 들어 섬진강으로 불리게 된다. 고려 말 왜적이 쳐들어왔을 때 수만 마리의 금두꺼비가 강변에 나와 울부짖어 왜적을 광양만 밖으로 몰아냈다는 전설에서 유래하여 섬진강이라 불리게 되었다. 광양군 도사면 섬진리에는 섬진나루와 두꺼비 바위가 있어 이를 뒷받침해준다.

이중환은 『택리지』에서 섬진강 일대의 풍광을 찬양했다.

"마이산 남동의 물이 임실을 지나 남쪽으로 남원에 이르러서 요천과 합쳐 잔수진과 압록진수가 되는데 강 서쪽은 옥과 동복 곡성이다. 물은 압록진에서 비로소 동쪽으로 굽어 흘러 악양강이 되어 남해 조석(潮汐)을 통하고 지리산 남을 돌아 섬진강이 되어 남해에 들어간다." 『택리지』는 섬진강의 옛 이름이 강이 지나는 마을에 따라 '압록진수', '악양강', '섬진강'으로 구분되어 불렸음을 알려준다. 섬진강을 시의 샘물로 하고 있는 김용택 시인의 시 '섬진강'이다.

가문 섬진강 따라가며 보라
퍼가도 퍼가도 마르지 않고
개울물들이 끊이지 않고 흐른다.
해 저물면 저문 대로 강을 보라
쌀밥 같은 토끼풀꽃
숯불 같은 자운영꽃
머리에 이어주며
지도에도 없는 동네
강변 식물도감에도 없는 풀들에 어둠을 밝히며
그을린 이마 훤하게 꽃등도 곱게 달아준다.

흘러 흘러 목이 메이는
영산강 물줄기 얼싸안고
지리산 뭉툭한 허리 감도는
섬진강을 따라가며 바라보라

섬진강 물이 몇 사람 달려들어
퍼낸다고 메마를 강물이냐
지리산을 도는 저문 강에 얼굴 씻고 일어서서
환하게 웃다가 물어보면
노을 띤 무등산이 맞다고 고개 끄덕인다.

저문 섬진강을 따라가며 보라
몇 사람 몇 사람 퍼간다고
섬진강물이 메마를 강물인가를
퍼간다고 말라버릴 강인가를
아~ 섬진강

　시골나라 곡성을 벗어나서 남원으로 가는 길로 들어선다. 가로수가 시원스레 하늘을 향해 비상하듯 뻗어 있다. 섬진강이 경계를 이루는 곡성과 남원, 전라남도와 전라북도의 경계인 금곡교를 건넜다.
　제주도에서 시작하여 전라남도를 지나고 드디어 전라북도에 들어섰다. 새삼 먼 길을 왔구나 하는 생각이 스쳐간다. 남원으로 가는 17번 국도는 차량통행이 많다. 매연과 소음 속에 협소하고 불편한 갓길을 걷는다. 사람과 자전거 통행에 대한 배려가 전혀 없어 위험하다. 한 쪽에는 새로운 도로를 개설하는 공사 현장이 보인다. 걸음을 재촉한다.
　금지면에 이르니 4·19의 도화선이 되었던 김주열 열사의 고향, 출신 중학교, 생가, 무덤이 있다는 안내판이 있다. 김주열은 1944년 금지면 옹정리에서 출생했다. 마산상고 입학시험을 치르고 결과를 보기 위해 마산에 갔다가 변을 당했다. 3·15 부정선거로 마산에서 시위가 발생하고, 김주열은 행방불명되었다가 28일 후에야 마산 앞바다에서 시신으로 발견된다. 아들을 찾아 온 마산 시내를 헤매던 어머니는 김주열의 시신이 발견됐다는 소식을 듣고 "고향에 데려오지 말고 부정선거로 당선된 이기붕이 집에다 묻으라."고 소리쳤다고 한다. 최루탄이 눈에 박힌 채로 숨진 김주열의 시신이 발견되자 분노한 마산 시민이 일제히 일어났고, 마산에서 다시 시위가 발생하자 전국의 수많은 고등학교에서 시위를 벌이기 시작했다. 이렇게 되자 대학생들이 움직였다. 4월 18일 고려대 학생들이 최초로 시위에 나섰다. 이는 4 · 19의 직접적인 원인이 되었다. 1960년 자유당 정권의 부정부패와 부정선거에 대항, 학생과 시민이 일제히 궐기해 일어난 4 · 19 혁명으로 4월 26일 이승만 대통령이 사임하면서 자유당 정권이 무너졌고, 이기붕 일가 4명이 이틀 뒤 자살함으로써 막을 내렸다. 이 땅의 민주주의의 밑거름이 된 김주열 열사를 추모하면서 살아 있는 역사의 숨결을 느낀다.

드디어 멀리 남원을 감싸고 있는 교룡산이 보이고 남원 시가지가 시야에 들어온다. 날이 저물어온다. 광한루원 건너편 제방에 앉았다. 피곤함보다는 오늘도 하루를 걸어 이곳까지 왔구나 하는 성취감에 이어 희열이 느껴진다. 슈퍼에서 사온 막걸리를 꺼내 자축한다. 막걸리에는 '품질대회에서 동상을 수상한 춘향막걸리' 라고 표시되어 있다. 먼 길을 달려온 나그네에게 막걸리는 꿀맛이었다. 배낭에서 카메라를 꺼내 한 잔의 술을 마시며 즐거워하는 내 모습을 카메라에 담았다. 제방에는 산책하는 행인들이 오가고 설치된 의자에는 간간이 노인들이 앉아 담소를 나누는 모습이 평화롭다. 자리에서 일어나 가벼운 발걸음으로 숙소를 찾아 나섰다. 요천을 흐르는 강물을 바라볼 수 있는 광한루원 인근 강변에 숙소를 정했다. 여유로운 마음으로 짐을 정리하는 순간, 아뿔싸! 조금 전 제방에 카메라를 두고 왔다. 달렸다. 백 미터 달리기 선수마냥 달려갔다. 그러나 카메라는 이미 사라졌다. 망연자실, 지금까지의 기록들이 허공 속으로 날아가는 순간이었다. 불과 20~30분 사이에 이럴 수가! 만감이 교차한다. 카메라보다도 담겨진 내용들이, 도보여행과 지난해 8월 큰아들과 다녀온 시베리아 바이칼 여행, 박사학위 받을 때의 기록들도 모두 사라졌다. 장흥의 할머니에게 사진을 보내드리기로 약속했는데, 아쉬움이 밀려온다. 관할 파출소에 연락처를 남겨두었지만 소식이 없다. 급속히 피로가 밀려온다. 날은 어두워지고 발걸음은 남원의 명물 추어탕 집을 찾아 나선다. 추어탕을 반주로 소주를 한 잔 하고는 숙소로 돌아와 이내 지친 몸을 남원의 밤 속으로 밀어넣었다.

깊은 새벽, 빗소리에 잠이 깨었다. 비가 내린다. 침대에 누워 빗소리를 듣고 있자니 울적해진다. 왜 이럴까. 갑자기 눈가에 이슬이 맺힌다. 소리 없이 눈물이 흘러내린다. 입안에서 가벼운 신음소리가 흘러나오고, 이어서 눈물은 폭포수같이 쏟아져 내린다. 이윽고 통곡으로 변한다. 바람은 어디서 와서 어디로 가며, 슬픔의 근원은 어디에서 비롯되고 어디로 가는가. 비를 동반한 마음의 폭풍이 지나가자 지극한 평온이 밀려온다.

한국의 미가 넘쳐나는 '생거남원(生居南原) 사거임실(死去任實)' 남원의 아침, 거리에는 촉촉이 비가 내린다. 문화와 전통이 어우러진 남원, 민족의 영산 지리산의 아늑한 품 사이 『춘향전』, 『흥부전』의 발상지이고 충, 효, 열, 예술로 피어난 호남의 성지. 어디선가 남원의 찬가가 들려온다.

철쭉꽃이 필 때면 축제의 바래봉
구룡폭포 물줄기 시원한 여름
뱀사골의 단풍은 가을 비경이라네
하얀 눈꽃은 낭만의 겨울
춘향전에 흥부가로 혼의 소리
드높아 천년이고 만년이고 영원하리라

아름답고 살기 좋은 허브향이 넘치는

남원, 남원이라네

비오는 제방 길을 걷는다. 섬진강의 지류이자 남원의 젖줄인 요천에 빗물이 쏟아져 내린다. 비옷을 입은 나그네가 400여 년을 거슬러 춘향이를 찾아 광한루원으로 간다. 광한루는 원래 1419년 황희 정승이 남원으로 유배 왔을 때 '광통루'라는 작은 누각을 지어 산수를 즐기던 곳이다. 광한은 '달나라궁전'이라는 뜻으로 전설 속의 달나라 미인 항아가 사는 곳인데, 세종 때 정인지가 '광한 청허부'라 한 데서 비롯되었다. 청허부는 광한루원의 정문으로 월궁의 출입문을 상징한다. 이 문을 들어서면서부터 지상의 인간이 천상의 세계로 발을 딛게 되는 것이다.

비가 내리는 광한루원은 조용했다. 이몽룡과 성춘향의 천년을 뛰어넘는 비익조(比翼鳥)와 연리지(連理枝)의 사랑이야기를 소재로 한 고전소설 『춘향전』의 무대에서 그들의 소리를 듣는다. 춘향전은 잘나가는 양반집 자제와 퇴기(退妓)의 딸이 나누는 신분을 초월한 사랑, 한 남자를 향한 여인의 절개, 암행어사가 부정한 사또를 응징하는 등 다양한 주제를 다룬다.

춘향전은 역사적 사실이 아닌 허구의 소설이지만, 많은 사람들은 소설의 상황을 역사적 사실로 믿어버린다. 소설 속의 이몽룡은 암행어사였다. 암행어사는 중종 때인 1509년에 처음 기록으로 나타나서 400여 년이 지난 고종 29년(1892년)에 전라도 암행어사 이면상을 파견하는 것을 마지막으로 이 제도는 폐지되었다. 암행어사는 극비리에 선발되었고 오로지 백성을 위해 존재했다. 백성들은 암행어사를 사랑했고, 암행어사는 그들의 가뭄 진 마음에 비를 내릴 수 있는 영웅이었다. 암행어사들은 가마 타고 다닐 형편이 아니었기에 일단 몸도 튼튼 마음도 튼튼한 젊음이 가장 큰 조건이었다. 암행어사는 왕이 내린 봉서와 사목, 마패와 유척을 받게 되며 가야 할

지역이 미리 정해져 있다. 같은 지역에 여러 명의 어사가 출두하는 문제가 있기에 결정된 지역 외의 감찰은 엄격히 금했다. 결국 암행어사 마음대로 가는 것이 아닌 것이다. 특히 연고지는 배제되었다. 그러니까 만약에 이몽룡의 임무 수행지가 남원이 아니었다면 춘향이는 그냥 죽을 수밖에 없었다. 그런데 이몽룡은 어떻게 연고지인 남원으로 갔을까. 이몽룡이 스스로 '내가 어사가 되었으니 남원으로 가야지.' 해서 간 것이 아니라는 이야기니 결국 소설은 소설이다.

조선시대의 과거는 3년마다 한 번씩 치러진 식년시와 특별한 경우에 치러지는 별시로 구분된다. 문과에 급제하려면 생원시나 진사시를 거쳐야 한다. 이 시험에 합격하면 성균관에 들어가 공부할 수 있는 자격이 주어진다. 이곳에서 4~5년의 수학기간을 거친다. 문과에는 1만 명 이상이 응시해 최종 33인을 선발한다. 3년에 33명이면 1년에 11명을 뽑으니, 당시 과거급제는 낙타가 바늘구멍으로 지나가는 것만큼이나 어려웠다. 한양에 올라간 지 얼마 되지 않아 합격했다면 이 도령은 문과는 아니다. 이로 미루어 별시에서 장원급제했을 가능성이 큰데, 아무리 별시라 하더라도 처녀가 그네 뛰는 것을 감상하고 로맨스까지 즐겼던 위인이 한양에 올라온 지 1년여 만에 천하의 인재가 모여드는 과거에서 장원급제했다는 것은 이 도령이 천재였다는 이야기다. 대개 과거에 급제하면 종9품 최하위직에서 시작하는데, 장원급제인 경우에 한해 종6품직을 준다. 암행어사는 직급이 종6품 이상인데, 이제 막 과거에 급제한 신참이 왕의 밀명을 받아 암행어사로 나가는 일은 거의 없었다.

하지만 이몽룡은 실제 인물로 밝혀지고 있다. 남원부사를 지낸 성안의의 아들 성이성(1595~1664)이 이몽룡이라는 것이다. 성이성은 13세부터 17세까지 아버지의 임지인 남원에 머물렀으며, 33세 때 문과에 급제하고

네 차례나 암행어사 임무를 수행했다. 변 사또의 생일잔치에서 걸인 차림의 이몽룡이 남긴 시 또한 성이성의 문집에 나오는 글귀와 비슷하다.

　금준미주(金樽美酒)는 천인혈(千人血)이요

　옥반가효(玉盤佳肴)는 만성고(萬姓膏)라

　촉루낙시(燭淚落時)에 민루낙(民淚落)이요

　가성고처(歌聲高處)에 원성고(怨聲高)라

　금잔에 담긴 향기로운 술은 백성들의 피요

　옥소반의 맛있는 안주는 백성들의 기름이라

　촛물이 떨어질 때 백성들의 눈물이 떨어지고

　노랫소리 높던 곳에 백성들의 원망소리 높더라

　이몽룡의 이 시가 호남 열두 고을 수령의 잔치에서 읊었던 성이성의 시와 비슷하다는 것이다. 이 시는 성이성의 스승 조경남이 기록한 『난중잡록』에 적혀 있으니 성이성은 스승의 영향으로 이 시를 알고 있었을 것이라 하며, 또한 춘향의 성이 성 씨이니 이는 성이성을 아는 작자가 성이성의 성을 춘향에게 주었을 것이라고 한다. 실제 성이성은 사랑하는 기생을 보려 했지만 죽고 없어 만나지 못했다고 전해진다. 성이성은 말년에 경북 봉화의 생가에 '계서당'을 짓고 후학을 양성했다. 시대의 부조리와 모순을 폭로하고 청춘 남녀의 사랑을 노래한 『춘향전』은 시대를 초월하여 보는 이로 하여금 즐거움과 만족을 누리게 한다. 비오는 광한루원을 걸으며 성이성과 애틋한 사랑을 나누었지만 다시 만나지 못한 기생과의 가슴 아픈 사랑, 이도령과 성춘향의 로맨스를 연상해본다.

08

거룩한 분노는
종교보다 깊고

논개의 고향 장수로(40km)

장 수

황희 정승의 둘째 아들 수신은 기생에게 반해 밤낮없이 술에 취해 살았다. 하루는 황희가 점잖게 타일렀다.

"요즘 학문을 멀리하고 지나치게 술을 마시는 것 같구나. 그만 자제하거라."

그러나 수신은 변함없이 매일 술에 취해 들어왔다. 그러던 어느 날 비틀거리며 대문을 들어서던 수신은 깜짝 놀랐다.

"이제 오십니까?"

대문간에서 황희가 관복을 입고 절을 하며 맞이했다. 수신은 어쩔 바를 몰랐다.

"아이고, 아버님, 왜 이러십니까?"

"손님이 오면 주인이 의당 의관을 반듯하게 하고 맞이해야지요."

수신은 펄쩍 뛰었다.

"아이고, 자식더러 손님이라니요?"

"아비의 도리로서 방탕한 자식을 타일렀으나 자식이 받아주지 않으니 이는 아비로 여기지 않음이다. 그러니 내 마땅히 손님으로 예우할 밖에."

수신은 무릎을 꿇었다.

"제가 잘못했습니다, 아버님. 다시는 기방에 가지 않고 술에 취하지도 않겠습니다."

그 후 수신은 학문에 정진하여 대를 이어 정승에 올랐다. 자식 교육에 있어 회초리나 몽둥이보다 무엇이 효과적인지를 몸으로 보여준 이야기다. '세종 같은 임금에 황희 같은 정승'이라 칭송 받는 황희 정승의 멋진 자녀교육은 시대를 초월해 오늘날의 아버지들이 배워야 할 귀감이다.

새벽 세 시가 넘은 시간에 인터폰이 울린다. 잠결에 일어나 인터폰을 받으니 고장인지 연결이 안 된다. '경비실일 텐데 이 시간 웬일일까?' 생각하며 둘째 진세의 방을 열어보니 아직 들어오지 않았다. 순간 스쳐가는 직감이 있어

돈을 들고 경비실로 내려가니 택시 안에서 아들은 술에 취해 기대 앉아 있었다. 택시 기사에게 잘 데려다 주어 고맙다고 인사를 하고 아들을 집으로 데리고 올라갔다. 걸음이 비틀비틀, 몸도 제대로 가누지 못했다. 다음 날 물었다.

"너 어제 일 기억나니?"

"예, 서울에서 친척 형들하고 한 잔하고 택시를 탄 기억은 나는데, 그 뒤로는 잘 모르겠고, 도착해서 아버지가 저와 함께 들어온 기억은 희미하게 나요."

"너를 맞이하는 내 모습이 어떠했을 것 같나?"

"아마, 한심해 하셨을 것 같아요."

"아니야, 웃음이 났어. '드디어 너도 다 커서 술 먹고 택시 타고 집에 와서 부모한테 택시비 가지고 내려오라 하는구나.' 생각하니 한편 대견했어. 그래서 택시 기사에게도 경비아저씨에게도 고맙다고 웃으며 인사했지."

"…, 사실 주머니에 돈은 있었는데 정신이 없었어요."

"너도, 군에 간 네 형도 멀리 서울까지 학교에 다니니 내가 너희들에게 가장 강조한 말이 무엇인지 기억하나?"

"예. 안전이요. 그런데 술이 많이 취했으면 형들이 다른 조치를 했을 텐데 차를 탈 때까지는 괜찮았어요."

"술은 한 순간에 취할 수도 있는 거야. 핸드폰도 잃어버리고 지금 기분은 어때?"

"쑥스럽지요. 다시는 이런 일이 없도록 조심하겠습니다."

"그래, 술 먹고 취할 수 있다. 하지만 정신을 잃어버리면 안 되는 거야. 조심해라."

"예."

우리는 웃으며 따뜻한 눈길을 주고받았다. 제 새끼 귀엽지 않은 부모가 누가 있겠는가마는 고운 놈 매 하나 더한다고 했다. 맞는 자식보다 때리는 부모의 마음이 더 아프다는 속담을 자식이 알 리 없지만, 어릴 적부터 아이들에게 야단을 아끼지 않았다. 나무도 크게 자라려면 잔가지를 친다는데 사람도 다를 바 없다. 친구처럼 다정하게 지내다가도 한 번 화를 낼 때는 엄한 아버지가 되었다. 체벌은 주로 '엎드려뻗쳐'와 '무릎 꿇고 팔 들기' 였다. '원산폭격'은 가혹하다는 생각이 들어 어느 날 폐지했다. 벌을 줄 때면 아버지로서 잘못 가르쳤다며 나도 함께 벌을 섰다. 중학생이 된 이후에는 아이들도 스스로 제 할 일을 했고 훈계를 할 일이 있어도 체벌은 중지했다. 돌아보면 아이들의 어린 시절이 아버지로서 가장 행복한 때였다. 진혁, 진세와는 어릴 때부터 함께 이웃의 학교 운동장에 가서 축구도 하고 많이 뛰어놀았다. 주말이면 아이들의 친구들까지 모아서 함께 축구시합을 하고, 때로는 운동장에서 자장면을 주문해서 먹고는 했다. 아이 친구들에게도 나는 인기 있는 동네 아저씨였기에 가끔 찾는 전화가 온다.

"네 아빠 집에 계시니?"

"네 아빠랑 오늘 축구할 수 있니?"

그러던 어느 날, 초등학교 일학년 진세 친구가 운동장에서 다가오며 말한다.

"아저씨, 오늘 저 돈 있어요. 엄마가 아저씨 맛있는 거 사드리라고 이천 원 주셨어요."

흐뭇했다. 내 아이들의 친구는 내게도 소중했다. 그들이 내 아이들에게 영향을 미칠 것이기에 그들과도 친구가 되었다. 그 무렵 안동으로 1박 2일 여행을 갔다. 전세버스를 빌려서 내 아이들과 그 친구들, 내 아내와 아이 친구들의 엄마들이 함께 가는 여행이었다. 나는 여행 안내원이 되었다. 하회마을 도산서원 등을 돌아보고 청산의 시골집에서 하룻밤을 묵었다. 청산의 서치라이트를 켠 인조 잔디 족구장에서 야간경기를 하고, 그 불빛 아래 족구장에 엎드린 아이들에게 이 세상에서 가장 사랑하는 사람에게 편지를 쓰게 했다. 아이들도, 아이들의 어머니도 모두 추억 속의 즐거운 한때였다. 퇴계 이황이 자녀가 훌륭한 제자들과 교류하며 인맥을 쌓을 수 있도록 많은 관심을 가졌듯이, 내 아이들이 친구들과 우정을 맺으며 살아가길 기대하는 마음에서였다.

어느 겨울에는 용인의 한화콘도에서 초등학생인 아이들의 친구들 10여 명을 초대했다. 눈썰매를 태워주고 즐거운 시간을 만들어주는 대신, '내 아들아, 너는 인생을 이렇게 살아라' 라는 주제로 강의를 하며 우정의 후원자가 되었다. 세월이 흘러 이제는 모두 대학생이 된 아이들. 그 친구들은 대부분 다른 곳으로 이사를 갔다. 대견스럽게 커버린 아이들은 제 갈 길을 가고 지금은 그 자리에 늦둥이 막내아들 진교가 귀여움을 독차지하고 있다. 진교와 나누는 사랑의 몸싸움을 보여주며 형들에게 "너희들도 아버지가 진교에게 하는 만큼의 사랑과 귀여움을 받고 자랐다는 사실을 미루어 알수 있지?" 라고 물으면 "예." 하고 대답한다. 아이들은 자신들의 의지와 상관없이 이 땅에 와서 나와 부자지간의 인연을 맺었다. 세상 끝 날까지 좋은 아버지, 좋은 친구로서 동행하는 삶이 되었으면 하지만, 이것이 욕심이라는 사실을 안다. 신이 준 최고의 선물은 자녀요, 건강하게 살아가는 자녀의 모습은 부모에게 주는 최고의 선물이다. 그래서 키우는 재미라고 하던가.

아이를 키우는 데 있어서 책 읽는 모습을 보여 주는 것, 책을 읽어주는 것과 책을 많이 비치하는 것은 중요하다. 그 중 부모가 책 읽는 모습을 보여 주는 것이 최상의 교육이라고 한다. 아내는 가끔 나에게 재미없는 남편이라고 투정한다. 일 때문에 늦게 오다가 일찍 집에 들어오는 날도 책을 보느라 서재에만 있다며 눈에 쌍심지를 돋운다. 휴일에도 운동을 하지 않으면 서재에서 독서를 한다. 집에는 책이 많다. 이사하거나 집안 정리를 할 때면 많은 정든 책들과 이별을 한다. 평소 책을 좋아하기도 했지만 항상 책과 함께하는 데는 서점을 경영한 형의 도움이 있었다. 내게는 두 살 많은 친구 같은 형이 있다. 내가 이 세상에 태어날 때 나보다 먼저 형을 낳아준 것을 어머니에게 항상 감사했다. 형이 없었다면 험하고 힘든 이 세상 어떻게 헤쳐 나왔을까 싶을 정도로 형은 최고의 사랑의 후원자였고 후견인이었다. 형은 서울의 국제 빌딩 지하에서 20년간 서점을 경영했다. 형은 거의 매월 책을 박스에 넣어 보내주었다. "내 동생은 이 정도 책은 읽어야 돼." 하며 내가 읽을 책은 물론 조카들의 책도 보내주었다. 책 박스를 들고 집에 들어가면 마치 굶은 사람이 책을 뜯어 먹으려는 듯이 아이들과 나는 서로 자기 책을 찾는다. 서점을 경영한 형 덕분에 나 자신은 물론 아이들까지 쉽게 좋은 책들과 접할 수 있었던 것은 분명 최고의 행운이었다. 독일의 부총리이자 녹색당 당수였던 요시카 피셔의 『나는 달린다』라는 책을 보내줄 때 형이 책 표지 뒤에 써서 보내준 글귀를 보며 세월이 지난 지금 새삼 뭉클하고 따뜻한 형의 가슴을 느낀다.

사랑하는 아우!
일과 건강이 함께 조화를 이루는 생활에
소홀하지 않기를 바라고
작은 실천의 계기가 되길,
2000. 11. 11 兄

형의 사랑으로 큰아들은 고려대학교 신입생 입학 장학금을 받았고, 둘째는 경영학부 4년 국가장학생이 되었다. 최선을 다한 아이들이 사랑스럽고 자랑스럽다. 대학에 진학하지 못하고 사회로 진출해야 했던 나의 한풀이를 해주었다는 생각이 들어 대리만족을 느꼈다. 세 아이들을 키우면서 책을 많이 읽으라고는 해도 공부하라고 한 적은 없다. 아내는 분당의 이웃집 아저씨들의 자식에 대한 열성을 예로 들며 아이들 공부에 관심을 가지라고 했지만, 아이들을 믿고 자율적으로 하도록 했다. 진혁이가 고 2때다.

"진혁아, 엄마가 자꾸 아빠보고 너 공부에 신경 쓰라고 하는데, 너 아빠가 무관심해서 서운하니? 그러면 아빠하고 같이 공부할까?" 하니 아들이 펄떡 놀란다.

"아니요, 괜찮아요."

"그래, 그럼 너는 스스로 열심히 하고, 혹시 공부하는 데 아빠 도움이 필요하면 이야기해라." 하며 눈을 찡긋했다. 어떤 아들이 아버지하고 함께 공부하고 싶겠는가. 공자도 자기 자식은 직접 가르치지 말라고 했는데, 아들 또한 눈치가 있는지라 진혁이는 "네." 하고 밝게 웃는다. 우리는 서로 마음이 통한 것이다. 흔히 고기를 잡아줄 것이 아니라 고기 잡는 법을 가르쳐주라고 한다. 수험생 아들이 밤늦도록 공부할 때 은연중에 경쟁 심리로 '누가 더 늦게까지 하는가 보자.' 하며 새벽까지 각자의 방에서 공부를 한다. 아들이 잠들면 오늘은 내가 이겼구나, 하고 내가 피곤한 날은 너무 늦게까지 하지 말라며 어깨를 두드려준다. 아버지로서 무언의 후원이었다고 생각한다. 아이들의 미래는 알 수 없다. 하지만 현재까지 각자의 위치에서 대견스럽게 자라주는 것이 고맙다. 책을 보내준 형, 책 읽는 나의 모습이 아이들을 키우는 데 중요한 역할을 했다고 하면 아내는 "물론이지요." 하고 인정한다. 진교에게 "우리 집에서 누가 제일 공부 많이 하느냐?"고 물으면 "아빠가요." 한다. 나는 나의 길을 갔지만, 나의 길은 아이들에게 영향을 미쳤다. 아이들은 나의 거울이니까.

성경의 시편에서는 "자식은 여호와의 주신 기업이요 태의 열매는 그의 상급이로다. 젊은 자의 자식은 장사의 수중의 화살 같으니 이것이 그 전통(箭筒)에 가득한 자는 복되도다. 저희가 성문에서 그 원수와 말할 때에 수치를 당치 아니하리로다." 라고 한다. 우리는 피를 나눈 혈연적인 동반자다. 인생이라는 먼 길을 여행하는 데 있어 가족은 한 베이스캠프 안에서 살아가는 운명공동체다. 가족은 피와 살, 몸과 마음을 나누는 영혼의 안식처

다. 자녀를 적게 가지는 세태에 진혁, 진세, 진교 세 아들을 생각하면 왠지 흐뭇하다. "자신과 가족을 위해 일하는 것은 아버지 하나로 족하고, 너희는 사회를 위하고 국가를 위해 일하는 멋있는 사나이가 되어라." 라고 하면 욕심 많은 나쁜 아버지일까?

　오늘도 이른 새벽부터 비가 촉촉하게 내린다. 광한루 앞에서 섬진강의 지류인 요천 제방을 따라가며 남원 시가지를 둘러본다. 『춘향전』, 『흥부전』 등 문화와 전통이 어우러진 남원을 지나가며 민초들의 애환을 가슴으로 느껴본다. 만인의총(萬人義塚) 이정표가 바람에 흔들린다. 1597년 정유재란 때 5만여 명의 왜군이 쳐들어오자 남원성이 함락되고 광한루가 불에 탔다. 이때 남원지역 관군과 백성 1만여 명이 한 덩어리가 되어 끝까지 항

전하다가 한 사람도 남김없이 숨을 거두었다. 동학을 창시한 최제우는 1862년 겨울 이곳 남원으로 피신했다. '사람이 한울' 이라는 동학의 이치를 깨닫고 널리 펼치던 중 영남지방의 보수적인 사상과 박해를 피해 전라도 땅에 발을 내디딘 것이다. 최제우는 1864년 '사(邪)된 방술로써 사람을 고치고 병을 낫게 한다고 사칭했으며, 주문으로써 국가와 민족을 속였고, 칼 노래로써 국가의 정사를 모반했다.' 는 '좌도난정률(左道亂政律)' 이라는 죄목으로 죽었다. 그러나 그가 남원의 선국사에서 숨어 지낸 몇 개월이 남접(南接)의 시작이 되고, 결국 갑오년(1894년) 동학농민운동의 도화선이 되었다. 동학농민운동 당시 대접주인 김개남이 남원이었다.

조병갑이 고부 군수(현 정읍)로 내려온 것은 1892년이다. 그는 갖은 잔 꾀로 백성들을 착취했다. 자기 아버지 비각을 만들기 위해 불효죄니 불목

죄(이웃 사이에 화목하지 못한 죄)니 하여 수탈했다. 만석보 수세로 전봉준의 아버지인 전창혁이 농민 대표들과 관아에 찾아가서 따지다가 맞아 죽으니, 전봉준을 대장으로 고부 관아를 습격하고 이른바 갑오농민전쟁이 시작된다. 전봉준은 공주에서 일본군에 대패하고 옛 부하였던 순창의 김경천을 찾아갔으나 그의 배신으로 잡혀 사형을 선고 받았다. "이렇게 캄캄한 감옥에서 내 목을 베지 말고 넓은 종로 네거리에서 베어라. 그래서 오가는 백성들에게 내 피를 뿌려다오." 1895년 3월 29일 마흔두 살의 나이로 전봉준은 뜨거운 생을 마감했다.

새야 새야 파랑새야/ 녹두밭에 앉지 마라

녹두꽃이 떨어지면/ 청포장수 울고 간다

녹두장군 전봉준을 기리며 장수로 가는 2차선 국도를 따라간다. 장수와 함양으로 갈라지는 삼거리에서 한적한 길을 가기 위해 함양으로 가는 우회로로 들어섰다. 조선시대 함양의 명성은 대단했으니 "좌강 안동이요, 우강 함양이다."라고 했다. 경상좌도는 낙동강의 동쪽을, 경상우도는 낙동강의 서쪽을 가리킨다. 이 말에는 낙동강 동쪽의 안동은 훌륭한 유학자를 많이 배출했고, 낙동강 서쪽의 함양은 빼어난 인물이 태어난다는 자부심이 깃들어 있다. 우강 함양의 기틀이 된 사람은 김굉필과 함께 김종직의 문하에서 학문을 연마한 조선 성종 때의 문신 정여창이었다.

함양에는 큰형님의 맏딸 혜미가 함양 군청에 근무하는 남편과 딸 하나를 낳아 살고 있다. 큰형님은 좌강 안동에서, 그 큰딸은 우강 함양에서 살고 있다 생각하니 재미있다. "혜미야, 행복하게 잘살아라!" 하며 마음을 보낸다.

'국악의 성지'라는 표지판 너머 멀리 우뚝 솟은 지리산(智異山)의 모습이 다가온다. 민족의 영산 지리산 자락에 위치한 남원의 운봉읍은 동편제 소리의 발상지이자 동편제 소리를 정형화한 가왕 송흥록이 태어난 유서 깊은 국악의 산실이다. 국악의 고장 또는 판소리의 고장이라 불리는 전라 북도, 그 중에서도 남원은 수많은 명창과 명인을 배출했다. 판소리는 단순 한 창이 아니라 문학 기능, 음악 기능, 그리고 몸동작을 할 때의 연극 기능 까지 갖춘 종합예술이다. 광대의 장단을 맞추어주는 고수와 관객의 흥겨 운 추임새가 덧붙여지며 마당놀이의 성격을 지닌 판소리는 판을 통한 예 술로 대중적인 인기를 누리면서 민간예술로 큰 몫을 해왔다.

또한 지리산 운봉 일대는 십승지지(十勝之地)의 하나이기도 하다. 운봉 은 백두대간분수령과 지리산 능선 끝자락에 싸안긴 나지막한 언덕들이 정 겨운 고원이다. 이 세상에 사연 없는 사람이나 길, 마을이 어디 있으랴만 이 운봉에는 숱한 사연들이 많다. 고려 말 고갯마루 주막에 살던 젊고 아리 따운 주모가 왜구에게 몸을 빼앗기느니 차라리 왜구가 손으로 만진 왼쪽 젖가슴을 스스로 도려내고 자결한 여인의 원한이 서려 있는 여원재, 이 주 모의 원신(怨神)이 이성계의 꿈에 나타나 왜적을 이길 수 있는 날짜와 전 략을 알려주었다는 1380년의 황산대첩, 동편제의 발상지로 '판소리의 성 지'에 걸맞게 판소리 여섯마당 중 하나인 '흥보가'의 무대인 성산마을의 박첨지 설화와 성리마을의 춘보 설화 등 많은 사연들이 민초들과 함께 어 우러져왔다. 흥부놀부의 고향이자 흥부 발복지인 운봉의 하늘을 바라보 며, 가난한 흥부에 대해 비판을 가하고 놀부에 대한 해석을 재조명하는 변 해가는 이 시대를 돌아본다.

지리산이 조금씩 가까워진다. '어머니의 산'이라 불리는 지리산 자락의 '구름 덮인 봉우리' 운봉(雲峰)을 보고 지리산의 넓은 품을 느낀다. 우리 민족의 영산(靈山)인 백두산의 장엄한 기운이 백두대간의 마루금을 타고 힘차게 흘러와 마지막에 맺힌 산이 지리산이다. 경남의 함양, 하동, 산청, 전남의 구례, 전북의 남원 이렇게 3도 5개 시군에 걸쳐 있고 영호남 800여 리에 걸쳐 뻗쳐 있는 지리산은 역사 속에 살아온 민중들의 삶을 지탱해주는 삶의 터전이었다. 1967년 우리나라 제1호 국립공원으로 지정되었으며, 산림청이 선정한 '대한민국 100대 명산' 중 가장 많은 사랑을 받는 산이다. '어리석은 사람이 머물면 지혜로운 사람으로 달라진다' 는 지리산(智異山)은 천왕봉을 주봉으로 하여 서쪽 끝의 노고단(1,507m), 서쪽 중앙의 반야봉(1,751m) 등 3봉을 중심으로 하여 동서로 100여 리의 거대한 군을 형성한다. 퇴계 이황(1501~1570)과 같은 해에 태어나 동 시대를 살며 학문에 있어 쌍벽을 이룬 남명 조식(1501~1572)은 이런저런 벼슬을 수도 없이 물리치고 61세에 지리산에 들어와 세상을 뜨기까지 10년간 제자들에게 학문을 전수했다. 지리산의 아름다움을 노래한 조식의 시조다.

두류산(頭流山) 양단수(兩端水)를 예 듣고 이제 보니
도화(桃花) 뜬 맑은 물에 산영(山影)조차 잠겼어라
아희야, 무릉(武陵)이 어디요 나는 여긴가 하노라

두류산은 백두산에서 흘러온 정기가 뭉친 산이라는 뜻으로 지리산의 다른 이름이다. 사람들은 지리산 골짜기 어딘가에 무릉도원이 있다고 믿었는데, 남명은 이를 찾아 노래한 것이다.

조식이 무릉도원을 찾아 노래한 지리산 둘레는 지금 '걷는 것이 무릉' 이라며 걷기 열풍에 휩싸여 있다. 남녀노소 없이 지리산 주변의 옛길, 고갯길, 숲길, 강변길, 논둑길, 농로길, 마을길 등을 연결해서 만든 800리를 곧장 오르지 않고 에둘러 가는 '둘레길' 을 걷는다. 걷는 동안 자연은 물론 다양한 전통문화를 보고 체험하면서 무릉도원의 선경을 맛본다. 둘레길은 자연과 함께 걷는 기쁨을 준다. 천천히 걸으면 자연과 소통하고 자연에 깃든 생명을 인식하고 존중하게 된다. 제주의 올레길에서 바닷가의 미녀를 만난다면, 지리산의 둘레길에서는 수수한 산골처녀를 볼 수 있다.

길에는 자연과 마을의 역사와 문화가 있다. 어머니의 품을 담은 지리산의 둘레길을 비롯해서 북한산과 치악산 둘레길이 조성되고, 부안 변산반도에는 18km에 달하는 바다와 숲을 끼고 해안선을 걷는 '마실길'이 있다. 대청호 둘레길이 있고 공주의 마곡사 뒷산인 태화산(423m)에는 '마곡사 솔바람길'이 있다. 14개 국립공원에도 둘레길이 만들어질 예정이다. 또한 서울을 둘러싼 산과 강을 자연스럽게 연결해주는 '자연숲 산책로'라는 의미의 '서울 둘레길'이 생긴다. 서울 내사산과 외사산을 잇는 길이 202km의 길이다. 북한산에 오르는 인구가 1년에 천만 명, 북한산 둘레길은 한달 만에 60만 명이 넘어섰다. 오늘날 건강과 장수를 생각하는 현대인의 걷기사랑이다. 미국 버몬트 주의 가장 나이 많은 인물로 109세까지 살았던 윌리엄 에니키라는 노인은 죽기 얼마 전 그의 장수비결을 묻는 사람에게 '청결한 생활과 규칙적인 걷기'라고 답했다. 또한 미국 메사추세츠 종합병원의 한 저명한 의사는 "오래오래 건강하고 행복하게 살려면 걷는 것이 가장 확실한 방법이다. 매일 오랜 시간 활발하게 걷는 것을 잠자는 것이나 식사하는 것처럼 생활화할 수 있다면 건강하게 장수하는 것은 이미 보장된 것이나 다름없다."라고 장수비결을 소개한다.

길은 인생의 여정을 되짚어보게 한다. 제 갈 길을 아는 사람에게 세상은 길을 비켜준다. 세상은 목표를 향해 달리는 사람에 의해 만들어진다. "나는 천천히 걷지만 절대로 뒷걸음질 치지는 않는다."라고 다리가 불편한 링컨은 말한다. 사람들은 느리게 행복하게 걷고 싶은 길, 험한 세상에 상처받은 몸과 마음을 치유하는 올레길과 둘레길을 걸으며 깊은 산의 향기를 맛보고 드넓은 바다 품을 바라보며 일상에서 벗어난 자유와 평화를 만끽한다. 그리고 한적한 그 길이 자신을 위해 예비된 삶의 길이라는 기쁨을 느낀다. 올레길과 둘레길이 수평적인 인식이라면, 등산은 오르내림의 수직적인 개념이다. 바닷가를 지나고 들판을 지나고 강을 건너는 것이 올레길이고 둘레길이라면, 정상을 향해 위를 추구하는 것이 산으로 가는 문화라고 할 수 있다. 걷기를 통해 때로는 피와 땀을 흘리며 정상을 향하는 기쁨을, 때로는 여유롭고 한가함을 즐긴다.

지리산 천왕봉에서 시작하여 제석봉(1806m)~촛대봉(1704m)~영신봉(1652m)~형제봉(1433m)~토끼봉(1534m)~삼도봉(1499m)을 지나고 노고단(1507m)까지 이어지는 능선의 웅장함은 참으로 장쾌하다. 백두대간 종주를 하면서 새벽에 중산리에서 시작한 산행은 18시간을 걸어서 노고단에서 황홀한 석양의 황혼을 보고, 다시 날이 어두워져서야 끝이 났다. 늦은 저녁식사를 위해 들른 식당 주인의 말은 걸작이었다. "나도 수십 번 천왕봉에서 성삼재로 걸어봤지만 당신들같이 무지한 분들은 처음 보오." 한다. 그러자 총무 유경희가 "형님, 무슨 뜻이에요?" 하고 묻는다. "한 마디로 우리보고 무식한 놈이라는 거야." 하자 모두 박장대소(拍掌大笑)한다.

부절리로 가는 들판길은 빗소리 바람소리만 있을 뿐 한가로웠다. 하늘에서 내리는 비바람과 간간이 지나가는 차량에 의해 몸은 이내 흠뻑 젖는다. 짬뽕을 시키고 나면 자장면이 그리워진다고 하던가. 조용한 길로 가는 탁월한 선택을 했건만 그 기쁨도 잠시, 바람이 거세지기 시작했다. 우산이 뒤집어지고 모자가 날아갔다. 발걸음을 내딛기가 힘들었다. 국도변에는 산이 있어 바람을 막을 수 있을 텐데, 이 길은 바람을 피할 수 없는 허허벌판이다. 이렇게 비바람이 거세게 계속되면 피할 곳도 없는데 어떻게 하나 염려스러워 발걸음을 재촉한다. 영남과 호남을 잇는 88올림픽 고속도로에는 차량이 쌩쌩 부러운 소리를 내며 약 올리듯 달려간다. 88고속도로는 전남 무안에서 대구 달성에 이르는 고속도로 12번으로 1984년에 준공되었다. 이 도로의 개통으로 영남과 호남의 인적, 물적 교류와 소통이 원활해졌다.

우리나라의 고속도로 역사는 독일의 세계 최초 자동차 전용도로인 아우토반을 다녀온 박정희 대통령에서 비롯되었다. 1964년 말 박정희 대통령은 '전후 독일 부흥의 아버지' 라 불리는 에르하르트 총리를 방문하여 정상회담에서 눈물로 차관을 부탁했다. 우여곡절 끝에 광부와 간호사 7000여 명을 긴급 모집해 서독에 파견하고, 그들의 월급을 담보로 1억 4천만 마르크(3000만 달러)의 차관을 얻었다. 이때 에르하르트 총리는 박정희 대통령에게 "독일에도 산이 많지만 1933년 집권한 히틀러가 아우토반을 전국으로 확장, 건설한 것이 경제부흥의 원동력이 되었다."고 이야기하며 산이 많은 대한민국에도 국토 대동맥을 뚫을 것을 권한다. 박 대통령은 다음날 본에서 쾰른까지 20km 구간을 아우토반을 이용해 이동하며 살펴보았다. 서독 방문을 마치고 돌아온 대통령은 정치권의 격렬한 반대여론을 물리치고 고속도로 건설에 몰두했다. 1968년 12월 12일 서울~인천(24km) 간의 경인고속도로가 개통되고, 1970년 7월 27일 역사적인 국토 대동맥 경부고속도로(428km)가 개통되었다. 산을 뚫고 벼랑을 깎기 2년 5개월, 굽이치는 강물 위에 다리를 놓고 험준한 계곡을 흙으로 메워 전장 428km, 남북을 가로지르는 간선 대동맥 경부고속도로 전 구간이 마침내 개통, 속도 혁명에의 거보를 내디뎠다(1970년 7월 7일자 동아일보 1면). 경부고속도로 건설은 단군 이래 최고의 국책사업이었다. 이는 무모한 모험이라는 비판을 뚫고 대한민국 경제발전과 근대화의 견인차 역할을 하며 전국을 1일 생활권으로 단축한 속도의 혁명이자 '할 수 있다' 는 인식의 혁명이었다. 경부고속도로의 개통은 길이 미래를 이끈다는 사실을 보여주었다. 또한 "내 무덤에 침을 뱉어라." 하며 국가와 민족을 위해 위대한 일을 행한 위대한 대통령의 결단의 결과물이 후손들에게 자유와 번영을 줄 수 있다는 사실을 보여주었다. 이어 1973년 대전~순천 간 호남고속도로, 순천~부산 간의 남해고속도로가 완공되었다. 1975년 수원~강릉 간의 영동고속도로, 강릉~묵호 간의 동해고속도로가 완공되었고, 이후 여러 고속도로가 개통되어 경제발전의 초석을 닦고 나아가 부흥을 일으켰다.

"수레와 말에 의한 교통이 수레와 말 자신을 위한 길을 만들었듯이, 기차는 자신을 위해 궤도 선로를 만들었다. 자동차도 자신을 위해 없어서는 안 되는 자동차 전용도로를 건설해야 한다."라고 말한 히틀러는 독일의 경제발전을 이루는 길을 닦았다. 히틀러의 정책은 잔혹하리만큼 완전한 통제에 의한 획일화였다. 그러나 히틀러는 바닥을 헤매던 독일 경제를 재건했다. 무엇보다 경제회복을 위해서 시행된 최대의 사업은 실업자 구제였다. 나치스 정부는 도로, 비행장, 토지개량공사 등을 계속해서 일으켰고 '가능한 한 기계사용을 피해서 한 사람이라도 더 많은 노동자를 쓰도록' 하는 지령을 내렸다. 실업자 대책과 경기 회복책이 주효한 독일은 1933년에 6백만 명이었던 실업자가 1939년에는 30만 명으로 대감소했고, 제2차 세계대전 직전에는 거의 제로에 가까운 상태가 되었다. '홀로코스트'라는 문명에 대한 대죄를 범하는 등 결코 명군(明君)이라고 할 수는 없지만, 황폐한 국가를 재건시키고 국민의 먹고 사는 문제를 만족시킨 점은 부인할 수 없는 사실이다.

길은 서로 다른 장소를 연결해주는 통로이며 평평하게 정리된 길을 도로(道路)라고 부른다. 조선시대에는 모두 10개의 주요 간선도로가 있었다. 요즘 1번국도, 2번국도 하듯이 1로부터 10로까지 이름이 붙어 있는 이 도로는 조선팔도를 잇는 국토 대동맥이었다. 1로와 2로는 북쪽 국경으로 난 도로다. 1로는 서울에서 파주를 거쳐 의주에 이르고, 2로는 원산으로 가서 함흥을 거쳐 두만강으로 가는 길이다. 3로와 10로는 동해 쪽으로 난 길이다. 관동로라 부르던 3로는 원주, 강릉을 거쳐 평해에 이른다. 10로는 충주를 지나 안동, 봉화에 이르는 영남 내륙지방으로 뻗은 길이다. 서해 쪽으로 난 길에는 8로와 9로가 있다. 8로는 평택을 거쳐 충청도, 수영으로 이어졌고 9로는 강화로 가는 길이다. 남쪽으로 난 길에는 모두 4개 노선이 있었다. 4로는 부산으로 가는 길이었고, 5로는 통영으로 가는 길인데 조령, 진해를 지나가고, 6로는 전주, 남원, 진주를 거쳐 통영에 이르렀다. 7로는 과천을 지나 수원, 정읍, 나주, 해남을 거쳐 수로로 제주에 도착하는 길이다.

사람들은 길을 만들어간다. 새로운 길을 개척하고 선택하고 그 걸어온 결과물로서의 자신이 존재한다. 위대한 길, "내가 걸어온 길을 보라."고 한 부처, "내가 길이요 진리요 생명이니"라고 한 예수의 길을 따라 비오는 고행의 고갯길을 올라간다. 고개를 넘으니 남장수 IC가 보인다. 반갑게도 휴게소가 있다. 흠뻑 젖은 비옷을 벗어 놓고 난로 곁에 앉는다. 따뜻한 된장찌개가 속을 훈훈하게 해준다. 식당 아주머니가 의아한 눈길로 내 모습을 흘끔흘끔 쳐다보다가 못 참겠다는 듯 묻는다.

"이 날씨에 도대체 무슨 일이세요?"

"제주도에서 시작하여 해남 땅끝마을에서 강원도 고성의 통일전망대까지 걸어가는 여행 중입니다." 하니 눈이 휘둥그레진다. 갑자기 주변 손님들의 시선이 몰려온다. 손님 중 한 명이 부러워하며 말한다.

"정말 멋있습니다. 그렇게 한번 살아보면 소원이 없겠네요."

아주머니가 다시 물어 왔다.

"왜 그렇게 힘든 일을 하세요?"

순간 '내가 왜 이렇게 힘든 일을 하고 있지?' 하는 생각이 스치며 갑자기 나도 모르겠다는 듯 머릿속이 캄캄해지더니 알 수 없는 말이 나온다.

"병이 들었지요. 어디론가 멀리 바람 따라 구름 따라 떠다니고 싶은 마음의 병이 들었지요."

가여운(?) 나그네에게 베푸는 인정어린 눈길을 뒤로 하고, '그래, 나는 정말 마음의 병이 든 거야.' 하고는 웃으며 다시 길을 나섰다. 조금 전보다 비바람이 한결 고요해졌다. 요천을 따라 흐르는 냇물 위로 가랑비가 부슬부슬 떨어진다. 따뜻한 국물로 배를 채운 나그네의 여유로움에서 느닷없이 콧노래가 흘러나온다.

냇물아 흘러흘러 어디로 가니/ 넓은 세상 보고 싶어 강으로 간다.
강물아 흘러흘러 어디로 가니/ 넓은 세상 보고 싶어 바다로 간다.
명돌아 흘러흘러 어디로 가니/ 넓은 세상 보고 싶어 산으로 간다.

대론초등학교 앞을 지나 번암면에 들어서서 육모정을 바라보다가 길을 재촉한다. 삼거리에서 잠시 망설인다. '이리 갈까 저리 갈까 차라리 돌아갈까. 세 갈래 길 삼거리에 비가 내린다.' 는 노래 가사가 딱 맞는 상황이다. 자연휴양림으로 들어가는 입구 버스 정류장에 앉아 휴식을 갖는다. 방화동 자연휴양림으로 나 있는 조용한 길로 갈 것인가, 아니면 국도를 따라 계속해서 진행할 것인가 망설인다. 자연휴양림으로 가고 싶었지만 너무 멀리 우회해야 하기에 군자대로행위(君子大路行爲)를 선택했다.

자연휴양림은 도시의 삶에 지친 영혼들에게 쉼과 평안을 준다. 프랑스 사상가 루소는 문명으로 더럽혀진 사람과 사회를 향해 '자연으로 돌아가라' 고 했다. 자연의 한 부분에 불과한 인간이 자연을 파괴하고 자연을 떠나 사는 것은 죽음으로 가는 길이다. 실제 대표적인 자연의학인 산림욕 효과는 신선한 숲 향기, 산소 농도가 높은 바람, 음이온, 기압, 적당한 습도를 느낄 수 있는 기온 등이 합세해 사람의 오감을 자극하여 자기치유 능력을 높여준다고 한다. 숲에서 나오는 피톤치드는 공기를 맑게 하고 살균작용을 할 뿐 아니라 인체 면역기능을 높인다. 피톤치드는 나무가 스스로를 보호하기 위해 분비하는 물질로 해충, 곰팡이를 없애는 작용을 하며 인간에게는 신경계에 영향을 줘 정신적인 안정감을 준다. 나무가 하루 중 피톤치드를 가장 많이 발산하는 때는 해 뜰 무렵인 새벽과 오전 11시~12시 사이다. 새벽에 숲속을 거닐 때 다른 때보다 훨씬 상쾌한 기분이 드는 이유는 바로 새벽에 피톤치드 함량이 높기 때문이다. 나무 사이로 불어오는 상큼한 바람을 느끼고 산새소리 들으며 걸어가는 숲길은 사람들의 몸과 마음을 치유해주는 최고의 치료제다.

비는 그칠 줄을 모르는데 다시 길을 나선다. 도로는 교통량이 적어 한산하다. 복성이재에서 육십령으로 가는 백두대간 산행을 하며 장수의 주논개 생가지를 들렀던 생각, 섬진강의 최상류에 있는 울창한 수림이 사시사철 아름다움을 자랑하는 지지계곡을 떠올리며 수분재로 향한다. 도로 확장공사 중인 오르막길, 비와 땀이 뒤범벅이다. '금강 섬진강의 발원지 수분령' 이라는 표지판이 보인다. 해발 539m의 수분재 정상이다. 휴게소에 들러 따뜻한 커피로 몸을 녹인다. '논개님 고을 뜬봉샘 수분령 휴게소' 라는 긴 간판이 이색적이다. 고갯길을 내려가니 '금강 발원지 뜬봉샘' 이라는 표시가 있다. 지리산에서 북진하는 백두대간이 경상, 전라, 충청의 경계라는 삼도봉을 거쳐 덕유산을 지나고, '산은 높고 물은 길다' 는 산고수장(山高水長)의 고장 장수의 영취산에서 금남호남 정맥이 되어 금강(錦江)의 발원지 수분리가 있는 신무산의 뜬봉샘에 이른다. '산고수장' 은 산이 높고자 한다면 한줌의 흙도 소중히 여겨야 하며, 강이 길고자 한다면 작은 실개천도 껴안아야 한다고 가르친다. 한줌의 흙이 높은 산을 이루고 지류들이 모여서 큰 강을 이룬다. 세상에 버릴 사람은 한 사람도 없으니 적재적소에 쓰기 나름이라. 천하의 인재들을 모은 맹상군의 계명구도(鷄鳴狗盜)를

떠올린다. 인간관계의 소중함을 가르쳐주는 평소 애송하는 김남기 시인의
'그때 왜'를 조용히 읊조려본다.

저 사람은 거짓말을 너무 좋아해

저 사람과는 결별해야겠어

하고 결심했을 때

그때 왜

나의 수많은 거짓말했던 모습들이 떠오르지 않았지?

저 사람은 남을 너무 미워해

저 사람과는 헤어져야겠어

하고 결심했을 때

그때 왜

내가 수많은 사람들을 미워했던 모습들이 떠오르지 않았지?

　-중략-

이 사람은 이래서

저 사람은 저래서 하며

모두 내 마음에서 떠나보냈는데

이젠 이곳에 나 홀로 남았네

　금강의 발원지 뜬봉샘을 지나며 산고수장의 의미를 되새긴다. '비단강'이라 불리는 금강(錦江)은 남한에서 낙동강과 한강에 이어 세 번째로 길다. 수분재를 지난 강물은 장수군 천천(天川)을 지나 용담댐에 이르고 금산, 영동, 옥천을 거쳐 대청댐에 이른다. 공주와 부여 그리고 강경을 지난 강물은 웅포를 거쳐 군산으로 흘러 황해로 들어간다. 금강 하류는 오래 전부터 전라도와 충청도의 경계를 이루어, 지리적으로는 백두대간의 서쪽이 전라도에 해당한다. 전라도를 호남지방이라고 부르는 것은 호강(湖江), 곧 지금의 금강 남쪽이라는 뜻에서 나온 것이다. 한편 영남지방이라 부르는 것은 죽령과 조령의 남쪽이란 의미요, 영동은 대관령의 동쪽, 영서는 대관령의 서쪽을 일컫는다.

　다시 가랑비가 부슬부슬 내린다. 이 빗물은 금강으로 갈까, 섬진강으로 갈까. 아니면 금강이 되어 대청호로 갈까, 황해바다로 갈까. '물이 갈라지는 수분령에서 물의 운명이 갈라지는구나. 내 운명의 분수령은 어디일까?' 하며 고개를 내려간다. 가랑비에 옷 젖는다는 속담대로 몸은 이내 흠뻑 젖어든다. 봄비가 유난히도 많이 내린다. 멀리 장수읍이 보인다. '주논개사

당' 이란 안내 표지판이 보인다. 호수를 끼고 있는 의암사 논개사당으로 발길을 돌려 걸어간다. 의암 주논개(1574—1593), 임진왜란 때 진주 촉석루에서 왜군 장수 게야무라 로쿠스케를 껴안고 의로운 죽음을 택한 충절의 여인이다. 대곡리 주촌마을에서 훈장인 부친 주달문과 모친 밀양 박 씨의 외동딸로 태어난 논개는 아버지를 일찍 잃어 숙부에게 의탁해 살다가 장수 현감 최경회의 부인 병간호를 했다. 부인이 죽은 후 논개는 최경회와 부부의 연을 맺는다. 제2차 진주성 전투에서 성이 함락 당하자 의병장으로 참전한 최경회는 '남강물 파도가 마르지 않으면 우리 혼도 죽지 않으리' 라는 시를 남기고 남강 물에 뛰어들어 자결한다. 복수를 결심한 논개는 왜군들의 승전 축하연에 기생으로 변장하여 들어갔다. '신의 칼' 이란 별명을

가진 게야무라는 쇼군인 가토 기요마사의 선봉장으로서 용맹하기로 이름 난 전설적인 사무라이였다. 논개는 게야무라 로쿠스케를 껴안고 10여 일 간 내린 장맛비로 물이 넘실대는 남강으로 몸을 던졌다. 이때 논개의 나이 스물이었다. 변영로의 '논개' 가 의암사에서 들려온다.

거룩한 분노는 종교보다 깊고
불붙는 정열은 사랑보다도 강하다
아! 강낭콩 꽃보다 더 푸른 그 물결 위에
양귀비꽃보다 더 붉은 그 마음 흘러라
아리땁던 아미 높게 흔들리우며
그 석류 같은 입술! 죽음을 입 맞추었네!
흐르는 강물은 길이길이 푸르르니
"그대의 꽃다운 혼, 어이 아니 붉으랴!"

논개가 진주의 관기(官妓)였다는 이야기는 일반의 오해다. 또한 현재 일본 인들은 논개가 왜장 게야무라의 연인으로 일본까지 따라와서 자식을 낳고 살았다고 알고 있다. 일본 후쿠오카 현에 있는 히코 산에는 논개의 영정까지 모신 '보수원' 이라는 논개사당도 있어 그 앞에서 빌면 부부관계도 좋아지고 아기를 잘 낳는다는 속설까지 지어냈다. 남강에서 건져낸 최경회 장군과 논 개의 묘는 백두대간의 육십령에서 동남쪽으로 10리쯤 떨어진 함양 서상면 금당리 방지마을에 있다. 장수군에서는 의암 주논개가 태어난 음력 9월 3일 을 군민의 날로 정하여 논개의 숭고한 애국정신을 기리는 추모대제를 지내 고 있다. 논개의 고향 대곡리 사람들은 논개를 지칭할 때 꼭 '님' 자를 붙인 다. 아니, 장수사람들은 누구나 논개를 그렇게 부른다. 논개의 영정과 위패 를 모신 의암사 앞에는 시원스럽게 호수가 펼쳐져 있고 물새들이 한가롭다.

거룩한 분노는 종교보다 깊고

장수 읍내에 들어서니 날이 어두워지기 시작한다. 조선 태종 7년에 건립된 우리나라에서 가장 오래된 장수향교를 지난다. 조선은 건국 이후 유교를 권장하고 교육을 하기 위해 각 고을마다 향교를 설치하여 공자를 제사하고 선비를 양성토록 했다. 장수에는 장수삼절(三絶)이라 하여 자랑스럽게 내세우는 세 가지가 있다. 그 첫째가 주논개의 충절이라면, 두 번째가 장수향교를 지킨 향교지기 정경손이다. 임진왜란이 일어나 왜군이 쳐들어오자 현감과 관속들은 모두 도망가고 그가 혼자 남아 향교를 지켰다. 아무도 없는데 혼자서 향교를 지키고 있는 그의 의기를 가상히 여긴 왜군은 불을 지르지 않고 돌아갔다. 대다수의 향교들이 모두 불탔는데도 장수향교만 남게 되었다. 그의 충절을 기려서 1846년 장수향교 앞에 '충복 정경손

의비'를 세웠다. 세 번째는 천천면 장판리에 있는 노비의 충절을 기린 타루비(墮淚碑)다. 주인이 꿩 때문에 놀라 말에서 떨어져 죽자 마부는 제 손가락을 깨물어 바위에 꿩과 알을 그려놓고 벼랑에서 떨어져 죽었다. 그곳에 그 마부의 비석을 세우고 해마다 장수현감이 제사를 지냈다.

그 다음으로 이 고장사람들이 자랑스럽게 내세우는 인물이 세종 때의 명정승 청백리 황희다. 황희라고 하면 으레 너그러움과 청빈을 떠올린다. 하지만 황희는 두문동의 일화에서 알 수 있듯이 목숨도 초개같이 버릴 줄 아는 과단성이 있는가 하면, 한번 세운 뜻은 끝까지 밀고 나가는 우직함도 있었다. 그래서 여러 번 파직을 당하기도 하고 유배생활도 했다. 두문동에 은거해 항거했던 그를 개국공신처럼 여긴 태조에 이어 태종도 황희를 각별히 신임했다. 세종은 황희를 재상에 올려 18년이나 정사를 맡겨 '세종 같은 임금에 황희 같은 재상'이라는 말을 낳기까지 했다. 정치적 동반자인 세종을 먼저 보내고 황희는 향년 90세에 천수를 다했다.

오랫동안 교통의 오지로 개발이 소외되어 상대적으로 청정지역의 대명사가 된 장수, 심심계곡의 맑은 물과 깨끗한 공기로 산자수려한 자연환경을 가지고 있고 산지가 76%인 장수에서의 첫날밤을 맞이한다. 장수 읍내를 걸으며 구경하면서 숙소와 묵을 곳을 둘러본다. 시장기가 밀려오고 한우고기를 파는 식당의 외양이 느낌이 좋아 몸보신도 할 겸 저녁식사 후 숙소를 잡자 생각하고 식당 문을 열고 들어섰다. 꽤나 넓은 식당이건만 나 하나 앉을 자리가 없다. 혼자서 한 테이블 자리를 차지하기도 미안해서 돌아 나오니 왠지 처연하다. 간단하게 백반으로 식사를 마치고 숙소를 찾는다. 모텔이 2개밖에 없는 시골 읍에서 그 중 라이온스클럽 회원이 운영한다고 표시되어 있는 소박한 곳에 들러 비에 젖고 상념에 젖은 몸을 씻고 잠자리에 누웠다. 지친 몸이 충절의 여인 주논개를 만나기 위해 이내 깊은 잠 속으로 빠져든다.

09

나비가
청산을 지날 때

자연의 나라 무주로(48km)

도착 30

무주군

30

덕유산국립공원

무 주

189 _ 내가 첫산을 지나던 때

심령이 가난한 자는 복이 있나니 천국이 저희 것임이요 애통하는 자는 복이 있나니 저희가 위로를 받을 것임이요 온유한 자는 복이 있나니 저희가 땅을 기업으로 받을 것임이요 의에 주리고 목마른 자는 복이 있나니 저희가 배부를 것임이요 긍휼히 여기는 자는 복이 있나니 저희가 긍휼히 여김을 받을 것임이요 마음이 청결한 자는 복이 있나니 저희가 하나님을 볼 것임이요 화평케 하는 자는 복이 있나니 저희가 하나님의 아들이라 일컬음을 받을 것임이요 의를 위하여 핍박을 받은 자는 복이 있나니 천국이 저희 것임이라. (마태복음 5장 3−11절)

슬퍼하는 자는 복이 있나니
슬퍼하는 자는 복이 있나니
슬퍼하는 자는 복이 있나니
슬퍼하는 자는 복이 있나니
슬퍼하는 자는 복이 있나니
슬퍼하는 자는 복이 있나니
슬퍼하는 자는 복이 있나니
슬퍼하는 자는 복이 있나니

저희가 영원히 슬퍼할 것이요.

하늘에서는 예수의 산상수훈(山上垂訓)이, 땅에서는 윤동주 시인의 팔복(八福)이 들려온다. 하늘과 바람과 별과 시를 노래하는 삿갓을 눌러쓴 시인이 되어 개나리봇짐에 짚신을 신고 바다를 건너고 산을 넘어 정처없이 방랑하는 길 위에서 '죽는 날까지 하늘을 우러러 한 점 부끄럼 없기를 다짐하며, 별을 노래하는 마음으로 모든 죽어가는 것을 사랑하며 나한테 주어진 나의 길을 가야겠다.'고 노래하면서 나그네의 길을 간다.

새벽 4시, 다른 날에 비해 늦잠을 잤다. 하루의 여정을 마치고 피곤해서 9시 뉴스를 보다가 잠들면 평소 새벽 2시경에 잠에서 깨어났다. 시간을 허비했다는 불만스런 생각이 한 순간 스쳐갔지만 이내 뉘우쳤다. 유유자적, 한가로운 여행을 떠나와서 잠이 오면 잠들고 눈이 떠지면 일어나면 되지 늦잠 잤다고 불편한 심사를 가지다니, 한다. 무릎을 꿇고 두 눈을 감는다. 마음을 모으고 정성을 모은다. 간절한 마음으로 기도한다. 사람의 몸에는 음식이 필요하듯 사람의 영혼에는 기도가 필요하다. 침묵의 기도에 간절한 소망을 담는다. 기도는 새벽의 열쇠이고 밤의 빗장이다. 신에게 무엇을 구하려면 먼저 자신의 허물을 고백하고 참회하는 눈물을 흘려야 하는 법. 죄와 잘못이 너무 많아서 다 고백할 수가 없다. 알고 지은 죄 모르고 지은

죄, 부끄러워 차마 고하지 못하는 모든 죄와 허물들까지 몽땅 사해달라며 떼를 쓴다. 기도는 신을 변화시키기 위해서가 아니라 자신을 변화시키기 위해 하는 거다. 나의 기도는 신의 영광이 아닌 나를 위해 구하는 것이기에 천국의 쓰레기장으로 바로 간다. "주님이시여! 죄 사함의 은총을 구하나이다." 하고 나니 마음에 평안이 몰려온다.

거리에 희미하게 아침이 밝아온다. 어제 저녁식사를 하며 아침식사가 가능한 것을 확인했던 터라 식당 문을 열고 들어선다. 사람들이 붐빈다. 공사현장에서 일하는 사람들이다. 따끈한 국물로 속을 풀고 19번 국도로 올라섰다. 싸리재 고개를 올라간다. 싸리재 도시 숲 조성사업을 하는 현장이 다가온다. 한 그루 늙은 나무가 수도승처럼 묵중하게 서 있다. 가지를 뻗어 하늘의 문을 여는 것처럼 근엄하고, 뿌리를 내려 땅의 근원을 분출시키려는 것처럼 우람하게 서 있다. 수령 320년이 된 느티나무 보호수를 보면서 외로움을 느끼는 빌어먹을 심사에 찾아든 부끄러움을 반납한다. 긴긴 세월 나무는 구름과 바람을 벗 삼아 추운 겨울에도 꿋꿋이 홀로 서 있다. 바람에 흔들리며 쉬어가라고 부르는 나무에게 고맙다고 손을 들어 화답하며 길을 재촉한다. 터널이 보인다. 안개 낀 고갯길보다 터널 안이 더 밝고 아늑하다. 터널을 나오니 안개가 더욱 자욱해서 위험하다. 가시거리 100m가 되지 않는데도 전조등을 켜지 않는 차량들이 많다. 헤아려 본다. 하나, 둘, 셋, 전조등을 켠 차량은 20대 중 불과 5대였다. 십여 년 전 스위스에 갔을 때 차량들은 밝은 낮에도 전조등을 켜고 다녔다. 사고 위험을 줄이기 위해서인데, 효과가 있는 것으로 판명되었다.

고개를 넘어 아래로 내려가니 안개는 걷히고 하늘은 흐리다. 연일 햇빛을 구경하기 힘들다. '에녹과수원 장수사과'라는 농장 이름이 눈길을 끈다. 에녹은 구약성경의 창세기에 나오는 인물로 아담의 7대손이다. 65세에 므두셀라를 낳고 300년 동안 하나님과 함께 동행하다가 죽음의 고통을 당하지 않고 하늘로 들려 올라갔다고 한다. 기독교 최초의 승천자(昇天者)로서 예수 승천의 예표(豫表)로 해석된다. 에녹은 성경에 나오는 최고령 인물로서 969년을 살았다고 하는 므두셀라의 아버지요, 노아의 방주에 나오는 노아의 증조할아버지다. 므두셀라라는 말의 '므두'는 '보내다'라는 뜻이요, '셀라'는 '그가 죽을 때'라는 뜻이다. 즉 므두셀라는 '그가 죽을 때에 그것을 보낸다'는 의미이다. 이는 '므두셀라가 죽을 때 심판을 하겠다'는 의미로 해석한다. 성경에는 노아가 600세 때 홍수가 났으며, 그때 므두셀라가 죽으니 그의 나이 969세였던 것이다.

장계면을 지나서 성관사 앞에서 잠시 휴식을 취한다. 졸음이 밀려온다. '천하장사라도 제 눈꺼풀은 들어 올릴 수 없다'고 하듯 잠을 깨우려 애를 쓴다. 성관사의 노스님은 잘 계실까? 우연히 찾아뵌 노스님. 사람의 운명을 미리 볼 수 있는 영험이 있으시다 해서 어느 날 우연히 인사를 드리고 무릎을 꿇었다. 내 얼굴을 한참 응시하시던 노스님은 "하던 일 그대로 열심히 하면 성공할 거야. 이것저것 다른 일에 너무 뜻을 두지 마."라고 했다. '사주보다 관상이 낫고 관상보다 심상이 낫다'고 하지 않는가. 노스님은 한눈에 나의 관상을 꿰뚫어본 걸까. 불교의 기본정신에는 미신적인 요소가 없지만, 우리나라 불교에는 절에 칠성각이나 산신각 같은 무속신앙과 관계된 건물이 있고, 간혹 신도들의 운세를 점치는 스님들이 있다. 부처 시대의 인도에서도 여러 가지 미신적인 행위들이 있었지만 부처는 이를 엄격히 금했다. 그러나 불교가 인도에서 중국으로 전래되는 동안 인도불교와 중국불교는 현저한 차이가 생기게 된다. 인도와 중국은 지리적으로는 같은 아시아 대륙에 속해 있지만 티벳고원이나 히말라야 산맥으로 단절되어 있기 때문에 전혀 다른 문화권을 형성하고 있다. 특히 중국인이 현실을 중시하는 데 비해

인도인은 영원과 상상으로 살아가려 한다. 그래서 중국에 전래된 불교는 중국 고유의 유교나 도교사상 등과 대립, 융합하면서 독자적인 체계를 형성하게 되고, 중국의 민간신앙과도 융합하여 현세 이익적인 성격을 띠게 된다. 이러한 중국불교가 한국으로 들어와 이번에는 한국 고유의 민간신앙과 합쳐져 공존하면서 한국적 불교로 변형되어 온 것이다.

구름 사이사이로 푸른 하늘이 보이고 한 무리의 까마귀들이 까악까악 소리를 내며 날아간다. 자연이 살아 숨 쉬는 고장답게 건너편 숲속에서는 새 소리가 요란스럽다. 고개를 올라간다. 장계면과 계북면의 경계를 이루는 재 이름이 집재(510m)다. 다시 계북면의 솔고개재를 넘으니 중부고속국도 덕유산 IC가 보인다. '생명존중의 땅 무주군입니다', '자연주의가 좋다! 반딧불이와 함께!' 하는 안내판이 무주에 왔음을 알려준다. 안성면이다. 2차선을 따라 계속 가야 할지, 아니면 길이 있는지 없는지 알 수 없는 공사 중인 4차선을 따라가야 할지 잠시 생각에 잠긴다. 고요한 나 홀로의 길을 가기로 하고 '관계자 외 출입금지' 표지판 옆을 지나간다. 로버트 프로스트의 '가지 않은 길'이다.

단풍진 숲속에 길이 두 갈래
두 길을 갈 수 없어 유감이구나.
나는 남들이 덜 간 길을 택했고
그것이 모든 차이를 만들었구나.

작은 생각의 차이는 큰 변화의 시작이다. 평범하게 안주하기보다는 창조적인 변화를 추구하며 남들이 가지 않은 길, 미지의 길을 가려는 시도는 작은 생각에서 비롯된 선택의 습관이 되었다. 그리고 이는 항상 신선한 결과물로 다가왔다. 공사현장에서 일하는 사람들의 모습이 보인다. 야단맞고 돌아가라

하면 어쩌나. 선수를 치기로 하고 인사를 건넨다. "안녕하세요, 수고가 많습니다. 이 길로 쭉 가면 2차선 국도로 갈 수 있을까요?" 엉겁결에 한 사람이 "예, 계속 가시면 됩니다."라고 말한다. 돌아가라는 위험에서도 벗어나고 2차선 도로와 연결된 것을 확인하는 순간이었다. 다리를 건너고 오르막길을 오르니 지대가 높아 구름 속으로 들어간다. 지척을 분간하기 어려울 정도다. 구름 속을 떠다니는 신선인 듯 착각이 들 정도다. 적막강산이다. 너무나 고요하다. 기묘한 기분이 들어 정적을 깨뜨리고 싶었다. 노래를 부르자. 무슨 노래를 할까. 그렇지, '나그네 설움' 이 좋겠다. 큰 소리로, 목청껏 노래를 부른다.

오늘도 걷는다마는 정처 없는 이 발길
지나온 자욱마다 눈물 고였네
선창가 고동소리 옛 님이 그리워서
나그네 흐를 길은 한이 없어라

구성지게 불렀다. 한 곡이 끝나면 또 한 곡, 신명이 난다. 어깨춤을 춘다. 다시 온몸을 흔들며 춤을 춘다. 아무도 없는 구름으로 덮인 산속의 공사 중인 도로에서 배낭을 둘러메고 춤추고 노래하는 지금의 내 모습을 누가 보면 아마 단단히 미친놈이라 하겠지. 우스웠다. 분위기는 더욱 흥겨워지고 노래와 춤은 그칠 줄 모른다. 그런데 한 순간, 눈가에 이슬이 맺힌다. 눈물이 흐른다. 목이 메어 소리가 나오지 않고 괴성이 들려온다. 눈물이 하염없이 흘러내린다. '나는 왜 이 낯선 곳에서 이러고 있을까. 나는 왜 홀로 외로이 이 길을 가고 있을까.' 서러움이 밀려온다. 외로움이 엄습한다. 분노가 솟구친다. 두 팔을 들어올리며 하늘을 향해 큰 소리로 부르짖는다. '바보같이 잘 놀다가 왜 그래!' 하며 자신을 달랜다. 순간, 이 장면을 사진으로 남기자는 엉뚱한 생각이 든다. 카메라를 꺼내 자신을 향해 조준하고 셔터를 눌렀다. '찰칵, 찰칵.' 사진을 찍고 있는 내 모습에 웃음이 난다. 찍힌 사진의 얼굴에는 눈물과 웃음이 교차한다. 울다가 웃으면 똥구멍에 심지가 난다, 하며 울다가 웃는 두 얼굴의 나를 놀린다. 웃음이 절로 난다. 가슴속까지 시원해진다. 마음이 가라앉는다. 뜬금없이 이방원과 정몽주가 떠오른다. 이방원이 먼저 노래를 부른다. '하여가(何如歌)'다.

이런들 어떠하며 저런들 어떠하리
만수산 드렁칡이 얽혀진들 어떠하리
우리도 이와 같이 얽혀 백년까지 누리리라

다 썩어져가는 고려왕실을 지키기 위해 고집부리지 말고 칡넝쿨처럼 사이좋게 사는 것이 어떤가를 떠본다. 정몽주가 좋은 시라며 화답한다. '단심가(丹心歌)'다.

이 몸이 죽고 죽어 일백 번 고쳐죽어
백골이 진토 되어 넋이라도 있고 없고
임 향한 일편단심이야 가실 줄이 있으랴

헤어져 돌아오던 정몽주는 주막마루에 걸터앉아 저녁노을을 바라보며 일배일배부일배(一杯一杯 復一杯), 연거푸 석 잔을 마시니 눈물이 절로 흘러내린다. 그리고 정몽주는 개성의 선죽교에서 조영규의 철퇴를 맞고 세상을 떠난다. '이런들 어떠하며 저런들 어떠하리.' 하면서 살면 될 것을 정몽주는 그렇게 가야 했을까. 한 세상 얽히고설켜 백년까지 재미있게 살다가 가면 될 것을 왜 일백 번 고쳐 죽어도 일편단심을 지키려 했을까. 정몽주가 절개를 지키며 마지막 불꽃을 태우는 것이 진정한 선비의 길이라 여기는 고려의 마지막 기둥이었다면, 나의 길은 무엇일까. 그럭저럭 대충 대충 사는 걸까. 내가 태어나기 전에 하늘나라에서 기획팀이 모여 지상과제를 선정해서 나를 보냈다면, 내가 해야 할 이 땅에서의 과업은 과연 무엇일까. 지상에 보내질 때는 가녀린 모습으로 태어났지만, 내재된 가치를 끄집어내고 타고난 능력을 개발해서 스스로를 향상시키며 이루어야 할 숭고한 사명이 있다면 그것은 무엇일까.

나는 누구인가? 지금 이 순간 미친놈같이 울고 웃는 나는 과연 누구인가? 소크라테스는 델포이의 아폴론 신전에 새겨져 있는 이 문구를 인용해서 "너 자신을 알라."고 했다. "너는 신이 아니라 한 번은 죽어야 하는 인간이다."라고 했다. '니 꼬라지를 알라' 했는데 나는 스스로를 어떻게 자각하고 있는가. 스스로를 깊이 자각하고 자기반성을 하자. 나는 무엇을 위해 살았는가. 나의 이력서가 나인가. 김명돌이라는 이름이 나인가. 아니면 직업이 세무사인 나의 생활이 나인가. 내가 살아온 과거의 시간들이 나인가. 아니면 내가 생각하는 나가 나인가, 남이 보는 나가 나인가. 헤밍웨이는 "나에 대한 사람들의 평가는 내가 스스로를 어떻게 평가하느냐에 좌우된다."라고 했다. 혹시 과대평가하거나 과소평가하는 것은 아닌가. 나는 나를 얼마나 알고 있으며 남은 나를 얼마나 아는가. 안다는 것은 또 무엇인가. 알면 얼마나 아는가. 모두를 아는가. 일부를 아는가. 어떻게 아는가. 산은 보는 각도에 따라 모습이 다르다. 사람도 보는 사람에 따라 다르다. 열 길 물속은 알아도 한 길 마음속은 모른다고 하지 않는가. 누군가는 나를 보고 '천의 얼굴을 가진 사나이'라고 한다. 정적(政敵)이 이중인격자라고 하자 링컨 대통령은 "그렇다면 내가 왜 이렇게 못생긴 얼굴을 가지고 다니겠느냐?"라고 했다. 얼굴은 '얼이 통하는 통로'다. 때로는 강하고 냉철하다가도 부드럽게 웃음을 짓는 이중성, 쾌도난마의 결단성으로 잔가지를 치면서 나아가는 용사의 모습인가 하면, 허무에 짓눌려 쓰러질 듯 외로움과 슬픔의 모습이기도 하다. 시시각각 다양한 모습이다. 괄목상대(刮目相對)라, 사람들에 따라 어제가 다르고 오늘이 다르다. 오래 전 과거의 모습으로 판단하는 것은 옳지 않다. 내가 나를 모르는데 어떻게 남이 나를 알겠는가? 알지도 못하면서 과연 누가 누구를 비판하는 것은 온당한가. 사람들은 모두 생김새가 다르고 생각이 다르고 말이 다르고 행동이 다르고 모든 것이 다르다. 각인각색(各人各色)이다. 제각기의 아름다움과 장점, 추함과 단점이 있다. 소나무는 휘어서 아름답고 낙엽송은 곧아서 아름다움을 더한다. 소나무는 휘어서 베어내고 낙엽송은 곧아서 베어낸다면 산은 민둥산이 된다. 사람들은 같은 인간으로 남의 결점에 관대하지 못하다. 사촌이 논을 사면 배가 아프다. 배고픈 것은 참아도 배 아픈 것은 못 참는다. 『화엄경』에는 사람들이 한 나라에 같이 태어날 인연을 일천 번의 천지개벽을 거쳐야 얻어낸다고 한다. 천지가 한 번 개벽하고 다음 개벽할 때까지를 겁이라고 한다. 잘생기면 어떻고 못생기면 어떤가. 서로 이해하고 사랑하며 살면 되지 자신들과 다르다고 욕은 왜 해야 하는가. 하기야 남을 안주삼아 욕하고 비판하는 것은 누구에게나 즐거운 일이다. '못생긴 나무가 산을 지킨다. 노래 못 하는 기러기가 일찍 요리감이 된다.' 라고 장자는 말한다.

홀로 걷는 이 시간, 하늘을 보고 땅을 보고 자신을 보고 '도대체 나는 누구인가.' 물어보아도 스스로 묻는 물음 속에 깊은 혼미함이 더해진다. 철학자 개구리가 길을 걸어가는 지네에게 짓궂게 묻는다.

"너는 그 많은 다리로 걷는데 어떤 다리를 먼저 내미는지 알고 있는가?"

그때까지 한 번도 그 생각을 해본 적이 없는 지네가 그 생각을 하는 순간 한 발자국도 내디딜 수 없었다. 혼돈의 세계를 거쳐 성찰의 세계로 간다. 거울을 보듯 희미하게 보다가 얼굴과 얼굴을 대하듯 깨끗하게 보기 위해 길을 간다. 나는 왜 남쪽에서 북쪽의 통일전망대로 가는가. 달마가 동쪽으로 간 까닭은 무엇이며, 노자가 서쪽으로 간 까닭은 또한 무엇인가. 인도의 왕자 달마는 동쪽 중국 선불교의 초조가 되고, 노자는 혼탁한 사회에 환멸을 느끼고 서쪽 인도로 갔다. "학문의 길은 하루하루 쌓아가는 것, 도의 길은 하루하루 없애고 또 없애서 함이 없는 지경에 이르는 것(도덕경 48장)"이라며 노자는 인위적인 모든 속박에서 벗어나 완전한 자유를 누리라고 한다. '자신이 걸어온 길이 자신의 모습'이라 하던가. 자신을 찾고 자유를 찾아 북쪽으로 간다. 그리고 한 걸음마다의 내공으로 새로운 자신의 모습을 창조한다. 자신을 알고 자신을 이겨낸다는 것은 적의 성을 함락하는 것 이상으로 어렵다고 한다. 자립심, 자신감, 자부심, 자존감, 자긍심 등은 자신의 삶을 이끌어가는 최고의 원동력이다. 자신의 능력을 알고, 한계를 알고 오만하지 않고 겸손히 나아간다. '할 수 있다'는 긍정적이고 적극적인 마음을 가지되 부드러운 것이 강한 것을 이긴다는 이치를 깨닫고 흐르는 물처럼 아래로 흘러간다.

머리로 아는 생각과 가슴으로 아는 마음은 다르다. 뇌안(腦眼)으로 보는 것과 심안(心眼)으로 보는 것은 다르다. 잘나고 못난 것은 다 마음이란 놈의 짓이다. 나는 내 마음이다. 내 마음이 빚어내는 것이 바로 나란 존재다. 열등감 때문에 소극적으로 행동하는 것도 나이고, 멋있고 자신감 있게 행동하는 것도 나이다. 개척자의 불굴의 의지를 지닌 것도 나요, 현실에 안주하며 안분지족을 추구하는 것도 나다. 내 마음속에는 두 자아(自我)가 싸운다. 선한 양심과 악한 양심, 부지런함과 게으름, 용감함과 나약함, 고귀함과 비열함이 항상 대립한다. 도스토예프스키는 인간의 마음을 일컬어 '신과 악마가 싸우는 전쟁터'라고 했다. 플라톤은 '인간 최대의 승리는 내가 나를 이기는 것'이라고 했다. 한 늙은 인디언 추장이 손자에게 말했다.

"애야, 우리 모두의 마음속에는 두 마리의 늑대가 싸우고 있단다. 한 마리는 분노, 불안, 슬픔, 질투, 탐욕, 열등감, 죄의식, 이기심 등을 가지고 있고, 다른 한 마리는 기쁨, 평안, 자유, 사랑, 인내, 온유, 겸손, 친절 등을 가지고 있단다."

그러자 손자가 물었다.

"어떤 늑대가 이기나요?"

추장은 간단하게 대답했다.

"네가 먹이를 주는 놈이 이긴단다."

오랜 세월 동안 내 마음속에는 분노, 슬픔, 번민, 방황의 늑대가 자리 잡고 있었다. 더욱 깊은 심연으로 자신을 밀어 넣으며 늑대에게 먹이를 주었던 그때, 또 다른 배고픈 늑대가 자신에게도 먹을것을 달라며 울부짖었다. 기쁨, 평안, 자유, 성공, 희망의 늑대였다. 두 마리의 늑대를 키우며 방황하던 어느 날, 배고픈 가여운 늑대에게 더욱 연민의 정을 느껴 먹이를 주면서 사랑에 빠졌다. 방황의 늑대와는 점점 멀어지고 희망의 늑대와 달콤한 시간을 나누었다. 희망이란 양식을 먹으며 피와 땀과 눈물을 흘렸다. 생활에 변화가 왔다. 내 입술에서 나오는 말이 달라졌다.

마음으로 먹이를 주어 입술로 나타나는 것이 말이다. 말은 생각을 담는 그릇이다. 인간은 언어로 존재한다. 말은 그 사람의 인격이요, 말하는 그 사람을 조각하는 칼날이다. 긍정의 사람인지 부정의 사람인지 알 수 있고, 적극적인지 소극적인지를 알 수 있다. 그래서 말은 사상(思想)의 옷이라고 한다. 말이 많으면 생각이 흩어지고 내면의 기(氣)가 밖으로 빠져나간다. 입을 열면 침묵보다 뛰어난 것을 말해야 한다. 침묵의 미덕이 소중하다. 겉으로만 침묵하고 마음속으로 끝없이 떠든다면 이는 진정한 침묵이 아니다. 마음 또한 고요한 침묵의 세계로 가야 평화가 있다. 침묵은 금이요, 웅변은 은이다. 경우에 맞는 말은 은쟁반의 금사과다. 적절한 때 적절한 말을 해야 한다. 기쁨과 희망의 말을 해야 한다. 그러면 그 말은 다시 행동으로, 반복된 행동은 습관으로 나타나고, 습관은 신념을 만들고 인격을 형성한다. 결국 운명이 바뀐다. 내가 먹이를 준 늑대가 긍정적이고 적극적인 말을 쏟아내면서 내 삶에는 기쁨의 강이 흘렀다.

빈 깡통이 요란스럽다고, 말이 많으면 움직임도 가볍다. 높은 지위에 있으면 가급적 신체언어를 통제하려는 경향이 있다. 늑대나 원숭이 집단의 우두머리는 자기보다 지위가 낮은 구성원들에 비해 몸을 훨씬 적게 움직인다. 어떤 집단에서든 우위에 속한 동물들은 거의 고요한 정적 속에서 거동하며 순위가 낮은 구성원들이 멋대로 굴 때도 질서를 잡기 위해 한 번 무섭게 노려보는 것 이상의 동작을 하지 않는다. 우두머리는 존재 그 자체만으로도 충분하므로 구태여 그럴 필요가 없다. 침묵의 자기단련은 자동적으로 지배와 권력에 이르는 자질을 부여한다. 침묵은 자신감을 나타내며 다른 동료들의 비위를 맞출 필요가 없다.

사람들은 일이나 사람을 대하는 태도에 따라 인생의 성패가 좌우된다. 희망과 목표를 마음에 글로 새기고 되새김하면서 마음을 다잡는 말을 하고, 성공한 모습을 상상하면서 스스로를 격려하며 행복감을 느낄 때 정말 되고 싶은 사람이 될 수 있다.

제자인 안연이 공자에게 물었다.

"선생님은 어떤 사람이 되고 싶습니까?"

공자는 답한다.

"'그 사람이면 마음을 놓을 수 있어.' 하고 노인들이 안심할 수 있는 사람, '그 친구라고 하면 믿을 수 있어.' 하고 붕우들이 신뢰할 수 있는 사람, '그 선배, 그 형이라면 친밀감이 느껴져.' 하며 젊은이들이 정답게 따를 수 있는 사람."

나는 그런 사람이 되고 싶다. 노자안지(老者安之), 붕우신지(朋友信之), 소자회지(小者懷之)다. 내가 되고 싶어 하는 사람이 되기 위해 나는 열심히 살았다.

열심히 일하고, 열심히 공부하고, 열심히 봉사하고, 열심히 충전하면서 내가 가고자 하는 그 길을 열심히 달려왔다. 그 길은 거칠고 험했지만, 그 길을 가면서 힘들고 외로웠지만 더욱 강해지면서 성공과 좌절을 맛보며 선택의 차이를 만들어갔다. 그것은 자신에 대한 작은 도전이었고, 새로운 도전이 반복되었다. 그리고 그곳에 오늘의 내가 있다. 아름다운 도전은 언제나 성취감을 주었고 지금도 내가 원하는 나, 진정한 나가 되기 위해 길을 간다.

길 가는 나그네에게는 억울한 일이 닥칠 수 있다. '말(馬)을 훔쳐도 의심받지 않는 사람이 있는가 하면, 울타리를 넘겨다보기만 해도 의심받는 사람이 있다.'고 한다. 세상에는 억울한 일이 많다. 죄 없이 억울하게 죽는 사람들, 죽기보다 더 힘든 억울한 일을 겪는 사람들도 많다. 크고 작은 억울한 일을 당하며 살아가는 것이 인생이다. 전쟁에 무참하게 죽는 백성들, 자신의 뜻을 펼치다가, 혹은 누명을 쓰고 죽음을 맞이하는 억울한 충신들도 무수히 많다. 원인 없는 결과는 없다. 모든 것은 인연의 결과다. 역사의 소용돌이 속에서 그때 그 자리에 있었던 그 자신의 잘못이다. 그 역사의 현장에 있었던 결과다. 알 수 없는 스스로의 함정에 빠진 것이다. 누구를 원망하고 탓하랴. 하지만 억울한 고통과 시련은 살아 있는 한 더욱 성숙하게 하는 열매를 맺을 수도 있다. 그것은 결국 자신의 몫이다. 살아오면서 어우러진 수많은 인연의 산물이다. 인생행로에 뜻하지 않은 횡재도 하지만 불의의 화를 당할 수도 있으니 언제나 하늘을 우러러보며 겸허히 발길을 옮길 일이다.

이 세상에 적이 없는 사람은 없고 모든 사람에게 사랑받는 사람도 없다. '불만을 가진 한 사람은 열한 사람에게 비난하는 이야기를 하고, 들은 열한 사람은 다시 다섯 사람에게 그 말을 전한다.'고 하니 결국 한 사람에게 비난을 받게 되면 모두 67명에게 비난을 받게 된다는 이야기다. '좋은 말이든 나쁜 말이든 세상 사람의 입에 가장 적게 오르내리는 자가 행복하다.'고 한다.

하지만 어찌 남의 입에 오르내리지 않고 살아갈 수 있겠는가. 자기 눈의 들보는 깨닫지 못하면서 남의 눈의 티를 비난하는 것이 세상인심이다. 높은 바람은 높은 산에서 불고, 가장 깊은 곳에서 흐르는 물이 가장 잔잔하다. 백조는 매일 목욕하지 않아도 희고 까마귀는 매일 목욕해도 검다. 일일이 의식하고 대응하기보다는 의연한 자신의 길을 가는 것이 행복의 지름길이다.

인생의 기본법칙에는 인과응보의 법칙이 있다. 선인선과(善因善果)요 악인악과(惡因惡果)다. 좋은 원인에는 좋은 결과가 생기고 나쁜 원인에는 나쁜 결과가 생긴다. 성실과 근면의 씨앗을 뿌리면 승리와 행복의 열매를 거둔다. 종두득두(種豆得豆)요 종과득과(種瓜得瓜)다. 현재는 과거의 아들이요 미래의 어머니다. 과거는 현재를, 현재는 미래를 결정한다. 어제의 결과가 오늘이요 오늘의 결과는 내일이다. 내가 뿌린 씨앗을 거두고 있는 것이니 남을 공연히 원망하지 말 일이다. 기쁨의 씨앗도 불행의 씨앗도 모두 내가 뿌린 것이다. 뿌린 대로 거두는 것이다. 그러니 담담하게 받아들여야 한다. 오히려 더욱 성숙된 인생을 살아가는 고마운 전기라 여겨야 한다. 모든 일에는 보이지 않는 신의 손, 신의 섭리가 작용하고 있다. 자신을 위한 신의 애정 어린 축복으로 여겨야 한다. 고통과 역경에는 뜻이 있다. 고난과 역경에는 더 큰 도약의 열매가 있다. 스위스의 사상가 힐티는 말한다. "고통은 대체로 미래의 행복을 의미하고 그것을 준비해준다. 나는 그러한 경험을 통하여 역경의 때에는 희망을 품게 되고, 반대로 너무나 큰 행복에 대해서는 의심을 품게 되었다."

또한 한 현자는 말한다. "그대가 바꿀 수 있는 일에 대해선 걱정할 필요가 없다. 왜냐하면 그것은 바꾸면 되기 때문이다. 또한 그대가 바꿀 수 없는 일에 대해서도 걱정할 필요가 없다. 왜냐하면 걱정한다고 해서 그것이 바뀌지 않을 테니까!" 그리고 어느 한 신학자는 기도한다. "하나님, 제가 바꿀 수 없는 것들은 그대로 받아들일 수 있는 의연함을 주시고, 바꿀 수 있는 것은 바꾸려는 용기를 주시고, 그리고 바꿀 수 있음과 없음의 차이를 분간할 수 있는 지혜를 허락하소서."

변화시킬 수 있는 것과 없는 것이 있으니, 변화시킬 수 있는 것은 용기를 내어 과감하게 도전하고 노력해야 하지만, 변화시킬 수 없는 것은 담담하게 받아들이고 수용하면 된다. '남을 이기는 자는 강하다. 그러나 자신을 이기는 자는 더 강하다.'고 했으니 이는 자신을 변화시키는 일이 그만큼 어렵다는 말이다. 자기변화의 시작은 작은 생각의 변화에서 시작된다. 생각의 변화는 말의 변화를, 말의 변화는 행동의 변화를, 행동의 변화는 습관의 변화를, 습관의 변화는 신념의 변화를, 신념의 변화는 인격의 변화를, 인격의 변화는 운명을 바꾼다. 영국의 웨스트민스터 대성당 지하묘지의 한 성공회 주교의 묘비명이다.

내가 젊고 자유로워서 상상력에 한계가 없을 때
나는 세상을 변화시키겠다는 꿈을 가졌다.

좀더 나이가 들고 지혜를 얻었을 때
나는 세상이 변하지 않으리란 것을 알았다.
그래서 내 시야를 약간 좁혀
내가 살고 있는 나라를 변화시키겠다고 결심했다.
그러나 그것 역시 불가능한 일이었다.

황혼의 나이가 되었을 때
나는 마지막 시도로 내 가족을 변화시키겠다고 마음을 정했다.
그러나 아무것도 달라지지 않았다.

이제 죽음을 맞이하기 위해 자리에 누운 나는 문득 깨닫는다.

'만약 내가 나 자신을 먼저 변화시켰더라면,'

그것을 보고 내 가족이 변화되었을 것을….

또한 그것에 용기를 내어 내 나라를

좀더 좋은 곳으로 바꿀 수 있었을 것을….

그리고 누가 아는가? 세상까지도 변화되었을지!

옛날 아직 신발이 없었을 때, 한 나라의 왕이 모든 땅을 쇠가죽으로 덮으라고 했다. 그때 한 신하가 그것은 너무 힘든 일이니 차라리 왕의 발을 쇠가죽으로 입히라고 했고, 왕이 그렇게 하므로 신발의 기원이 되었다고 한다. 나를 길들이면 세상이 변화한다. 이제 오십이 넘은 나이, 내 마음의 신발을 만들어야 한다. 남은 날들을 어떻게 살아가야 하는지, 인생 후반전의 아름다운 마무리를 어떻게 할 것인지를 염두에 두고 새롭게 변화해야 할 때다. 인생의 봄이 가고 여름이 갔다. 가을의 문턱에서 겨울을 바라본다. 겸손히 관조하며 인생의 깊이를 더하는 개똥철학자의 사색을 해야 한다. 봄, 여름에는 재기할 수 있는 시간이 있다. 실패를 두려워하지 말고 도전하고, 설령 실패한다 해도 그 실패는 더 큰 성공의 밑거름이 된다. 하지만 추수할 시기에 좌절하고 방황하는 것은 고통을 한층 더하게 한다.

모든 것을 걸고 새롭게 도전하기에는 실패에 대한 두려움이 앞을 막는다. 인생의 의미를 깊게 하는 작은 변화에는 도전하고 성취하는 기쁨을 누릴지언정, 삶의 기조를 흔드는 변화에는 신중할 수밖에 없다. 나 한 몸이라면 무엇이 두려우랴. 첩첩산중의 깊은 산속이나 태평양 가운데 버려져도 두렵지 않다. 하지만 나에겐 아직 병상에 어머니가 계시고 나를 필요로 하는 아이들, 정든 사람들이 있다. 그러니 타인의 저울이나 잣대를 거부하고 소중한 내 인생의 잣대로 나 자신을 새로이 탐구하고 삶을 보아야 한다. 지난날의 경영 성과를 분석하고 현재 시점의 대차대조표에 의미를 두면서, 미래의 추정 재무제표를 만들어 남은 인생경영에서 소박한 성공을 맛보도록 계획하고 실행하고 피드백을 해야 한다.

멀리서 자동차 소리가 들려와 긴 침묵에서 깨어난다. 구름 속을 날아다니면서 만끽한 흥겨운 놀이에서 현실의 세계로 나아간다. 고갯길을 올라간다. 약 5km에 걸친 고요한 공사 구간이 끝나니 다시 굉음소리가 하늘에 울린다. 이 궂은 날씨에도 발파 작업을 하고 있다. 공사 현장을 지나서 안성재를 넘었다. 환상의 여행이 끝나자 다시 소음과 매연이다. 역시 현실은 꿈이 아니었다. 한참을 걸어 고개 너머 적상면에 도착했다. 적상면에는 한국 백경 중 하나로 꼽히는 적상산(1029m)이 있다. 적상산은 사면이 층암절벽으로 둘러싸여 가을 단풍이 붉게 물들면 마치 여인들의 치마와 같다고 하여 적상(赤裳)이라 이름 붙였다는 산이다. 적상산은 천혜의 요새로 전략 요충지였으며 『조선왕조실록』을 보관하는 우리나라 5대 사고(史庫) 중 하나인 적상산사고가 있었으나, 지금 적산산성에는 광해군 16년 묘향산에 있던 『조선왕조실록』을 옮겨 보관했던 사고 터가 남아 있다.

대구에서 생활하던 20대 중반, 소속 산악회에서 적상산 등산을 했다. 도중에 나는 휴게소에 들러 휴지를 샀다. 그 당시에는 산에서 취사를 할 수 있었기에 취사 후 정리 할 때 휴지는 반드시 필요한 물품이었다. 산에서 식사를 마친 후 배낭에서 휴지를 꺼냈다. 일행이 내가 꺼낸 휴지를 보고 의아한 눈빛이었다. 나는 묘한 시선을 의식하며 휴지를 뜯었다. 그런데 처음 보는 것인데 휴지는 아니었다. "아니, 휴지인 줄 알고 샀는데 도대체 이것이 무엇이냐?" 하니 사람들이 "정말 그것이 뭔지 모르냐?"며 배를 잡고 웃었다. 함께 있던 여성들도 당황하는 듯했다. 아뿔싸! 그것은 여성의 생리대였다. 나는 그때 생리대를 처음으로 보았다. 어머니를 제외하고 남자들만 살았으니 생리대를 본 적이 없었던 것이다.

우리 집은 아들 5형제였고 동네 사람들은 '돌네집'이라고 불렀다. 이름의 돌림자가 모두 '돌'이었기 때문이다. 모든 이름에는 그 의미가 있고 바람이 있다. 삼라만상의 존재에는 그 이름을 붙인 사람의 뜻이 있고 이유가 있고 소망이 있다. 꽃말도 사람의 이름도 마찬가지다. 이름 없는 잡초는 없다. 자신이 모를 뿐 모든 존재는 이름을 지은 자의 의미가 있다. 이순신의 아버지 이정은 네 아들의 이름을 항렬인 '신(臣)'자를 돌림으로 하여 맏이는 고대 중국 삼황(三皇)의 한 사람인 복희씨(伏羲氏)를 본뜬 희신(羲臣), 둘째는 오제(五帝)의 한 사람인 요(堯) 임금에서 본떠 요신(堯臣)이라 했고, 순신(舜臣)은 순(舜) 임금에서, 아우 우신(禹臣)은 하(夏) 왕조의 시조인 우(禹) 임금에서 따왔다. 삼황오제는 중국의 신화와 고대사의 전설적인 인물이었으니 하급 무관직인 이순신의 아버지는 아들들이 전설적인 인물로 살아주기를 바라는 소망을 담았을 것이다.

우리 형제들의 이름은 '기(基)'자 항렬임에도 불구하고 '돌(乭)'자 돌림을 사용하여 수돌(壽乭), 태돌(太乭), 삼돌(三乭), 명돌(明乭), 귀돌(貴乭)로 이름이 지어졌다. 자식이 귀하고 명(命)이 짧은 집안에서 귀신이 빨리 잡아가지 못하도록 하는 깊은 의미가 있었다. 어린 시절 자라면서 '쇠돌이, 차돌이, 돌삐' 등 얼마나 많은 놀림을 당했겠는가마는 자식들을 향한 부모의 사랑이 있었다. 그것은 마치 수십 년이 지난 뒤 꺼내보라는 밀봉한 편지와도 같았다. 나는 명돌(明乭)이란 이름이 싫지 않았다. 언제나 단단하고 강인하게 살라는 의미로 받아들여서 이름을 통해 자기의지를 키웠다.

나는 세 아들의 아버지로서 아들들의 이름을 진혁(鎭赫), 진세(鎭世), 진교(鎭敎)로 짓고, 이 세상에 태어나 종족보존의 혈통을 확실하게 남겨두었다.

아이들 또한 먼 훗날 아버지가 지은 이름에 대한 의미를 되새기리라 믿는다.

부모의 소망이 의식적이든 무의식적이든 이름에 나타난다면, 그 소망을 깨닫고 바라는 바대로 살아가는 것이 효(孝)라고 할 수 있다. '孝'는 '老+子'로서 노인을 업고 있는 자식의 모습 아닌가. 옛날에는 이름을 부르는 데 있어서 어렸을 때 부르는 아명(兒名)이 있었고, 남자가 20세가 되면 관명(冠名)을 짓는데, 이를 자(字)라고 했다. 호(號)는 이름을 부르는 것을 피하기 위해 실명보다 편하게 부를 수 있도록 지은 것이었다. 호는 자기가 지향하는 뜻이나 거주지, 좋아하는 사물 등을 사용하는 경우가 많다. 그 사람이 지은 호를 통해 그 사람의 인생관이나 가치관을 엿볼 수 있다. 그래서 나의 호는 청산(靑山)이다. 우리나라는 삼국시대 이래 호가 사용되었으며 조선시대에는 일반 사대부와 학자들에게 보편화됐다. 이름보다 호를 사용하는 게 예의를 차리는 것으로 인식됐다. 추사 김정희는 호를 500여 개나 가졌다고 한다. 시호(諡號)는 신하가 죽은 뒤에 임금이 내려주는 것이다. 함(銜)이나 명함(名銜)은 살아 있는 사람을 높여서 부르는 것이고, 더 높일 때는 존함(尊銜)이라 하며, 죽은 사람의 이름은 휘(諱)라고 했다.

옛일을 회상하며 적상 면소재지에 들어서니 배가 고팠다. 마침 찐빵 집 간판이 보여 다가가니 문이 닫혀 있다. 김이 솔솔 나는 따끈따끈한 찐빵이 먹고 싶었는데 아쉬웠다. 옆에 있는 슈퍼의 문을 여니 할머니가 반기신다. 어디를 가느냐고 물으셔서 이실직고(以實直告)하니 초라한 행색에 마음이 아프셨는지, 아니면 먼 길 가는 길손의 용기에 감탄하셨는지 따뜻한 음료를 건네며 위로와 격려의 말씀을 아끼지 않으신다. 할머니의 걱정스런 눈길을 뒤로 하고 다시 무주 읍내를 향한다. 오늘은 지금까지의 여행 중 가장 많은 48km를 걸어서인지 피로감이 몰려오고 어둠과 외로움이 동시에 밀려온다. 자기의 그림자를 거느린 고독한 방랑자가 낯선 생의 무대에서 오늘은 낯선 거리를 걸어가고 있다. 인생은 길을 떠나는 것, 물이 한 곳에 고여 있으면 생기를 잃고 썩어버리듯이 인생은 길을 떠나지 않으면 답답하고 질식해서 고통스럽다. 흐르는 물처럼 어디에 갇히지 않고 유유히 흘러흘러 가야 한다. 나그네 길을 떠나가는 것은 삶을 떠나는 것이 아니라 최선의 삶을 살기 위해 길을 찾아 나서는 것이며, 홀로 걷는다는 것은 아무에게도 구속받지 않는 자유의 길을 가는 것이다. 자신과의 여행은 오히려 더욱 신선하고 깊이를 더해주며 자기 한계의 영역을 넓혀준다.

낯선 곳에서의 하룻밤을 기대하며 가옥 교차로 주유소 앞에서 오늘의 발걸음을 마무리한다. '자연의 나라', '생명존중의 땅', 전라도에서 가장 북쪽에 자리하여 충청도와 경상도에 맞닿아 있는 무주에서 다함이 없는 무진장(無盡藏) 맛있는 술을 한 잔 해야지 하며 무주읍내로 들어서 삼겹살집에 자리를 잡는다. 무주와 진안, 장수를 일컫는 오지(奧地)의 나라 무진장(茂鎭長)의 어둠은 깊어가고 삼겹살에 소주 한 병 곁들이며 나그네 시름을 달래니, '죽장에 삿갓 쓰고 방랑 삼천리… 술 한 잔에 시 한 수로 떠나가는 김삿갓' 하며 방랑시인 김삿갓의 노래가 귓가에 들려온다. 해학과 풍자의 시심(詩心)으로 방랑하며 한평생 살다 간 김삿갓의 애환에는 술이 있었다.

청춘이 기생을 안고 노니 천금도 겁불 같고
백일하에 술잔을 드니 만사가 구름 같구나.
기러기 먼 하늘을 날 때 물을 따르기 쉽고
나비가 청산을 지날 때 꽃을 보고 피하기 어렵도다.

'나비가 청산을 지날 때 꽃을 보고 피하기 어렵도다.' 하며 주연(酒宴)에서 술 한 잔 얻어먹기 위해 시를 읊는 김삿갓이 오늘은 낯선 땅 무주에서 술 한 잔에 시 한 수를 읊으며 하룻밤 머무른다.

10

"아빠, 하룻밤 더 자고 가면 안 돼요?"

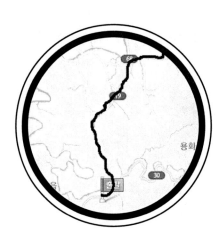

삼면삼로 영동으로(33km)

영 동

"어서 오십시오, 처음 선 것이겠지요?"

한 평 남짓 작은 방에 한 몸뚱이 밀어 넣고
넘기는 책장에 혼을 묻고 싶지만은
열려진 문틈 사이 세상만사 들어오니
갇힌 몸 남겨두고 마음은 날라 가네

겨울의 입구에서 추위를 맛보는데
어디선가 까치소리 깊은 상념 갖다주네
그 겨울 그 추위는 가히 얼마나 추웠던가
오는 봄소식에 떠나버린 날들이네

아침부터 보고 싶은 사랑하는 아이들 얼굴
점심 먹고 배불러도 마음은 허전하네
까치야 너는 어이 외로움을 더하느냐
따뜻한 내 집에서 얼은 마음 녹이고 싶다

가자가자 어서어서 그리운 내 집으로
그날은 자유 없어 가고파도 못 갔지만
이제는 언제라도 보고 싶은 마음 들면
안아보고 얼러보고 얼씨구나 좋구나

1996년 11월 26일 신촌의 고시원에서 쓴 글 '그리움'이다. 백척간두의 벼랑
에서, 더 이상 선택의 여지가 없는 극한 상황에서 세무사 시험 합격은 지상과제
였다. 최고의 장애물은 아이들을 보고 싶어 하는 마음, 가족에 대한 그리움이었
다. '새벽 2시 취침, 7시 기상'의 규칙은 고시원에서의 8개월간 지켜졌고, 단단
한 하체는 물렁살이 되고 체중은 8kg 감량되었다. 그 결과 눈물로 뿌린 씨앗이
기쁨의 단으로 수확되었다. 고통 없이는 아무것도 이루어질 수 없는 법, 그리움

의 대가는 합격의 기쁨이었다. 이별의 고통은 더욱 커다란 정을 나눌 수 있는 토양을 만들어주었고, 우리는 그 위에서 마음껏 웃으며 뛰고 뒹굴고 얼싸안았다. 그리움은 새로운 인생의 근간이 되었다.

　오늘은 개구리가 잠에서 깨어 나온다는 경칩이다. 새벽부터 다시 부슬부슬 비가 내린다. 새벽의 깊은 정적이 흐르는 시골에서 간신히 해장국집을 찾아 속을 데운다. 택시를 타고 무주 IC 인근 어제의 종착지이자 오늘의 시작점인 가옥 교차로로 간다. 길을 가는 것도 사는 것과 마찬가지로 어제의 선상에서 이루어진다. 과거가 없는 현재는 없다. 싸리재를 넘어간다. 차량은 지하터널로 다니고 사람만이 다니는 한적한 고개, 천하대장과 지하

여장군이 반겨준다. 장승들이 비를 맞으며 마을로 들어오는 온갖 악귀들을 막아주려고 서 있다. 장승들의 머리 위에는 큰 느티나무 한 그루가 있어 장승들에게 그늘을 만들고 비바람을 막아준다. 부러움과 함께 나에게 비바람을 막아주는 이는 어디에 있을까 하는 생각이 밀려온다. 촉촉한 비의 감촉을 느끼면서 알 수 없는 외로움이 밀려온다.

1997년 12월, IMF 한파가 대한민국을 강타할 때 나는 용인에서 세무사로 새로운 인생을 시작했다. 고통과 절망의 긴 터널을 지나 가슴 가득 부푼 꿈을 안고 세무사의 길을 나섰다. 분당에서 용인으로 출근하는 아침시간, 동쪽하늘에서 떠오르는 태양을 보면 언제나 심장이 뜨거워졌다. 황혼이 깃드는 퇴근시간, 언제나 서산에 지는 석양은 하루의 노고를 위로하며 가족에게로 돌아가는 나의 등을 두드려주었다. 세무사로서의 시작은 인생의 새로운 도전이요 전환점이었다. 세무사 시험 합격은 그 길로 나아가는 문턱이었다. 사람들은 안락한 삶을 열망하는 사람들과 끊임없이 변화를 위해 도전하고 힘겨운 삶 속에서 희열을 느끼는 두 부류로 나눌 수 있다. 바이킹은 북풍에 시달릴 때 더 큰 배를 제작한다. 나는 이렇게 내 삶을 마칠수는 없다고 생각했다. 그렇다면 말년에 내 인생이 얼마나 허무하게 느껴질 것인가. 인생의 실패자로 노인이 된 모습을 상상하니 결코 포기할 수 없었다. 20년 뒤, 30년 뒤를 상상하자 획기적인 전환점이 필요했다. 잃어버린 꿈을 찾을 수 있는 선택의 길은 세무사였다. 스물한 살의 어린나이로 세무공무원이 되어서 지낸 시간들, 내가 가장 잘할 수 있는 일이 세무사였다. 그러자면 세무사 시험에 합격해야 했다.

한 평 남짓한 신촌 고시원에서 8개월간 고독한 싸움을 했다. "이번에는 늦었으니 포기하라."는 주변의 말을 뒤로 하고 체중을 8kg 감량할 정도로 공부를 했다. 고시원에 들어가는 날, 어둠의 벽으로 둘러싸인 공간에서 "이곳에서 원하는 바를 이룰 수 있게 지혜와 명철을 주소서." 하며 무릎 꿇고 기도했다. 한겨울 추위가 몰아치자 따뜻한 아래층으로 내려오라고 했지만, 첫 기도를 상기하며 추운 겨울을 혼자서 보냈다. 사랑하는 아이들을 보고 싶은 유혹, 함께할 수 없는 미안함이 힘들었다. 주말에 빨래를 들고 집에 오면 돌아갈 무렵 두 아들은 "아빠, 하룻밤 더 자고 가면 안 돼요?" 하며 매달렸다. 다시 고시원으로 돌아가야 하는 발걸음은 무거웠고 귓전을 울리는 아이들의 목소리가 가슴을 아프게 했다. '아이들이 보고 싶어도 이번 주말에는 집에 가지 말고 공부해야지.' 하며 다짐하지만 막상 주말이 오면 참지 못하고 집으로 달려갔다.

합격은 백척간두에서 벗어나는 길이었다. 합격은 지옥에서, 절망의 늪에서 벗어나는 탈출이었다. 잃어버린 자신을 찾아 순례자의 길로 들어서는 천국의 열쇠였다. 추운 그 해 겨울, 고시원에서 또는 지하철역에서 '내

년 겨울에는 다시 이곳에 있지 않기를, 내년 겨울에는 이런 모습으로 살아가지 않기를.' 하며 얼마나 간절히 바랐던가. 꿈은 이뤄져 단 한 번의 도전으로 합격했다. 그리고 그 해 12월 용인에서 세무사로 새로운 인생을 시작했다. 세상은 싱그러웠고, 하얀 종이 위에 그려가는 삶은 아름다운 꿈의 전시장이었다. 그리고 새로운 도전은 시작되었다. 하나의 꿈이 이뤄지고 꿈너머 또 새로운 꿈을 가졌으니 바로 공부에 맺힌 한풀이였다. 2003년 8월 말의 아침, 시골에 도착해서 쓴 글 '어느 세무사의 아침일기' 다.

  꼭두새벽, 잠든 도시 분당을 뒤로 하고 멀리 고향을 향해 고속도로에 오른다. 칠흑 같은 어둠을 뚫고 잠시 세상을 벗어나기 위한 순례의 길, 어머니에게로 가는 길을 떠나는 나그네가 되어 고속도로를 질주한다. 용인을 지날 때 짙은 안개가 서두르지 말라며 소맷자락을 잡는다. 마흔다섯의 나이, 세무 공무원과 세무사로 세금의 길을 천직으로 알고 지나온 25년이다. 1979년 11월, 안동세무서 부가가치세과에 첫 발령을 받고 한 일은 어머니가 지난 25년간 해오신 시골장날 국밥과 막걸리 장사 폐업 신고였다. 먹을 것이 부족했던 어린 시절, 그래도 5일에 한 번 장날은 맛있는 고깃국을 먹을 수 있었다. 그래선지 우리 형제들은 시골 친구들 중에서 비교적 운동을 잘했다. 축구, 씨름 등등. 하지만 비오는 장날은 슬펐다. 이미 "끓여놓은 국밥을 팔지 못하는 어머니의 한숨은 깊어지고, 다음 장날까지 생계를 위해 어머니는 이웃집에 돈을 빌리러 갔다. 그리고 장날 오후면 어김없이 빚 받으러 사람들이 찾아왔다. 초등학교 3학년 때 일이다. 육성회비가 밀려 어머니에게 울며 떼를 썼다. 다음에 주겠노라고 달래시던 어머니는 결국 눈물을 흘리셨고, 어린 마음이었지만 어머니의 눈물을 보고 마음이 아파 울면서 학교로 뛰어갔다. 당시 어머니의 소원은 '빚 없이 살아보는 것' 이었다. 다행히 아들이 공무원이 되면서 형편은 조금씩 나아졌다.

호사다마(好事多魔)라던가. 어머니는 1992년 고혈압으로 쓰러졌고, 반신불수의 불편한 몸으로 지내면서 "마음은 그 어느 때보다 편안하고 행복하다."고 하셨다. 때로는 "내가 왜 이래 됐나?" 하시지만. 한참을 달리다 보니 먼 동녘하늘에 여명이 밝아온다. 마치 깊은 절망에서 희망의 빛이 보이듯 조금씩 날이 밝아온다. '실패는 성공의 어머니'라고 하듯이 '어둠은 빛의 어머니'다. 빛은 어둠에서 나와서 어둠을 밝힌다. 잔잔한 바다에서는 유능한 뱃사공이 만들어지지 않는다는 속담처럼 젊은 날의 수많은 좌절과 번민의 세파는 오히려 나를 더욱 강인하고 굳센 의지를 갖도록 만들었다. 사는 이유를 아는 사람은 어떠한 고난과 역경도 헤쳐 나갈 수 있다고 믿었다. 사는 이유, 그 중심에는 어머니가 있었다. 어머니는 내가 열심히 살아야 할 이유였다. 좌절하고 슬플 때, 방황하고 포기하고 싶을 때 추억 속의 어머니는 내 손을 잡고 새로운 힘과 용기를 주었다.

어머니에게는 두 가지의 한(恨)이 있었다. 빚 없이 살아보는 것, 이는 오래 전 풀어드렸다. 가난으로 아들을 공부시키지 못한 그 한은 진작 야간대학이라도 다녀서 풀어드려야 했건만 그렇지를 못했다. 서른아홉 살의 1997년 12월, 용인에 세무사 사무소를 개업하고, 4년의 정규대학은 너무 길어 제일 먼저 독학에 의한 학사학위를 준비하고 2년 만에 마쳤다. 그리고 다시 서울로 대학원을 다녀서 석사학위를 받았다. 오늘 이제야 동국대학교 총장이 수여하는 명예 학위증을 전해드리기 위해서 청산(靑山)의 고향으로 달려가고 있다. 청산의 아침햇살 아래에서 어머니와 함께 지난날의 가슴 맺힌 한을 날려 보내기 위해 달려가는 고속도로 위에 마침내 붉은 태양이 떠오르고 있다. 그 위로 어머니의 목소리가 들려온다. "애비야! 그래 수고했다. 이제는 공부 그만하고 아~들하고 며느리하고 재미있게 살아라. 잠도 좀 자고." 어머니 만세, 이 땅의 모든 어머니 만세! 만만세!

모든 성공한 사람들의 배후에는 열등감이라는 후원자가 있었다. 자존감이 열등감이 될 때 느끼는 고통은 크다. 열등감은 자만심을 멀리하게 하고 욱일승천(旭日昇天) 분발의 원천이 된다. 링컨은 추남이었고, 나폴레옹은 난쟁이가 무색할 정도로 단신이었다. 장영실은 어머니가 기생이었으며, 한비자는 지독한 말더듬이였다.

나에게도 열등감이 있었다. 자존감을 무너뜨린 그 열등감은 대학에 진학하지 못한 것이었다. 대학을 나오고 가방끈이 길어야만 참된 사람이 되는 것이 아니라고 생각하며 항상 책을 가까이 하고 마음공부를 하며 지내왔지만, 세무사 개업 후 대학 졸업장을 받고 싶었다. 4년 동안 학교에 다니는 것은 너무 길게 느껴져서 빨리 졸업하는 방법으로 독학사 공부를 시작했다. 다시 석사학위를 받기 위해 2년 여 서울로 학교를 다녀서 어머니의 한을 풀어드렸다. 석사학위를 취득한 다음 날 시골로 내려가 이웃어른들을 모시고 잔치를 베풀었다. 어머니는 "이제 공부 그만하고 재미있는 인생을 살아라." 하셨다. 나는 그렇게 하리라 생각했지만 멈추지 않고 다시 공부를 시작했고, 세월은 흘러 2009년 8월, 경영학 박사학위를 받았다. 그리고 이제 언제 끝날지 알 수 없는 배움의 길을 끝없이 가기 위해 다시 대학원 석사과정을 다닌다. 대학을 가지 못해 한이 맺히고 가슴 아팠던 시절들은 지나가고, 겸임 교수로 대학에 출강하면서 느끼는 작금의 마음은 '인생 역전' 그 자체다.

내가 걱정하지 않아도 봄이 오면 복사꽃이 피고, 여름이 오면 비가 오고, 가을이 오면 단풍이 아름답고, 겨울이면 눈꽃이 핀다. 하지만 나는 내가 없어도 세상은 순리대로 간다는 사실을 알지 못하고 세상 걱정 다하듯 집안 걱정으로 눈물지으며, 벗어날 길이 없는 캄캄한 어둠 속에서 방황했다. 그리고 이제 길고 긴 어둠의 터널, 불편지대의 동굴에서 탈출했다. 이는 안락

지대에서 안주하지 않고 꿈을 잃지 않은 결과였다. 절망 가운데서 포기하지 않은 꿈, 비록 소박한 꿈이지만 꿈은 위대했다.

흔히 십대는 수없이 많은 꿈을 꾸는 시기이므로 다몽기(多夢期)라고 하고, 이십대는 하나의 꿈을 선택하는 시기이므로 선몽기(選夢期)라고 한다. 또 삼십대는 꿈을 실현하기 위해 분골쇄신(粉骨碎身), 악전고투(惡戰苦鬪) 정진하는 시기이므로 연마기(鍊磨期)라고 한다. 한편 사십대는 이무기가 용으로 변하여 실력을 펼치는 시기이므로 용비기(龍飛期)라고 하며, 오십대부터는 남은 인생을 즐겁고 한가한 마음으로 지내는 시기라 하여 풍류기(風流期)라고 한다.

시간은 나이가 들수록 흐르는 속도가 빨라진다. 젊은 날 시간을 아껴서 불굴의 투지로 피와 땀과 눈물을 흘리고, 남은 긴 세월을 멋과 풍류를 즐기며 자유롭고 행복하게 살 수 있다면, 결코 밑지는 장사가 아니다.

꿈을 선택하고 그 꿈을 실현하기 위해 달콤한 현실의 즐거움을 포기할 줄 알아야 한다. 선택한 꿈을 이루기 위해 시간을 절약하며 의지력과 집중력을 쏟아 부을 때 먼 미래는 달라지기 시작한다. 인생은 성취의 연속이며 성취에는 보람이 있다. 성취동기가 높은 개인이나 민족은 위대한 사업을 달성하고, 그것이 낮으면 아무것도 이루어 놓지 못한다. 성취는 결코 우연이나 요행의 산물이 아니다. 와신상담(臥薪嘗膽)하고 칠전팔기(七顚八起) 끝에 이루어지는 것이다. 대업을 이루려면 그만큼 더 피와 땀과 눈물을 흘려야 한다. 피는 용기의 상징이요, 눈물은 정성, 땀은 노력의 상징이다. 모험담이나 탐험기, 개척자의 이야기는 강한 성취동기를 심어준다. 도전적이고 진취적인 기상을 가지고 하나씩 이루어가는 전진적 의지를 불태워야 자랑스러운 성취인이 된다. 크고 작은 성취를 하자면 준비를 하고 실력을 쌓아야 한다. 그래야만 기회가 올 때 놓치지 않는다. 일생에 한번 오는 기회는 일기일회(一機一會)다. 천년 만에 한 번 찾아오는 기회는 천재일우(千載一遇)다. 좀처럼 만나기 어려운 것이 기회다. 흔히 기회는 일생에 세 번 찾아온다고 한다. 기회를 놓치지 말아야 한다. 기회를 잡으려면 순발력이 있어야 한다. 힘을 길러야 한다. '기회의 신(神)은 앞머리를 붙잡아야 한다.'고 한다. 앞머리는 있어도 뒷머리는 없기 때문에 지나가버리면 잡을 수 없다는 말이다. 기회를 놓치지 않는 것도 중요하지만 기회를 만들어야 한다. 기회는 창조하는 자의 것이다.

용인에서 직업의 터전을 잡은 것은 탁월한 선택이었다. 용인은 기회의 땅이었다. 성장하는 도시에서 자리를 잡고 근면하고 성실하게 열심히 살았다. 어머니는 늘 "잠 좀 자고 아이들하고 놀아가면서 해라."라고 말씀하셨다. 새로 시작한 세무사로서의 용인에서의 삶은 열심히 일하고, 열심히 공부하고, 열심히 놀고, 아주 열심히 신명나게 사랑하며 살았다. 2006년 용인세무서가 개청되자 한국세무사회 산하 '용인지역세무사회'가 만들어졌고 지난 4년 동안 회장직을 수행해오고 있다. 이는 30여 년 천직이었기에 다른 그 어떤 사회적 직책보다 더 소중한 의미가 있었다. 기회의 땅 용인은 축복의 땅이 되었다. 세무사로 13여 년이 지난 지금 힘들고 가슴 아픈 날들은 가고 이제는 평범한 일상으로 주어진 현실에 감사하며 살아간다. 나의 성공은 나의 욕망의 만족이다. 절대적인 만족이지 상대적인 만족이 아니다. 욕망은 끝이 없다. 희망을 가장한 욕망은 절망으로 간다. 더 많이 가지고 더 많이 공부한 사람들에게 비교하면 나의 가진 것은 지극히 미미하다. 그러나 안분지족(安分知足)하고 수분지족(守分知足)하며 살아간다. 분수 밖의 욕심을 버리고 맑고 깨끗한 마음으로 삶의 길을 간다. 노자는 '지족불욕(知足不辱) 지지불태(知止不殆)'라 했다. 족한 줄을 알고 그칠 줄을 알라는 말이다. 힌두교 경전인 『우파니샤드』의 가르침이다.

인간의 욕망이 바로 그의 운명이다. 왜냐하면 그의 욕망이 다름 아닌 그의 의지이기 때문이다. 그리고 그의 의지가 곧 그의 행위이며, 그의 행위가 곧 그가 받게 될 결과물이다. 그것이 좋은 것이든 나쁜 것이든, 인간은 그가 집착하는 욕망에 따라 행동한다. 죽은 다음에 그는 그가 평소에 익힌 행위의 미묘한 인상을 마음에 지닌 채 다음 세상으로 넘어간다. 그리고 그의 행위들의 열매를 그곳에서 거둔 다음 그는 이 행위의 세계로 다시 돌아온다. 이와 같이 욕망을 가진 자는 윤회를 계속할 수밖에 없다.

또한 『법구경』은 "황금이 소나기처럼 쏟아질지라도 사람의 욕망을 다 채울 수는 없다. 욕망에는 짧은 쾌락에 많은 고통이 따른다."라고 말한다. 생사윤회의 근본 요인이 탐욕이요, 분수 밖의 욕구가 탐욕이라는 가르침이다. 공자는 과유불급(過猶不及)이라 했다. 지나치는 것은 모자라는 것만 못하다. 과욕은 파멸이라는 것은 역사가 주는 교훈이다. 과욕은 비리와 무리를 낳고, 비리와 무리는 파멸과 죽음을 가져온다. 과음과 과식은 질병을 낳고, 과로와 과색은 몸을 허약하게 만든다. 과공(過恭)은 비례(非禮)다. 지나치게 공손하면 도리어 예가 아니다. 과찬은 도리어 아첨과 실례가 된다. 욕망을 갖되 욕망의 주인이 되어야지 욕망의 노예가 되면 안 된다. 욕망은 하고자 하는 바람이다. 욕망이 있어야 발전이 있다. 하지만 집착을 버려야 한다. 과욕은 불행의 원천이므로 과욕을 버리고 분수를 알고, 분수를 지키면서 족한 줄을 알고, 모든 일에 막힘이 없는 자유자재인(自由自在人)이 되어야 한다.

장승은 비바람을 막아주는 느티나무가 있어 자족한다. 가진 것에 자족하는 마음이 세파를 막아준다. 비바람을 막아주는 그늘이요 방패막이다. 입을 열고 가슴을 열어 시원한 비바람을 마셔 들인다. 내 인생의 비바람을 막아주는 이는 바로 나 자신이라는 느낌이 전광석화(電光石火)처럼 스쳐

간다. 부처의 '천상천하(天上天下) 유아독존(唯我獨尊)'이 마음속에 평안의 전율을 짜릿하게 남기며 지나간다.

무주 읍내를 지나고 무주의 젖줄 남대천 위를 지나는 무주대교를 건너간다. 남대천은 물이 맑고 깨끗해 모래무지, 꺽지 등 많은 민물고기들이 서식하고 있다. 특히 반딧불이 유충의 먹이가 되는 다슬기가 많아 국내에서 반딧불이가 가장 많이 서식하여, 무주가 반딧불이의 고을로 불리는 데 큰 역할을 한다. 무주의 반딧불이 서식지는 천연기념물로 지정 보호되고 있다. 무주에서는 해마다 반딧불이 축제를 개최한다. 반딧불이는 개똥벌레라고도 하는데 꽁무니에서 반짝이는 빛을 낸다. 암컷은 다섯째 마디에서 인을 발하여 빛을 내고, 수컷은 다섯 번째 마디와 여섯 번째 마디에서 빛을 낸다고 한다. 빛을 발하는 것은 암수가 서로 부르는 신호이다. 때문에 산란기에는 더욱 밝은 빛을 내어 여름철 밤하늘을 아름답게 수놓는다.

'토끼와 발맞추고 산다'는 표현이 딱 들어맞는 무주, 조선조 정인지는 "민업이 황량하기 해를 거듭하니, 상수리와 밤을 저장하여 양식을 삼네." 라고 했다. 그러나 '무주구천동 투표함이 도착해야 선거가 끝난다'는 궁벽한 산골의 무주도 이제는 옛말이 되고, 지금은 스키장을 비롯한 천혜의 자연 조건과 반딧불이가 산다는 청정지역으로 각광받아 발달된 교통을 기반으로 하여 많은 관광객이 몰려들고 있다. 무주와 장수는 전라도 최고의 오지에서 고속도로와 국도가 개통되면서 최고의 청정지역과 최고의 여행지로 거듭났다. 무주 덕유산 자락에 무주구천동이 있다. 구천동이라는 이름이 어떻게 해서 생겨났는지는 정확하게 알려져 있지 않지만, 9천 명의 중이 숨어서 수도하던 곳이라 하여 '구천문'이라 하기도 했고, 이 골짜기에 구씨와 천씨가 살면서 싸움을 하자 암행어사 박문수가 화해를 시켜준 뒤로 구천동이라 했다는 이야기도 있다. 신라와 백제의 접경지였던 무풍면과 설천면 사이의 십승지지(十勝之地)로 꼽히는 나제통문 옆 계곡의 식당에서 백두대간 종주 팀과 덕유산(1614m) 구간 산행을 마치고 막걸리 한잔으로 흥겨워했던 지난한 때가 스친다. 덕유산은 한라산(1950m), 지리산(1915m), 설악산(1708m)에 이어 우리나라에서 네 번째로 높은 산이다. 남한에는 1500m 이상의 산이 10개 있다. 계방산(1577m),함백산(1573m), 태백산(1567m), 오대산(1564m), 가리왕산(1561m), 가리봉(1518m) 순이다. 1500m 이상 봉우리로는 반야봉 등 모두 18개가 있다.

덕유산 정상인 향적봉 산장에서 두 번의 밤을 보낸 적이 있는데 참으로 아름다웠다. 처음은 1988년 결혼한 해 10월 아내와 함께였다. 향적봉에서 바라보는 석양과 저녁노을은 신비로웠다. 지금은 동네 뒷산도 올라가지 못하는 아내의 체력이 당시에는 어떻게 산에 다닐 수 있었는지 가끔 아내에게 놀리듯 말한다. "나와 결혼하고 싶어서 초인적인 힘으로 따라다니다가, '잡

은 고기에는 먹이를 주지 않는다' 는 말처럼 이제는 안 따라다니는 건가?'

두 번째는 백두대간 종주를 하면서 회원들과 함께였다. 저녁밥을 지어 먹고 바라보는 늦여름의 밤하늘을 밝히며 보석처럼 반짝이는 무수한 별들은 너무나 아름다웠다. 지난여름 보았던 백야(白夜)의 뒤에 떠오른 유명한 바이칼의 별빛보다도 밝았다. 어린 시절 시골의 밤이 떠올랐다. 다음날 새벽, 산행을 출발하여 조금 걷다가 일제히 헤드랜턴을 끄고 고개를 들어 하늘을 바라보았다. 빛나는 새벽별들은 가히 형용할 수 없는 환상의 작품이었다. 새벽하늘에 박힌 수많은 보석들, 천상의 꽃들이 제각기 자신의 아름다움을 뽐내며 반짝이고 있었다. '덕이 많고 너그러운 어머니 산(母山)', 덕유산은 해와 달과 수많은 별들을 품은 넉넉하고 아리따운 한국의 여인이었다.

영동으로 가는 길로 들어서니 삼거리에는 '태권도 공원무주' 라는 조형물이 새겨진 공원이 조성되어 있다. 한적한 2차선 도로를 따라 학산재를 올라간다. 옆에는 4차선 도로가 있어 차량들이 빠른 속도로 달려간다. '눈 비 올 때 거북이처럼' 이란 글과 거북이 그림이 그려져 있다. 엉금엉금 거북이처럼 걸어간다. 느림의 미학을 맛본다. 거북은 예로부터 용, 봉황과 함께 상서로운 동물로 여겨져 왔다. 거북은 십장생(十長生)의 하나로 장수를 상징하며, 반드시 은혜를 갚는 동물이다. 느림의 대명사인 거북이 날보고 천천히 가란다. 그래야 장수한다고.

전화가 울린다. 부산의 황수섭 목사님이다. 봉사활동을 위해 새 차를 구입했으니 시승식 하러 오란다. '아름이와 다운이' 두 딸의 아버지가 어느 날 쌍둥이 '대한이와 민국이' 를 입양해 졸지에 '아름다운 대한민국' 의 아버지, 국부(國父)가 된 국내 입양의 선구자적 전도사다. 황 목사님의 입양을 처음에 반대했다가 나중에는 후원자로 바뀐 일로 개과천선(改過遷善)

하여 가정의 달 5월에 KBS 생방송 프로그램에 참여한 일이 엊그제 같은데, 세월이 흘러 갓난아기였던 '대한민국' 이가 벌써 중학생이 되었다. 좋은 부모 만나서 착하고 의젓하게 커가는 모습을 보면 아이들이 축복 받았다는 실감이 난다. 황 목사님은 대한민국 입양문화의 선도자적 역할로 공적을 인정받아 수년 전 보건복지부 장관의 표창을 받는 등 많은 시상을 받아오다가 금년에는 국무총리 표창을 받았다. "내가 이런 상을 받는 데는 주위 분들의 도움이 큰데 특히 네가 고맙다." 라며 자랑 겸 소감을 이야기하는 황 목사님은 진정한 봉사자의 삶을 살고 있는 이 시대의 영원한 천진난만 목사다.

농가에서 개들이 짖어대는 소리가 요란스럽다. 어디서 나는 소린가 둘러보니 젊은 두 사람이 개들을 교배시키려 하고 있다. 멈춰 서서 잠시 구경한다. 어릴 적 시골에서 구경한 적이 있는 재미있는 이색적인 장면이라 카메라에 담으려 했으나 거리가 멀어 안 된다. 카메라를 배낭에 넣는데 사진을 찍으려는 내 모습에 화가 나서 한 사람이 '쑥떡' 을 먹이며 욕을 한다. 들리지는 않았지만 기분이 좋지 않다. 욕 얻어먹고 누가 기분 좋으랴. '쨔~식, 그깐 일에 성질내고 까불어.' 라고 한 마디 하니 속이 좀 풀린다. '부처가 성불을 해도 성질은 남는다는데, 하물며 혈기왕성한 너희들이야.' 하면서 다시 고갯길을 올라간다.

1960년대 어릴 때는 아무 의미도 모르고 쑥떡을 먹이곤 했다. 친구들끼리 놀다가도 일상적으로 쑥떡을 먹였는데, 어느 땐가 그 의미를 이해하고는 하지 않았다. 그런데 오늘은 내가 구경 한 번 잘못하다가 쑥떡 먹었구나 생각하니 절로 웃음이 난다. 하필이면 욕을 하는데 왜 쑥떡일까. '엿' 이 여자의 음부를 암시한다면, '떡' 은 남녀의 노골적인 성적 행위의 암시라고 한다. 떡 중에도 쑥떡은 강력한 양기가 있으니, 쑥떡을 먹이는 행위는 성적 공격성을 드러내는 것이다. 예전에 비하면 지금 사람들은 화가 나도 드러내 놓고 욕을 하지는 않는다. 마음속으로 쑥떡을 먹이는 때는 있지만 교양 없는 짓이라 할까봐서다. 드러난 손짓과 드러나지 않는 마음의 괴리다. 다산 정약용은 『아언각비』에서 "욕이란 부끄럽고 굴욕이다. 우리나라의 풍속은 추악한 말로써 꾸짖는 것을 이름하여 욕이라 한다."고 했다. 욕으로 꾸짖는데 하필이면 왜 성에 대한 욕이 그렇게나 많을까. 그중에서도 근친상간으로 연결되는 욕은 입에 담을 수도 없는 최악이다. 고운 말 쓰기의 교육 효과에서인지 오래 전에 비하면 주변에서 욕하는 경우를 보기 힘들다. 오랜만에 친구를 만나서 "야, 짜슥아."라거나 '불알친구' 등은 좋은 의미의 욕이라 할 수 있다. 욕에도 좋은 욕과 나쁜 욕이 있다면, 좋은 욕은 계승 발전시켜야 하지 않을까.

동서고금을 막론하고 욕은 인류와 함께 역사적으로 전해오고 또 변화를 겪어왔다. 소크라테스는 신을 믿지 않았기 때문에 주로 개와 거위 그리고 플라타너스 나무를 걸고 욕을 한 것으로 알려져 있다. 유럽의 욕하기는 종교적인 주제를 주로 사용하여 욕하다가 세속적인 주제로 옮아갔는데, 특히 신체적인 기능이나 섹스와 관련을 맺어왔다. 오늘날도 프로테스탄트 국가들은 섹스와 외설적인 주제에 근거를 두지만 가톨릭 국가는 다양한 신성모독에 더 집중하고 있다. 이탈리아는 신성모독의 욕이 많은데, 주로 '하느님'과 '성모마리아'가 등장한다. 가령 'Dio Cane(개새끼 하느님)', 'Madonna puttana(매춘부 성모 마리아)' 따위이다. 이탈리아 정부와 교회에서는 이 같은 욕을 금지시키려는 많은 시도가 있었다. 특히 무솔리니 시대에는 캠페인을 벌이고 공공건물에 '이탈리아의 명예를 위해 욕을 쓰지 맙시다.'라는 홍보물을 붙이기도 했다. 그러나 욕을 금지시키기는커녕 오히려 그 홍보물에 대한 의견을 교환하는 과정에서 욕을 쓰도록 북돋아주는 결과가 되었다고 한다.

어느 날 한 젊은이가 부처님에게 찾아와 입에 담을 수 없는 험한 욕을 했다. 잠자코 듣고 있던 부처님이 말했다.

"젊은이여, 그대는 집에 손님이 오면 좋은 음식으로 대접하는가?"

"물론이오."

"그렇다면 만약 손님들이 음식을 먹지 않는다면 그것은 누구의 차지가 되겠는가?"

"그야 당연히 내 차지가 되지 않겠소."

"젊은이여, 오늘 그대는 나에게 욕설로 차려진 진수성찬을 대접하려 했소. 그러나 나는 그것을 먹지 않을 것이니 이는 모두 그대의 차지가 될 것 같소. 그대의 욕설에 대해 화를 내며 주거니 받거니 하고 싶지 않소."

젊은이는 부드럽게 웃고 있는 부처님 앞에 무릎을 꿇었다.

생명 존중의 땅 무주, '자연주의가 좋다 반딧불이와 함께' 라는 조형물을 뒤로 하고 무주와 영동의 경계이자 전북과 충북의 경계인 학산재를 넘어간다. '아름다운 충북으로 어서 오세요', '국악과 과일의 고장 영동'이란 표지판이 반겨준다. 제주도에서 시작하여 전라남도, 전라북도를 지나 드디어 충청도에 왔다. 먼 길을 왔다는 실감이 든다. 팔도유람을 하는 유랑자의 발걸음이 날렵하다.

이중환은 사람이 살 만한 이상적인 곳은 지리(地理), 생리(生利), 인심(人心), 산수(山水) 등 네 가지 요건이 모두 충족되는 지역이라고 한다. 조선시대에 유행한 팔도(八道)의 유래와 별칭은 인간과 인간의 삶의 공간에 대한 표현으로서 그 지방의 색깔을 표현하고 있다. 경기도는 서울 주위 500리 이내의 땅을 이른다. 경기도는 경중미인(鏡中美人)으로 거울 속 미인처럼 우아하고 단정하다는 의미이다. 경기도인의 세련됨이 나타난다. 함경도는 함흥과 경성에서 유래한 도명이다. 이전투구(泥田鬪狗)라 별칭된다. 진흙

밭에서 싸우는 개처럼 맹렬하고 악착같다는 의미로 척박한 산간지방에서 살아온 기질이 나타난다. 평안도는 평양과 안주에서 유래한 도명이다. 맹호출림(猛虎出林)으로 별칭된다. 숲속에서 나온 범처럼 매섭고 사납다는 의미로 씩씩한 기상이 드높았음을 나타낸다. 황해도는 황주와 해주에서 유래한 도명이다. 석전경우(石田耕牛)로 별칭된다. 거친 돌밭을 가는 소처럼 묵묵하고 억세다는 의미로 인내심과 억센 기질을 나타낸다. 강원도는 강릉과 원주에서 유래한 도명이다. 암하노불(巖下老佛)이라 별칭된다. 큰 바위 아래 있는 부처처럼 어질고 인자하다는 의미로 순박함과 어짊이 나타난다. 충청도는 충주와 청주에서 유래한 도명이다. 청풍명월(淸風明月)이라 별칭된다. 맑은 바람과 큰 달처럼 부드럽고 고매하다는 의미로 여유 있게 풍류를 즐겼던 충청도인의 성품이 나타난다. 전라도는 전주와 나주에서 유래한 도명이다. 풍전세류(風前細柳)라 별칭된다. 버드나무처럼 멋을 알고 풍류를 즐긴다는 의미로 남도 가락과 더불어 생활하는 전라도인의 멋과 여유가 느껴진다. 경상도는 경주와 상주에서 유래한 도명이다. 태산준령(泰山峻嶺)이라 별칭된다. 큰 산과 험한 고개처럼 선이 굵고 우직하다는 의미로 같은 남도 지방이라도 전라도에 비해 험준한 산이 많은 지역에서 생활해야 했던 경상도인의 기질을 보여준다. 이외에도 황해도는 봄 물결에 돌을 던지는 듯하다는 춘파투석(春波投石)이라고도 하고, 경상도는 소나무나 대나무 같은 절개를 가졌다는 뜻의 송죽대절(松竹大節)이라고도 했다.

이성계는 즉위 초 정도전에게 팔도 사람을 평하라고 하는데 대부분 이중환이 평한 내용과 같았다. 그런데 정도전이 이성계의 출신지인 함경도에 대해서는 평하지 않자 태조는 아무 말이라도 괜찮으니 어서 말해보라고 재촉했다. 이에 정도전은 '함경도는 이전투구'라고 했다. 이 말을 들은 태조는 낯이 벌개졌다. 그러자 눈치 빠른 정도전이 이어 말하기를 "그러하오

나 함경도는 또한 석전경우올시다." 라고 했다. 이에 태조는 안색을 바로 했다고 전해진다. 『택리지』가 가진 약점 중의 하나가 특정 지역에 대한 편견이라면, 이중환은 경기도와 경상도, 평안도 등은 비교적 호의적으로 평가하지만 황해도와 강원도, 함경도, 전라도, 충청도를 폄하하고 있다. 그는 『택리지』의 '복거총론' 에서, "우리나라 팔도의 인심을 살펴보면 조선팔도 중에 평안도의 인심이 가장 후하다. 다음은 경상도로서 풍속이 가장 진실하고, 함경도는 지리적으로 오랑캐와 가깝기 때문에 백성의 성질이 모두 거세고 사나우며, 황해도 사람들은 산수가 험한 까닭에 사납고 모질다. 강원도 사람들은 산골 백성들이어서 어리석고, 전라도 사람들은 오로지 간사하고 교활하여 나쁜 일에 쉽게 움직인다. 경기도는 도성 밖의 들판 고을 백성들의 재물이 보잘것없고, 충청도는 오로지 세도와 재물만을 좇는 경향이 있는데, 이것이 팔도 인심의 대략이다." 라고 기록하고 있다.

영동은 금강 상류인 양강의 물과 소백준령이 맞닿아 있는 아름다운 고장이다. 일교차가 크고 일조량이 풍부하여 감, 포도, 사과 등 고품질 과일이 많이 생산된다. 우리나라 3대 악성의 한 분인 박연 선생의 탄생지가 있고 전통 국악의 혼이 살아 숨 쉬는 고장이다. 박연은 심천면 고당리 출생으로 조선 태종, 세종 때 궁중음악을 정비해 국악의 기반을 구축, 고구려의 왕산악, 신라의 우륵과 함께 우리나라 3대 악성의 한 분으로 추앙 받는다. 거문고의 대가로는 또한 신라의 백결선생(百結先生)이 있다. '백결' 은 집이 매우 가난하여 누더기 옷을 백 번 이상 기워 입었기 때문에 붙여진 이름이다. 그는 젊은 시절 한번 출세하여 장부로서의 포부를 펴보려 했으나 뜻대로 되지 않아 거문고나 뜯으며 한가로이 지냈다. 어느 해 이웃집에서 새해를 맞이하기 위해 떡방아를 찧는 소리가 요란한데 백결선생은 거문고만 타고 있으니 끼니 걱정을 하던 부인이 상을 찡그린다.

"여보, 당신은 이웃집에서 방아 찧는 저 소리가 들리지 않소?"

"왜 들리지 않겠소. 내 귀가 영리하여 음률의 곡조를 잘 만든다오."

"또 먹지도 못하는 그 거문고 말씀이군요. 거문고 소리는 그림의 떡이나 마찬가지요."

부인은 화가 나서 원망하듯 쳐다보았다.

"그러지 마오. 부귀는 하늘에서 주시는 것이니 부귀가 올 때가 되면 저절로 오는 것이고, 갈 때가 되면 또 저절로 가는 것이오. 우리 집에서는 떡 방아를 찧을 수가 없으니 내 거문고에 방아 찧는 곡조를 만들어보리다."

이렇게 말하고 방아 찧는 곡조를 뜯기 시작하니 한 곡 한 곡 넘어갈 때마다 무의식중에 부인도 곡조에 맞춰 장단을 치다가 나중에는 덩실덩실 춤까지 추었다. 그뿐 아니라 이웃사람들까지도 방아타령만 나면 저절로 모여들어 한바탕 신나게 춤을 추어, 이 곡조가 생겨난 후 가난한 와중에도 누구나 이 곡조에 맞추어 흥겹게 놀게 되었다고 한다.

역사적으로 영동은 백두대간 분수령 서쪽에 자리 잡은 고을이다. 추풍령 고개를 통해 동쪽의 경상도와 왕래가 빈번하여 경상도 사투리의 영향을 많이 받아왔다. 황간 등의 고을은 상주에 속해 있다가 조선 태종 때인 1413년 경상도에서 충청도로 넘어왔다. 이렇듯 영동의 언어는 경북 방언의 영향을 많이 받았고, 전북 무주에 인접한 지역은 전북 방언도 어느 정도 받았으므로 언어가 다양하다. 그래서 영동사람이 타지에 나가면 황간이나 매곡면이 고향인 사람은 경상도 사람으로, 양산이나 학산이 고향인 사람들은 가끔 전라도 사람으로 오인되기도 한다. 양산면은 굽이굽이 흐르는 금강 물과 어우러진 산자락의 풍광이 뛰어난 고을이다. 이 중 빼어난 여덟 가지 경치를 골라 '양산팔경'이라 하고, 황간 원촌리 일대의 이름난 여덟 군데의 절경인 '한촌팔경'과 쌍벽을 이루며 영동의 풍광을 대표하고 있다.

영동의 남부와 동부를 지나는 백두대간을 넘나드는 고갯길이 셋 있다. 한 면(面)에 하나씩 고개를 넘나드는 길이기에 '삼면삼로(三面三路)'라고 한다. 추풍령면을 지나는 추풍령 고개, 상촌면을 지나는 괘방령, 매곡면의 질매재다. 삼면에 삼로라, 세 갈래 길 삼거리길이다. 어디로 가야 하는지 길 떠난 나그네들이 고민하고 방황하고, 그래서 떠나지 못하고 한 잔 술에 세상사 시름을 씻고, 또 한 잔 술에 지나온 길 돌아보고 슬피 우는 곳이다. 그리고 방황의 길, 정처없는 길을 떠나가는 곳, 그 길로 떠나는 순간에 삶의 방향도 목표도 달라지고 자신의 의지와는 상관없이 가 버린다. 그래서 나는 오늘 내 마음속의 삼거리 길을 헤매고 있다.

　추풍령은 영남의 유생들이 한양으로 과거 보러 갈 때 추풍낙엽처럼 낙방한다고 피했던 고개다. 죽령을 넘으면 대나무처럼 미끄러진다 하여 죽령 고개도 피하고, 주로 이용했던 고개는 문경새재와 괘방령이었다. 추풍령은 조선시대에도 중앙과 영남을 잇는 역할을 하는 중요한 고개였지만, 영남대로의 문경새재보다는 규모나 명성에서 뒤졌다. 1905년 경부선 철도가 지나고 1970년 경부고속도로가 완공되자 차량과 열차가 쉴 새 없이 지나가는 가장 통행량이 많은 고개가 되었다. 인간지사 새옹지마(人間之事 塞翁之馬)가 고개에도 해당되는 것인지 죽령, 조령은 물론 괘방령보다 떨어지던 추풍령의 명성이 지금은 최고로 성공한 고개가 되었다. 추풍령은 전략상으로 중요한 위치를 차지하여 나라에 전쟁이 있을 때마다 이 고개에서 싸움이 벌어졌다. 의병장 장지현(1536~1593)은 임진왜란이 일어나자 의병 2000여 명을 모아 추풍령에서 이세영이 이끄는 관군과 합세하여 왜장 구로다 나가마사가 이끄는 1만여 명의 적군을 맞아 싸워 적병을 김천방면으로 퇴각시켰다. 이후 금산 방면에서 진격해온 왜군의 협공을 받아 중과부적으로 패해 58세의 일기로 전사하여 영동의 화암서원에 배향되었다.

추풍령 고갯마루에 세워진 표석에는 한때 인기를 끌었던 대중가요 가수 남상규의노래 '추풍령'의 가사가 새겨져 있다.

구름도 자고 가는 바람도 쉬어가는/ 추풍령 구비마다 한 많은 사연
흘러간 그 세월을 뒤돌아보는/ 주름진 그 얼굴에 이슬이 맺혀
그 모습 흐렸구나 추풍령 고개

기적도 숨이 차서 목메어 울고 가는/ 추풍령 구비마다 싸늘한 철길
떠나간 아쉬움이 뼈에 사무쳐/ 거친 두 뺨 위에 눈물이 어려
그 모습 흐렸구나 추풍령 고개

학산면에 이르니 점심때다. 비에 젖은 몸도 녹일 겸 식당을 찾으니 일요일이라 모두 문이 닫혀 있다. 길 가는 아주머니에게 물으니 친절하게 한 곳을 안내해준다. 식당에 문은 열려 있는데 주인이 없어서 다시 돌아 나오니 이발소에서 한담(閑談)을 즐기던 40대 후반의 아주머니가 달려 나와 반겨준다. 손님이 아무도 없다. 우의(雨衣)를 벗고 난로 곁에 앉으니 아주머니는 김치찌개와 밥을 가져온다. 옆에 앉은 아주머니의 호기심과 친절이 지나치다. 이혼하고 혼자 산다는 사연을 비롯해 묻지 않는 이야기가 끝이 없다. 비오는 날 술이나 한 잔 하고 쉬어가라는 아주머니를 뒤로 하고 다시 길을 나선다. 고단한 아주머니의 삶에서 애환이 느껴진다.

'묵향만리(墨香萬里)' 라고 고을을 자랑하는 글을 새긴 석비가, 묵정리 마을 사람들의 애향심이 길가에서 묵묵히 비를 맞고 서 있다. 마주서서 묵향이 넘치는 석비의 내용을 읽고 다시 4차선을 두고 2차선 먼 길을 돌아간다. 잠시 비를 피하고 휴식을 취하려 간이 버스정류장에 앉자 전화가 울린다. 백두대간 종주를 함께 하고 있는 '백두대간의 꿈' 총무 유경희다. 언제

나 웃는 모습으로 상대방의 마음을 편안하게 해주는 사람 좋은 아우다. 새벽부터 시작한 백두대간 종주 소백산 구간 산행을 마치고 영주의 부석사 인근에서 식사를 하러 간단다. 빗속을 혼자서 걷고 있는 내가 불쌍해서인지, 보고 싶어서인지 날을 정해서 오겠단다. 비를 피해 쉬고 있는 중이라고, 걱정 말라며 전화를 끊었다.

백두대간 종주 팀을 만든 지 1년이 되었다. 격주로 매월 첫째와 셋째 금요일 밤 10시경에 출발하여 대개 새벽 2시경이면 야간 산행을 시작했다.

비바람 눈보라를 헤치며 어둠을 뚫고 새벽을 깨우면서, 떠오르는 아침 해를 맞이하며 북으로, 북으로 전진하여 이제 소백산에 이르렀다. 7명이 시작했는데 혼자서 도보여행으로 잠시 백두대간 종주를 쉬게 되었으니 모두에게 미안했다. 하지만 그들은 혼자서 그렇게 떠날 수밖에 없는 내 마음을 이해해주었고, 나 자신 떠나지 않고서는 견딜 수가 없었다.

주룩주룩 비가 내린다. 농업기술센터 앞을 지난다. 영동의 대표 농산물인 감과 포도를 알리는 조형물이 '나 어때?' 하는 모습으로 자랑스레 서 있다. 영동읍내로 들어서서 삼봉천이 흐르는 다리 위에 섰다. 비를 맞으면서 낯선 빗속의 영동 읍내를 감상하고 지나가는 사람들을 쳐다보며 서 있다. 다리를 건너 재래시장 입구 포장마차에서 따끈따끈한 호떡으로 몸을 녹이고 추억을 맛본다. 안동의 옛 선비들에게 헛제삿밥이 공부하는 가운데 간식이었다면 나에게는 어머니가 만들어주시는 따끈따끈한 호떡이 최고의 간식이었다. 그래서 휴게소에서나 거리에서 호떡집을 만나면 그냥 지나치지 못하고 추억을 맛본다. 자기가 호떡을 먹고 싶으면 어머니에게 "엄마, 형이 공부하다가 호떡 먹고 싶대."라고 하던 아우의 모습이 빗속을 스쳐간다.

영동 중앙교회, 영동 경찰서가 보인다. 영동의 중심부에 왔다. 이제 오늘 일정을 일찍 마무리하고 숙소를 찾는다. 새로 지은 모텔이 깨끗하다. 3만 5천원이라 조금은 비싸다 싶어서, 혼자이니 깎아달라며 농담을 하자, "주말이라 더 받아야 하는데 일찍 와서 평소대로 받는다."고 한다. 혹 떼려다 혹 붙일까 봐 웃으며 객실로 올라간다. 비에 젖은 몸을 따뜻한 물에 담그니 피로가 풀린다. 모텔(MOTEL)은 'MOTER+HOTEL'의 준말이다. 자동차로 여행하는 유랑자를 위한 숙소다. 하지만 오늘은 두 발로 여행하는 나의 숙소다.

오늘은 술을 마셔 취기를 느끼고 싶다. 노래방에 가서 신명나게 노래도 하자고 작심하고 모텔을 나섰다. 우선 간단한 식사에 소주를 한 병 마시고 다시 포장마차로 가서 한 병을 더 마셨다. 술기운이 온몸을 휘감았다. 노래방에 가서 1시간 주문을 하니 마음씨 좋게 생긴 통통한 주인아주머니가 보너스로 10분을 얹어서 70분의 시간을 준다. 노래를 부른다. 자리에 한번 앉지도 않고 물 한 모금 마시지 않고, 계속해서 흘러간 옛 노래 메들리를 부른다. '추풍령'을 부른다. 눈물이 맺혀왔다. 아버지의 애창곡인 '황성옛터'를 불렀다. 3절까지 불렀다. 목 놓아 불렀다. 눈물이 주르륵 흘러 내렸다. 불효자의 절규하는 목소리였다. 소리가 목에 걸려 밖으로 나오지 않았다. 최희준의 '하숙생'을 마지막 곡으로 불렀다.

인생은 나그네길 어디서 왔다가 어디로 가는가
구름이 흘러가듯 떠돌다 가는 길에
정일랑 두지말자 미련일랑 두지말자
인생은 나그네 길 구름이 흘러가듯 정처없이 흘러서 간다

인생은 벌거숭이 빈손으로 왔다가
빈손으로 가는가 강물이 흘러가듯
여울져 가는 길에 정일랑 두지 말자
미련일랑 두지 말자 인생은 벌거숭이
강물이 흘러가듯 소리 없이 흘러서 간다
소리 없이 흘러서 간다

밖에 비가 내리고 있었다. 다시 찾은 포장마차에 손님들이 붐비고 흘러간 옛 노래가 빗소리를 반주로 울려퍼지며 영동의 밤은 깊어갔다.

11

나비야
청산 가자 !

보은의 고장 보은으로(41km)

보 은

춘추시대 진나라의 위무자에게 젊은 첩이 있었다. 병이 든 위무자는 본처의 아들을 불러 "내가 죽으면 네 서모를 개가시키도록 하여라." 했다. 그러나 병세가 위독해지자 다시 말하기를 "내가 죽으면 네 서모를 반드시 순사(殉死, 남편과 함께 순장시키는 것)케 해라."라고 명했다. 위무자가 죽자 아들은 '사람이 병이 위중하면 정신이 혼란해지니 아버지께서 맑은 정신일 때 하신 말씀대로 따라야겠다.'며 서모를 개가시켰다. 전쟁이 일어나고 아들은 장수가 되어 전쟁터로 갔다. 적의 장수와 일전을 벌이는데 역부족이었다. 그때 한 노인이 적장의 발 앞의 풀을 엮어(결초[結草]) 그가 걸려 넘어지게 하여 적장을 사로잡을 수 있게 했다. 그날 밤 아들의 꿈에 그 노인이 나타나 말했다. "나는 당신 서모의 애비 되는 사람으로 그대가 아버지의 유언을 옳은 방향으로 따랐기 때문에 내 딸이 목숨을 유지하여 개가하여 잘살고 있소. 나는 당신의 그 은혜에 보답(報恩)하고자 한 것이오." 이 고사에서 결초보은(結草報恩)이란 말이 생겨났다.

은혜를 아는 것을 지은(知恩)이라 하고, 은혜를 느끼는 것을 감은(感恩)이라 한다. 은혜에 감사하는 것은 사은(謝恩)이라 하고, 은혜에 보답하는 것을 보은(報恩)이라 한다. 또한 은혜를 배반하는 것은 배은(背恩)이요, 은혜를 망각하는 것은 망은(忘恩)이다. 배은망덕(背恩忘德)은 비열한 짓이다. 이해관계에 얽혀 자기에게 불리하면 언제든지 은혜를 배반하는 짐승만도 못한 인간들이 많은 세상이다.

눈을 뜨니 심한 갈증이 밀려온다. 시원한 물을 한 잔 마시고 창문을 여니 어둠속에서 찬바람이 찾아든다. 아직은 이른 새벽, 따뜻한 물에 몸을 담그고 반신욕으로 전날 마신 술을 몰아낸다. 모텔을 나와 미명의 거리로 들어선다. 눈바람이 차다. 어제가 경칩이었는데 벌써 또 겨울이 왔는지 날씨가 변덕스럽다. 나그네에게 주는 하늘의 다양한 선물이려니 생각하고 경찰서 인근의 올뱅이 해장국 집으로 간다. 골뱅이, 올갱이, 다슬기 등 지역마다 이름

은 다양하지만 맛은 그만이다. 옆 테이블 손님들도 타지에서 온 듯 '영동곶
감' 예찬에 열중이다. 할머니가 운영하는 '뒷골집'이 유명한지 TV에 소개
된 사진도 걸려 있다. 쑥스러워하는 할머니와 사진을 찍었다. 올뱅이 해장
국으로 속을 풀고 길을 나서니 잔뜩 흐린 하늘에 눈발이 날리고 구름 사이로
간간이 햇볕이 새어 나온다. 호랑이 장가가는 날이다. 끝이 없을 것 같은 사
막의 저 끝에도 오아시스가 있듯이, 구름으로만 덮인 나날 속에서도 그 구름
뒤에는 반드시 태양이 있다. 그렇듯이 절망 뒤에는 희망이 있다. 즐거움이
다하면 슬픔이 생기고 고통이 다하면 기쁨이 생기는 것과 같은 이치다.

송나라 사람 중에 어질고 의로운 한 사람이 있었다. 하루는 그 집에서 기
르는 검은 소가 흰 송아지를 낳자 기이하여 공자를 찾아가서 물으니 공자가
답한다. "이는 길한 징조이니 그 송아지를 하늘에 바치시오." 일년 후 그는
까닭 없이 눈이 멀고 그 집의 소는 또 흰 송아지를 낳았다. 아들을 시켜 또다
시 공자에게 가서 물으라고 하니 아들은 순종하면서도 내심 불만스럽다.
"길한 조짐이로다." 하며 공자는 이번에도 그 송아지로 제사를 지내라고 했
다. 그로부터 다시 일년 후, 그 집 아들도 눈이 멀었다. 그 뒤에 초나라가 송
나라를 공격했다. 포위를 당한 송나라 장정들은 싸우다가 태반이 죽었다.
그러나 이들 부자는 모두 눈이 멀었기 때문에 화를 면하고 살아남았다. 포
위가 풀리자 그들은 눈이 다시 회복되어 사물을 볼 수 있게 되었다.

이 이야기에서 '흑우생백독(黑牛生白犢)'이란 말이 생겨났다. 검은 소
가 흰 송아지를 낳았다는 말로, 재앙이 복이 되기도 하고 복이 재앙이 되기
도 한다는 뜻이다. 행복과 불행, 길흉화복은 순환하는 것이다. 추운 겨울이
지나면 따뜻한 봄이 온다. 현재의 고통을 참고 견디면 곧 좋은 시기가 온
다. 인생에는 행복만 있을 수 없고 불행만 있을 수도 없다. 행복에 취해 있

어서도 안 되며 어려운 불행을 만났다고 실의에만 빠져 있어도 안 된다. 절박한 곤경은 더욱 강인해지는 도구다. 아무리 어렵고 힘든 고난과 역경이 찾아와도 '이것 또한 지나가리라.' 외치며 포기하거나 좌절해서는 안 된다. '인간지사 새옹지마요, 흑우생백독' 이다.

캄캄한 암흑 속에서 절망과 고통에 몸부림칠지라도 언젠가 반드시 좋은 날이 찾아올 것이라는 믿음이 있다면 인생은 그래도 참고 견딜 만한 고해의 바다인 것이다. '희망은 가난한 자의 양식이다.' 라는 영국 속담이 있다. 정신적이든 물질적이든 가난한 자에게는 희망만이 의지할 수 있는 곳간이다. 힘들고 어려울 때, 고통과 슬픔에 몸부림칠 때 보다 나은 내일에 대한 희망이 없다면 어떻게 살아갈 수 있을까. 그래서 희망에 사는 자는 음악이 없어도 춤춘다고 하지 않는가. 중국의 사상가이자 대문호인 노신은 말한다. "희망이라고 하는 것은 있다고도 할 수 없고 없다고도 할 수 없다. 그것은 이 땅 위의 길과 같다. 저 예전에 땅에는 길이 없었다. 그곳을 걷는 사람이 많으면 그곳이 길이 되었다. 그것이 길이었다." 희망이란 길과 같은 것이다. 길은 사람들이 다님으로 해서 존재하듯이 희망은 사람들이 가슴속에 소중히 가짐으로 해서 존재하는 것이다.

영동세무서 앞을 지나간다. 왠지 친근감이 느껴지는 것은 나의 직업이 전직은 세무 공무원이요, 현직은 세무사이기 때문이다. 21세의 어린나이로 세무 공무원이 되어 오늘날까지 30년 넘게 세금의 길을 가고 있다. 나의 천직(天職)이 되어 동반자로 함께 걸어가고 있다. 아무런 희망도 없이 어디론가 삶의 길을 떠나야 할 그때 우연히 다가온 만남. 때로는 이 길을 가야 하는 운명을 한탄하며 슬퍼하기도 했다. 세월이 지난 지금 이는 내 인생의 특별한 만남이요 탁월한 선택이었고 희망의 불빛이었음을 깨닫는다. 세월이 가르쳐준 통찰이다. 세무사로서 지나온 13년의 세월은 생의 캄캄한 밤을 밝혀주는 등대였으며, 순례자의 길을 떠날 수 있는 예비처요, 평화의 안식처를 찾아가는 횃불이었다. 예수를 만나고 토색한 재물들을 환원하겠다고 고백하는 세리장 삭개오, 예수의 말 한 마디에 모든 것을 팽개치고 길을 따라가는 세리 마태, 이들은 예수에게서 희망을 보았다. 이들이 다정하게 느껴지는 것은 동류의식일까. 어느 훗날 '성자가 된 세리' 라는 제목으로 소설을 써 봐야지 하면서 내 인생의 청춘을 함께한 세무 공무원과 세무사, 무한한 애정으로 내 직업을 껴안는다. 오늘의 나를 있게 한 내 직업에 감사하면서 지난 추억들을 떠올린다.

읍내를 벗어나 한적한 길로 접어든다. 영동의 노근리는 영화 '작은 연못' 의 무대다. 노근리 사건은 한국전쟁 중인 1950년 7월 26일, 인민군에 밀려 후퇴하던 미군들이 미처 피난하지 못한 주민들을 황간 노근리의 쌍굴다리 밑으로 모아놓고 무차별 사격을 가해 250여 명의 사망자를 낸 양민학살 사건으로서 한국 전쟁의 비극을 상징하는 대표적 사건 가운데 하나다. 구사일생으로 목숨을 건진 사람들과 유족들의 노력에 의해 1999년 AP 통신이 보도함으로써 영원히 묻힐 뻔했던 이 사건은 세상에 널리 알려졌다. 당시 비밀 해제된 군 작전 명령 중에서 '그들(피난민들)을 적군으로 대하라' 는 명령의 원문이 공개되면서 미국의 클린턴 대통령이 유감 성명을 내기도 했다. 노근리 사건은 피아를 구분하기 어려운 전쟁의 혼돈 속에서 일어났다. 미군이 피난민 속에 인민군이 섞여 침투하는 것을 두려워한 나머지 전선에 다가오는 피난민을 무모하게 차단하다 빚어진 것이다. 실제로 인민군이 피난민 속에 섞여 있다가 한국군과 미군을 기습하는 일도 있었다. 양민학살은 남쪽 군인과 우익이 저지른 것도 있지만 북한 인민군과 좌익이 저지른 것도 부지기수다. 수많은 희생자를 낸 6 · 25 전쟁은 민족상잔의 비극이었다. 김일성은 스탈린과 모택동의 승인과 지원을 받아 남쪽으로 쳐내려온 침략자였다. 유엔군의 참전으로 전쟁은 역전되었고, 우리 나라는 오늘날의 번영을 누릴 수 있게 되었다. 올해는 세계냉전의 대리전이었던 6 · 25전쟁 60주년을 맞이하는 해다.

'국악과 과일의 고장 영동' 이란 스티커를 붙인 택시가 경적을 울리며 지나간다. 외딴길을 걸을 때면 택시뿐만 아니라 지나가는 버스들도 뒤에서 구애하듯 경적을 울리며 지나간다. 영동대학교가 아산으로 이전하는 데 대한 반대구호 현수막이 시내에서부터 많이 걸려 있다. '영동대 아산이전 지역경제 황폐화된다' 는 등 갖가지 구호들이 때로는 험악하기까지 하다. 영동대학교 앞을 지나는데 '覆水不返盆' 이라는 검은색 바탕에 흰 글씨의 현수막이 눈길을 끈다. 복수불반분이라 '엎어진 물은 다시 담을 수 없다' 라는 뜻이니 '이전해가기 전에 다시 한 번 생각하라' 는 말이었다.

궁팔십달팔십(窮八十達八十)은 여상 강태공이 80년을 가난하게 살고 이후 80년은 영화롭게 살았다 해서 나온 말이다. 강태공이 집안일을 돌보지 않고 학문에만 열중하니 집안 형편이 말이 아니었다. 10년, 20년이 지나도 힘들기만 한 고달픈 살림살이에 이제나 저제나 기다리던 그의 아내는 마침내 달아나고 말았다. 이후 강태공은 위수 강가에서 낚시를 하며 세월을 낚고 있다가 서백창(후일 주 문왕)을 만나 스승이 되어 은나라를 멸망시키고 고향인 산동 지방의 제나라 제후가 되어 금의환향한다. 강태공이 돌아오는 길목에는 사람들이 모여 있었고, 그 중에는 달아난 그의 아내도 어느덧 노파가 되어 있었다. 아내는 강태공에게 달려와 옛 정을 생각해서 다시 받아줄 것을 청하지만, 강태공은 물을 한 그릇 가져오도록 한 후 그 물을 땅바닥에 쏟게 한다. 그리고 그 물을 다시 담아보라고 한다. 하지만 한번 땅에 쏟아진 물은 다시 담을 수가 없었다. "한번 엎지른 물을 다시 주워 담을 수는 없는 법이오. 마찬가지로 한번 끊어진 인연도 다시 맺을 수 없소." 강태공은 뒤돌아보지 않고 가던 길을 재촉했고 여인은 길바닥에 주저앉아 대성통곡을 했다는 것이다.

인도의 초대 수상이었던 네루는 "깨어진 달걀을 다시 하나로 만들 수는 없다. 어제의 낡은 세계는 죽었다."고 했다. 이는 이제까지 인도를 지배했던 영국의 식민지 정책과 인도의 낡은 봉건제도를 함께 공격하는 말이었다. 또한 잘못된 과거는 그대로 인식하고 새로운 길을 나아가자는 것이다. 독일이 저지른 홀로코스트의 과거사에 대한 유대인의 태도는 '용서는 하되 잊지는 말자.' 였고, 베트남 전쟁으로 수많은 피를 흘리게 한 미국에 대한 베트남의 태도 역시 '용서는 하되 잊지는 말자.' 였다. 과거는 돌이킬 수 없다. 쏜 화살같이 날아가버린 세월을 되돌릴 수는 없다. 어제는 지나가버린 과거다. 내일은 아직 오지 않은 미래다. 오늘은 단 하루밖에 없는 날이다. 남은 인생의 첫날이요, 어제 죽은 사람들이 가장 부러워하는 그 날이다. 과거에 발목이 잡혀 새로운 날을 망치는 것은 어리석다. 쏟아진 물을 다시 담으려는 어리석음을 저지르기보다는 선물로 받은 오늘을 축복 가득한 말로 채우고 즐겁게 살아야 한다. 한 번 뱉은 말은 다시 돌이킬 수 없다. 그래서 매사에 신중하게 말해야 한다. 오히려 말하는 것보다 듣는 것이 중요하다. 경청은 성공의 시금석이다. 귀가 둘이요 입이 하나인 이유다. 말은 그 사람의 생각을 나타낸다. 말을 보면 그 사람의 삶과 인격을 볼 수 있다. 흔히 '웅변은 은이요 침묵은 금' 이라고 한다. 성경에는 "경우에 합당한 말은 은쟁반 위에 금사과다." 라고 한다. 오늘날 과학이 발달되어 사람들이 각자가 한 말들을 모두 모아서 다시 들을 수 있다면 어떤 일이 생길까? 행여나 복수불반분의 어리석음을 저지르고도 모르고 살아가지는 않는가. 현수막이 펄럭인다.

'지방1급 하천 초강천' 을 알리는 표지판 앞에서 잠시 휴식을 취한다. 햇

살이 비친다. 모처럼 느껴보는 햇빛이다. 다시 길을 나서니 그림자가 따라온다. 동행이 생겼다. 내가 하는 몸짓에 따라 그림자도 흉내를 낸다. 내가 춤을 추니 그림자도 따라서 춤을 춘다. 김삿갓의 시 '그림자' 도 춤을 춘다.

한 사람이 가는데 두 사람이 가는 듯

붙어 다니는 모양이 괴상도 하다.

구름 따라 사라지매 귀신인가 의심되고

달 아래 나타나니 친한 형제 같다.

한 날 한시에 나서 평생을 같이 하나

소리도 없고 냄새도 없어 그저 묵묵히 따를 뿐

그래 내 너와 함께 마주 대해 서려면

몸을 천지에 세운 후 오직 청명한 날을 기다린다.

전화가 울린다. 아랫동서 고세홍이다.

"형님, 어디까지 갔어요?"

"충북 영동에서 보은으로 가는 길이야."

"건강 조심하세요. 오늘은 예배당에 가서 특히 형님 위해 기도할게요."

고마운 이야기다. 결혼하면서 아내 따라 교회에 다니더니 이제는 신앙 생활에 열심이다. 지난 설날 저녁, 고향을 지키는 큰 처남과 네 동서가 오 랜 추억이 있는 처가 동네의 허름한 닭발집에서 정담을 나누며 술자리를 하고 즐거운 시간을 보냈다. "일가친척 없는 외로운 몸이 형제 많은 처가 에 장가들어 행복하다."며 장모의 품에 안겨 눈물을 흘리는 그때의 모습은 모두를 가슴 찡하게 했다. 즐거운 명절이었다. 얼마 후 큰 처남은 교통사고 로 57세의 나이로 소천(所天)했다. 시골에서 부모님 모시고 땀 흘려 농사 지으면서 좋은 옷 한 벌 사 입지 않고 고생하며 외아들 사법고시 합격시킨 큰 처남은 이 시대의 참된 모습의 아들이자 아버지였다. 큰 처남을 보내고 모두 슬픔에 젖었고, 그가 떠난 빈자리는 너무나 컸다. 신은 왜 좋은 사람 들을 이 땅에서 그렇게 일찍 데려가시는 걸까? 도대체 알 수가 없다.

용산면을 지나 영동 I/C에서 왼쪽으로 향하니 한곡리 '마을자랑비'가 세 워져 있다. '한곡리 사람들은 심성이 곱고 부모를 공경하고 나라에 충성하 며 학문을 숭상하고 의와 예를 소중히 지켜온 슬기로운 마을'이라고 새겨 져 있고, '뿌리'라는 시도 새겨져 있다. 원래 '한가한 골짜기'라는 한골이 었는데, 1914년 일제 때 행정개편으로 한곡리가 되었다는 주민들. 자신이 살고 있는 마을에 대한 자긍심이 절로 느껴졌다. 자긍심은 자존심과 자신 감에서 비롯된다. 삶에 있어 스스로에게 긍지를 느끼는 것은 소중하다. 자 신이 스스로를 존귀하게 여기지 않는데 타인이 자신을 존귀하게 여겨줄 리가 없다. 스스로 자신에 대한 믿음이 없으면 타인에게도 인정받을 수 없 다. 장자는 "진심으로 자기 자신을 사랑할 줄 아는 사람이 남을 사랑할 수 있다.”라고 하며 애기애타(愛己愛他)를 부르짖었다. 이기(利己)가 아닌 애기로서 애타보다 우선하란 가르침이다. 묵자는 “자기를 사랑하듯이 남을 사랑하고, 자기 부모를 공경하듯이 남의 부모를 공경하라.”며 겸애설을 주장했다. 마치 예수가 “네 이웃을 네 몸과 같이 사랑하라.”는 것과 같은 이야기다. 동양의 마키아벨리 한비자(?~BC 233)는 말했다. “의원이 환자의 상처를 빨아 그 고름을 입에 담는 것은, 환자에게 혈육의 정을 느껴서가 아니라 이익을 보고 하는 일이다. 그렇게 병을 고쳐주면 사례를 받고 많은 사람을 단골로 삼을 수 있기 때문에 싫지만 하는 짓이다. 수레 제조자는 많은 사람이 부자가 되길, 장의사는 사람이 많이 죽길 바란다. 이는 수레 제조자가 인자하고 장의사가 잔인하기 때문이 아니다. 사람이 부유하지 않으면 수레가 팔리지 않고, 사람이 죽지 않으면 관이 팔리지 않기 때문이다. 장의사는 결코 사람을 미워하는 것이 아니지만, 사람이 죽어야만 그에게 이익이 있기 때문에 사람이 죽길 바라는 것이다.”

또한 경제학의 아버지라 불리는 아담스미스는 경제학의 바이블이라고 불리는 그의 『국부론』에서 이렇게 말한다. “우리가 식사를 할 수 있는 것은 푸줏간, 술집 또는 빵집 주인의 이타심 덕택이 아니라, 그들의 이기심(利己心) 때문이다. 거지 외에는 아무도 시민의 이타심(利他心)에만 의존하지 않는다.”“그가 국내산업의 생산물의 가치를 극대화하려는 것도 오직 자신의 이익을 증대하기 위한 것이다. 그리하여 그는 다른 많은 경우처럼 ‘보이지 않는 손’에 이끌려 그가 전혀 의도하지 않았던 목적을 추구하게 되는 것이다.” 한비자와 아담 스미스는 인간의 이기적 본성을 토대로 경제를 분석하고 현실을 있는 그대로 본 현실주의자다. 사람들이 모두 자신의 이익을 위해 일을 하면 보이지 않는 손에 의해 공익이 증진된다는 것이다.

자신의 이익만을 추구하여 받기만 하고 주지 않는 것은 이기주의(利己主義)다. 주지도 않고 받지도 않는 것은 개인주의(個人主義)다. 주는 만큼 받고 받는 만큼 주는 것은 합리주의(合理主義)다. 받겠다는 생각 없이 주는 것은 봉사주의(奉仕主義)다. 봉사는 인생 최고의 고귀한 행위다. 하지만 더 큰 봉사를 위해서는 먼저 자신을 사랑해야 한다. 하늘은 스스로 돕는 자를 돕는다고 했다. 모두가 자신을 사랑하고 자신의 가족, 나아가 이웃을 사랑하고 자신의 마을을, 고향을 사랑하고 나라를 사랑한다면 그곳이 바로 '인간세상의 별천지' 가 아닐까.

누에는 알에서 부화되어 누에가 된다. 뽕잎을 갈아 먹으며 성장한 누에는 네 번의 잠을 자고 나서 고치가 된다. 그리고 고치는 번데기로 변하고 다시 나방이 되어 하늘을 향해 날아간다. 누에는 자신이 누군가를 위해 비단을 만들고 실크로드를 만드는 것은 모른다. 누에의 꿈은 나방이 되어 하늘을 나는 것이다. 자신을 위해 몸부림을 친 결과가 인간에게 커다란 유익을 끼치는 것이다. 누에와 같이 나방이 되어 날기 위해 몸부림치는 인간의 길을 가면서 스스로 날 수 있게 되고 그 과정을 통해서 타인에게 유익을 끼치는 존재가 되어야 한다. 애기가 애타가 되는 논리다.

샘티재 고개를 올라간다. 이마에는 땀이 맺힌다. 고개를 넘으니 옥천군 청산면이다. '청산, 보은 처녀가 눈물 흘리듯' 하는 속담이 있다. 청산과 보은은 예로부터 대추골로 대추가 많이 생산되었다. 청산, 보은의 처녀들은 대추를 팔아 혼수를 장만했기 때문에 혼기를 앞둔 처녀들은 대추 농사가 잘되기만을 기다렸다. 비가 오면 농사를 망치는데, 특히 복날에 비가 오면 청산, 보은의 처녀들은 눈물을 흘렸다는 것이다. 이수광은 『지봉유설』에서 보은의 대추, 거창의 감, 밀양의 밤, 충주의 수박, 희양의 매송자, 안변의 배를 조선시대의 유명한 특산물로 들었다.

청산(靑山)이라는 지명에 벌써부터 마음이 설렌다. 흰 구름 사이사이 파란 하늘이 보인다. 이제 흐린 날은 물러가고 그만 맑은 날이 왔으면 좋겠다. 전선

주 위에서 까치들이 무리를 지어 경박한 소리를 내며 반긴다. 내가 청산에 와서일까, 아니면 청산이 내게 와서일까. 어쨌든 반가운 만남을 알려준다. 드디어 청산면 소재지가 보인다. 다리가 있고 그 아래 맑은 물이 흐른다. 청산교(靑山橋)다. 다리를 건너니 '청산 예찬비' 표석이 서 있다. '靑山에 살리라' 하는 큰 글씨가 새겨져 있다. 비에 새겨진 '청산 예찬'이다.

우뚝 솟은 도덕봉에 산새소리 즐겁고
보청천 맑은 물에 고기들이 노는 곳
칠보단장 이름난 살맛나는 고장
청산의 명성을 이어가리라

만 리 방천에 소나기 그치면
갈전 폭포에 무지개 뜨고
봉황대 달빛이 너무 고운 곳
청산의 절경을 사랑하리라

청산읍내 물레방아 사연 안고 돌고요
기름진 넓은 들에 풍년가도 흥겨운데
대추, 곶감, 인삼에서 푸른 꿈이 여무는 곳
청산의 살림을 늘려가리라

동학 횃불 밝히고 독립만세 외쳤던
정의로운 인물이 자자손손 이어진
민족혼이 깃든 곳 서로 믿고 도우며
한 마음 한 뜻으로 청산에 살리라

글샘 이 상 성

청산 예찬에 시간 가는 줄 모르다가 점심시간이 되었다. '선광집'이라는 유명한 생선국수집이 있다기에 길가에 서 있는 아저씨에게 물었다. 아저씨는 웃으며 자신의 차 문을 열면서 다짜고짜 "타요!" 한다. "아니오." 하며 웃자 "왜요? 괜찮아요. 타세요." 한다. "도보 여행 중이라 타면 반칙입니다." 하

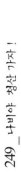

니 그때서야 웃으면서 상세히 길을 가르쳐준다. 청산에 사는 사람들이라 착하구나, 싶은 게 왠지 즐겁다. 청산면 중심가를 가로질러 선광집을 찾아가는 길은 마치 청산의 숲을 걷는 느낌이다. '청산 식당, 청산 이용원, 청산 신협, 청산 사슴농장…' 형형색색의 상호가 '청산'이라 푸른 숲이 우거진 청산에 온 것 같다. 선광집은 시골스럽고 아담했다. TV에 출연한 할머니의 사진이 걸려 있다. 많은 손님들 중에 할머니가 보여 "해남 땅끝에서부터 할머니 생선국수 먹고 싶어 걸어왔어요." 하고 인사드리니 웃으신다. 얼큰한 생선국수를 땀 흘리며 국물 한 방울 남기지 않고 다 먹고 나니 "맛이 어떠냐?"고 물으신다. "정말 맛있습니다." 하고 함께 기념촬영을 했다. 할머니에게 명함을 건네면서 회사 이름이 '세무법인 靑山'이라며 내 고향에도 청산이 있다고 하니 고향을 물으신다. 경북 안동이라고 하자 할머니는 자신도 안동이라 하신다. 반가웠다. 할머니의 고향은 내 고향 청산과 바로 이웃해 있는 가까운 무릉이라는 곳이었다. 1962년부터 생선국수 집을 해 오신 여든 셋의 곱게 늙으신 할머니, 고향의 어머니를 떠올리며 인사를 드리고 길을 나섰다.

청산 면사무소에 들러 홍보자료를 얻은 후 이리저리 걸어가며 청산을 감상한다. 날은 다시 흐려지고 바람이 차다. 사람들이 밭에서 묘목을 캐서 차에 싣고 있다. 나무를 캐서 이식하는 것을 보면 봄은 봄이건만 봄 같지가 않다. 춘래불사춘(春來不似春)이다. 청산면을 벗어나며 청산별곡(靑山別曲)을 부른다.

살어리 살어리랏다 청산에 살어리랏다
머루랑 다래랑 먹고 청산에 살어리랏다.
얄리 얄리 얄랑셩 얄리얄리얄랑셩
얄리얄리 얄라리 얄리얄리 얄랑셩

2007년 새해 벽두에 나는 색다른 계획에 도전했다. 직장이 있는 경기도 용인의 세무법인 청산(靑山)을 출발하여 안동 시골집까지 도보여행을 떠나기로 한 것이다. 총거리 261km, 9일간의 여정이었다. 여행을 상징하는 '靑山으로 가는 길'이라고 쓰인 삼각 깃발을 배낭에 달았다. 푸른 깃발은 눈보라와 세찬 바람에 펄럭이며 한 걸음 한 걸음 청산으로 나아가는 데 힘과 용기를 북돋워 주었다. 9일 만에 도착한 모교인 안동고등학교에서는 후배 학생들과 선생님들이 꽃다발과 '김명돌 선배님 환영'이라고 적힌 피켓을 들고 교문에서부터 수백 명이 도열해 기다리고 있었다. 마치 에베레스트라도 정복하고 돌아오는 개선장군처럼 느껴지며 황홀한 순간이었다. 잊지 못할 추억에 대한 감사와 후배들에 대한 애정의 표시로 학생 한 명당 책 한 권에 해당하는 장학금을 약속하고 돌아 나왔다.

다시 낙동강 변을 걸으며 도착한 청산에는 사랑하는 아우와 조카들이, 그리고 친구들이 반겨주었다. 무엇보다 고향의 정든 청산이 환한 웃음으로 반겨주었다. 내 고향 청산은 나의 뿌리다. 청산은 삶이고 죽음이다. 흙, 물, 불, 바람이 되어 소멸되는 그곳이다. 청산엔 추억이 있다. 고향을 떠나기 전까지 언제나 함께 울고 웃은 정다운 친구였다. 나는 청산에서 자랐고 청산을 사랑했다. 청산은 귀거래사의 꿈의 종점이다. 청산에서 한줌의 흙이 되어 사랑하는 이들과 영원히 청산에 거할 것이다. 청산은 내 인생의 시작이고 마지막이다. 청산은 고향이고 이상향이며 어머니의 품이다. 청산으로 가는 길은 고향으로 가는 길이며 그리운 어머니의 품으로 가는 길이었다.

시간의 길, 공간의 길 저 끝에 있는 청산으로 가는 길은 아름다운 인생 여정이다. 슬픔과 탄식, 눈물과 한(限)이 있고, 이를 극복하기 위한 몸부림이 있고, 피와 땀과 눈물에 젖은 도전과 성취가 있다. 사라져버릴 뜬구름 같은 한 인간의 삶이 있고, 함께 부대끼고 살아간 한 가족의 슬프고도 평범한 가족사(家族史)가 있다. 돌아갈 곳이 있는 여행자는 외롭지 않다. 청산으로

가야 하기에 언제나 청산을 마음에 담고 살아간다. 그러면 내가 가는 곳은
어디나 청산이다. 언제나 나는 청산에서 살아간다. 청산은 무릉도원이며
유토피아다. 동행하는 모든 인연들에게 함께 청산으로 가자고 한다. 산 넘
고 물 건너서 가는 길이 비록 험하고 거칠더라도 함께 참고 갈 것을 노래한
다. 이름 모를 옛 시인은 '나비야 청산 가자 범나비야 너도 가자.' 하며 모
든 나비에게도 함께 가자고 한다.

나비야 청산 가자 범나비 너도 가자
가다가 날 저물면 꽃잎에 쉬어 가자
꽃잎이 푸대접하거들랑 나무 밑에 쉬어 가자
나무도 푸대접하면 풀잎에 쉬어 가자

나비야 청산 가자 나하고 청산 가자

가다가 해 저물면 고목에 쉬어 가자

고목이 싫다 하고 뿌리치면 달과 별을

병풍삼고 풀잎을 자리삼아 찬 이슬에 자고 가자

가다가 해 저물면 고목에 쉬어서 가고, 달과 별을 병풍삼고 풀잎을 자리삼아 찬 이슬에 자고 간다. 세상살이에 초탈하는 길은 세상 속에 있고, 마음을 깨닫는 길은 마음속에 있다고 하지 않는가. 청산에서 청산으로 가는 길을 바라본다. 내 마음속의 청산이 손을 들어 반긴다.

고개를 넘어 청성면으로 들어서니 '인삼의 고장 옥천'이란 표지판이 보인다. 인삼밭에는 까치들이 모여 소리를 낸다. 길가에 서 있는 두 개의 입간판이 눈길을 끈다. '조계종 문수암'과 '바울선교교회'다. 나란히 서 있는 두 개의 입간판. 하지만 화살표는 반대방향을 가리킨다. 우연의 일치인가, 절묘한 대비다. 가는 길도 다르고 목적지도 다른가. 아니면 길은 달라도 한 곳에 도달하는가. 부처의 가르침도 예수의 가르침도 지고지선(至高至善)의 진리이건만, 배우고 행하는 사람들은 달은 보지 않고 달을 가리키는 손가락만 보고 아웅다웅이다.

도로가에 잘 단장된 무덤이 다섯 기 보인다. 무덤가에 꽃이 나란히 놓여 있다. 선사시대 사람들은 사람이 죽으면 그대로 내버리는 방법밖에는 몰랐다. 전 세계적으로 장례풍습은 땅에 묻는 매장, 불에 태우는 화장, 물에 떠내려 보내는 수장, 새나 들짐승에게 시신을 먹이로 주는 조장 등이 잘 알려져 있다. 우리나라는 대개 땅에 묻거나 화장을 했다. 불교 전래 이래로 신라나 고려시대에는 화장이 성행했다. 더러운 육신을 태움으로써 인간이 저승으로 미련 없이 떠나간다고 믿는다. 그러나 조선 초기에 들어 화장을 금하고 성리학적 의례를 권하게 된다. 그 결과 조선후기에는 화장 풍습이 많이 사라지고 매장 풍습이 보편화되어 오늘에 이르렀다. 체제안정을 지향하려는 지배층의 의도에 따라 화장에 대한 비판이 강하게 이루어진 결과다. 죽은 자에 대한 공경심과 공포심 따위가 어우러지면서 장례예법은 보수적인 문화로 자리 잡았고 상갓집 풍습은 엄숙한 예법이 분위기를 압도한다. 인간이면 누구나 당면하는 죽음이라는 문제, 그 죽음의 처리문제가 세월 속에 변화를 거듭하고 있다. 맹자 등문공장귀(滕文公章句)에는 장사제도를 역설한 대목이 나온다.

"예전에 부모가 죽어도 장사를 지내지 않던 시대가 있었는데, 부모가 죽자 시체를 들어다 구덩이에 버렸다. 뒷날 그곳을 지나다가 여우와 살쾡이가 시체를 뜯어 먹고 파리와 모기가 엉겨서 빨아먹는 모습을 본 그는 이마에 식은땀을 흘리며 눈길을 돌리고 바로 보지 못했다. 그 식은땀은 사람들의 이목 때문에 흘린 것이 아니라 속마음이 얼굴로 나타나 흐른 것이다. 집으로 돌아간 그는 곧 들것과 가래를 가지고 돌아와 흙으로 시체를 덮었다. 부모의 시체를 흙으로 덮는 것이 진실로 옳은 일이라면 효자나 어진[仁] 사람들이 자기 부모의 시체를 장사지내는 데에도 반드시 법도가 있어야 한다."

마을이 보인다. 보은군 삼송면이다. 드디어 보은 땅에 왔다. 삼송 면소재지로 들어서니 5일장이 열리는 재래시장이 보인다. 어릴 적 5일장은 '촌놈 생일'이었다. 시장터에 살았기에 갖은 구경거리도 많았다. '닭계장집'이라는 네 글자로 쓰인 세로 간판이 걸린 집이 우리 집이었다. '닭계장집'이라는 조그마한 간판이 나는 부끄럽지 않았지만 당시 사춘기였던 형은 조금 쑥스러워했다. 때로는 어머니를 도와 국밥과 막걸리 심부름을 하기도 했다. 장날 저녁이면 시장터는 술에 취해 노래하는 목소리가 여기저기에서 들려왔고 마치 전쟁이 스쳐간 듯 시장터는 어지럽혀졌다. 예외 없이 아버지의 '황성옛터'도 울려퍼졌다. 아득한 그 시절이 주마등처럼 스쳐간다.

고요한 마을을 벗어나자 도로변 과일가게 아주머니가 "이것 드시고 가세요." 하며 사과를 건넨다. 걸어오는 모습이 도보여행자같이 보여 이 시간이면 시장하겠다 싶어서 미리 사과를 깎아놓고 기다렸단다. "작년에는 천리 행군하는 학생들 300여 명에게 사과를 하나씩 주었지." 하며 자랑한다. 참으로 고마운 아주머니다. "복규네 과수원 과일가게 아주머니 복 많이 받으세요!" 살구나무 가로수가 양쪽에 도열해서 나그네를 반겨준다. 살구꽃이 피는 계절이었으면 이 길이 얼마나 아름다울까. 보은 읍내에 이르기까지 살구나무는 끝이 없다. 보은의 인심은 이호우 시인의 '살구꽃 핀 마을' 을 떠올리게 한다.

살구꽃 핀 마을은 어디나 고향 같다
만나는 사람마다 등이라도 치고 지고
뉘 집을 들어서면 반겨 아니 맞으리

바람 없는 밤을 꽃그늘에 달이 오면
술 익는 초당마다 정이 더욱 익으려니
나그네 저무는 날에도 마음 아니 바쁘리

파란 서쪽하늘에 저녁노을이 물든다. 까치들이 나그네를 반기듯이 무리를 지어 날아간다. 까치는 보은을 상징하는 새다. 보은은 보은(報恩)의 도시다. 조선의 태종이 보은의 은혜를 감사하며 내린 지명이다. 은혜를 갚는 까치의 전설에는 배은망덕한 인간들에게 주는 교훈이 서려 있다.
　옛날 옛날에 한 젊은이가 괴나리봇짐을 메고 과거보러 가느라 산길을 걷고 있는데 '깍!깍! 깍!' 어디선가 까치가 몹시 다급한 목소리로 울었다. 젊은이는 까치소리가 나는 곳으로 다가가 보고는 깜짝 놀랐다. 커다란 구렁이가 까치를 친친 감고 날랜 입으로 삼키려 하고 있었다. 젊은이는 메고 있던 활로 뱀을 겨누어 쏘았다. 뱀은 죽어 땅에 떨어졌다. 젊은이는 다시 길을 재촉해 가다가 깊은 산속에서 밤을 맞았다. '어디서 잘까?' 젊은이는 밤길을 헤매다 아득하게 먼 쪽에서 희미하게 불빛이 비치는 것을 보았다. "한양으로 과거보러 가는 길인데 하룻밤 묵고 가게 해주십시오." 하자 문이 열리고 여인이 친절하게 반겨준다. 젊은이는 늦은 저녁식사까지 대접받고 잠자리에 들었다. 얼마나 잤을까? 가슴이 답답하여 눈을 뜬 젊은이는 구렁이가 자신의 몸을 감고 있는 것을 보고 경악했다.

"아앗!"

"떠들어보았자 소용없다, 이 원수야. 너를 기다리고 있었다."

"원수라니 그게 무슨 말이오."

"어제 산속에서 네가 죽인 구렁이가 바로 내 남편이다."

젊은이는 떨리는 목소리로 말했다.

"남편이 미워서가 아니라 그 약한 까치가 가여워서 그랬소. 10년 공부를 하고 과거보러 가는데 한 번 살려주시오. 은혜는 갚겠소."

"그렇다면 내 소원을 들어주어라."

"네, 무엇입니까?"

"이 산 깊은 곳에는 다 낡은 절이 있다. 그 절에 커다란 종이 있으니 그 종을 세 번 울리면 살려주겠다."

"네, 그러지요."

"그렇지만 이 자리에서 종을 울려야 한다."

이렇게 구렁이한테 온몸이 감긴 채 어떻게 종을 친단 말인가. 젊은이는 이제 죽기만을 기다렸다. 그 순간이었다. 어디선가 종소리가 맑고 아름답게 들려왔다. 그러자 구렁이는 기와집과 함께 연기처럼 사라졌다. 젊은이는 너무나 이상하여 산속 깊은 곳에 있다는 절을 찾아 나섰다. 절에는 커다란 종이 걸려 있었고, 종 아래에는 머리가 깨져 온몸에 피가 묻은 까치 세 마리가 쓰러져 있었다. 까치는 단순한 새가 아니라 죽음으로 보은을 한 의조(義鳥)였다.

보은 읍내에 들어선다. '살맛나는 새 보은, 행복한 새 보은'이란 슬로건이 나그네를 반겨준다. 하나, 둘 가로등에도 건물에도 불빛이 켜지기 시작한다. "영동에서 여기가 120리나 되는데 그 길을 걸어왔다고?" 하며 놀라시는 할머니의 모텔에 여장을 풀었다. 따뜻한 물에 발을 담그고 피로를 밀어낸다. "발아, 발아 평발아, 니 오늘도 수고 많았데이!" 발을 어루만지며 하루의 여정을 마무리한다. 낯선 보은의 하늘 아래 밤이 깊어가고 외로운 나그네는 시

름에 잠 못 이루고 피곤한 몸을 이리 뒤척 저리 뒤척, 자꾸 뒤척거린다.

12

내가
걸어온 길을 보라!

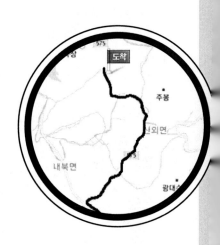

'송시열과 그들의 나라' 화양동으로
(16km)

화양동

동방삭은 삼천갑자, 곧 18만 년을 산 장수한 사람이다. 동방삭이 '생거진천(生居鎭川) 사거용인(死居龍仁)'의 살기 좋은 고장 진천으로 찾아올 저승사자를 피해 용인의 탄천으로 숨어들었다. 어느 날 동방삭이 콧노래를 부르며 숲속 길을 걸어가는데 냇물이 시커먼 먹물로 변해 있다. 상류로 올라가보니 한 젊은이가 숯을 씻고 있어서 묻는다.

"여보 젊은이, 그런데 숯을 왜 물에 씻고 있소?"

"숯이 아무리 검다 한들 이렇게 닦다 보면 언젠가 희어지지 않겠소?"

"하하하하, 내가 삼천갑자를 살았지만 당신같이 우둔한 사람은 처음 보오."

이에 젊은이로 변장한 저승사자가 동방삭인 줄을 알고 끌고 염라대왕에게 갔다고 한다. 그날 이후 동방삭이 잡혀간 이 하천을 '숯내', 곧 탄천이라 불렀으니 용인의 법화산에서 발원하여 분당을 관통, 한강으로 유입되는 약 36km의 한강지류다.

진시황은 영원히 살고 싶어 신하들에게 천하의 불로초를 구하러 보냈지만 49세를 살다가 이 세상을 떠났다. 역사상 중국 황제들의 평균 수명은 39세였고, 로마제국의 황제들은 37세, 조선시대 왕들은 평균 47세를 살았다. 천하를 호령하는 권력을 가지고도 50세를 살지 못하는 인생이었다. 부처는 80세에 죽음을 앞두고 "나는 아무것도 말하지 않았다. 내가 걸어온 길을 보라." 하고는 열반했다. 그리고 임종을 보지 못한 가섭존자가 오자 발을 내밀었다. 내 발자국을 보고 내 삶을 배워 따라오라는 가르침이었다.

인생은 아침이슬과 같고, 한 조각 구름이 생겼다가 사라지는 것과 같다. 인생은 한 날의 꿈이다. 일장춘몽이요, 남가일몽이다. 구운몽이요, 호접몽이요, 조신지몽이다. 인생은 선택의 광장이다. 지혜로운 선택자가 되어야 한다. 인생을 힘차고 아름답게, 멋있고 행복하게 살아야 한다. 하늘에서 소풍 온 나그네의 향연을 즐겨야 한다. 인생의 덧없음을 알고 겸허히 살아가는 지혜를 가져 아름답게 마무리할 일이다.

밤새 잠 못 이뤄 뒤척이다가 글을 쓰고 책을 보았다. 영하 4도의 날씨에 바람이 강한데, 오후에는 다시 눈이 온다는 일기예보다. 겨울이 끝났는가, 아니면 벌써 겨울이 오는가. 이상기온이 변덕스럽다. 준비되지 않은 예상치 못한 힘든 상황에 인생은 당황한다. 그래서 인생은 한 치 앞을 알 수 없다. 이 세상의 모든 일에는 때가 있다고 한다. 씨를 뿌릴 때가 있고, 싹이 날 때가 있다. 잎이 돋을 때가 있고, 꽃이 필 때가 있으며, 열매를 맺을 때가 있다. 천지만물은 다 때를 따라 움직이고 때에 순응한다. 그래서 사람도 때를 알아야 하고, 때를 따라 움직여야 한다. 나아갈 때가 있고 물러설 때가 있다. 레마르크의 소설 『사랑할 때와 죽을 때』가 생각난다. 때를 아는 것이 인생의 지혜라면 다시 오는 겨울을 반갑게 맞이해야 한다. 인생은 시간이라는 배를 타고 세상의 바다를 항해하는 것이다. 살아 있다는 것은 아직 시간이 있다는 것이고, 하루하루 죽어간다는 것이며, 죽는다는 것은 남은 시간이 없다는 것이다. 어제 죽은 자들이 가장 부러워하는 것이 바로 산 자의 오늘이라 하지 않는가. 시간은 곧 생명인 것이다. "시간의 걸음걸이는 세 가지가 있다. 미래는 주저하면서 다가오고, 현재는 쏜살같이 지나가고, 과거는 영원히 정지되어 있다."고 시인 실러는 말한다. 오지 않은 미래를 염려하지 말고, 이미 지나가버린 과거에 매달려 연연하지 말라는 말이라면 지나칠까. 인생에 있어서 분명한 진리는 현재는 신이 준 선물이며, 살아 있음은 축복이요 감사다. 자유롭게 공기를 호흡하고, 푸른 하늘을 쳐다볼 수 있고, 사랑하는 사람들과 오늘도 함께 있을 수 있음에 감사할 일이다. 현재를 사랑하고 현재를 아껴야 한다. 그것이 비록 예상치 못한 일들로 오늘을 힘들게 할지라도, 이는 시절의 변덕일 뿐이라 생각하고 기다려야 한다. 시간은 모든 것을 치료하는 의사다. 시간은 모든 것을 고쳐주는 광약(光藥)이다. 세월이 약이라고 하지 않는가. 시간이 흐르면 숨겨진 모든 것이 드러나고, 고통도 아픔도 잊힌다. '이것 또한 지나가리라.' 하며 조용히 기다릴 줄 알아야 한다. 기다림은 최고의 교훈이다.

인생에서 만난 숱한 아픔과 시련이 모두 나를 위해 예비한 신의 섭리라고 여기고, 남 안 하는 것을 하고 남이 안 가본 길을 가며 역발상을 하는 부지런을 떨어야 한다. 한 순간의 희로애락(喜怒哀樂)에 요동치지 않는 강한 심장을 가져야 한다. 기쁨이나 슬픔은 심장이 아니라 두뇌가 느낀다. 그러나 두뇌는 자율신경을 통해 바로 심장에 전달해서 영향을 준다. 심장은 보통사람이 일생 동안 30억 번 가량 뛴다고 한다. 심장이 멈추면 죽음이다. 심장이 뛰는 소리, 맥박소리, 거친 숨소리를 느끼며 살아 있음에 감사하고 기도해야 한다.

사람의 마음에는 두 개의 침실이 있다고 한다. 때로는 기쁨이 와서 자고 가고, 때로는 슬픔이 와서 자고 간다. 한 방에서 기쁨이 깨어 있을 때, 다른 방에서 슬픔이 자고 있다. 기쁨이 오면 슬픔이 가고, 슬픔이 오면 기쁨이 간다. 오고 가는 흐름의 연속이 인생이다. 길흉화복(吉凶禍福)의 순환이 인생이다. 그러니 슬픔이 오더라도 '이것 또한 지나가리라.' 하고 기다려야 한다.

『역경(易經)』에서는 "인간의 장점에는 반드시 그림자처럼 단점이 따라다닌다. 단점이 없는 장점이 없다." 라고 말하고 있다. 헤엄을 잘 치는 사람은 물에 빠져 죽기 쉽고, 산을 좋아하는 사람은 산에서 사고를 일으키기 쉽다. 말을 잘하는 사람은 구설수에 오르고, 얼굴이 예쁜 여자는 얼굴값을 하다가 불행한 운명을 겪는다. 돈이 많은 사람은 돈 때문에 불행을 겪고, 술을 잘 마시는 사람은 술잔에 빠져 죽기 쉽다. 역경의 64괘 중에서 단점이 없는 괘가 하나 있으니 바로 겸손(謙遜)이다. 자기 장점이나 재주를 자랑하다가 함정에 빠지지 않는 방법은 겸손이라는 의미다. 시종여일(始終如一) 자기의 무덤을 파지 않고 유종지미(有終之美)를 거두려면 겸손해야 한다는 것이 하늘의 길이요 『역경』의 가르침이다. 나에게 오는 모든 불행이나 비난이 근거 없는 것이 아닌, 겸손하지 못한 부덕(不德)의 소치가 아닌지 다시 한 번 돌아본다. 이태백은 "천지는 만물이 와서 잠시 머무는 여인숙과 같고, 흘러가는 세월은 오고가는 나그네와 같다."고 했다. 자신도 모르게 스쳐가거나 다가오는 불길한 운명의 그림자를 염두에 두고 준비를 하는, 기쁠 때 슬픔을 생각하고 슬플 때 기쁨을 생각하며 여유로운 나그네의 발걸음을 옮긴다.

인생 겨우 오십년
하천(下天)에 비한다면 꿈과 같나니
한 번 생을 받아 멸하지 않는 자 뉘 있으리

오다 노부나가가 즐겨 불렀다는 아츠모리, 무사가 인생의 무상을 깨닫고 불문에 들어간다는 춤을 추며 부르는 가락이다. 질풍노도와 같은 성격의 전쟁의 천재, 난세의 풍운아 오다 노부나가는 천하통일의 목전에서 부하인 아케치 미쓰히데의 배반으로 깊은 밤 교토의 혼노지란 절에서 자신이 즐겨 부른 노래의 연수처럼 49세로 파란만장한 생을 마감한다. 시신을 넘겨주지 않으려 절을 불태우고 스스로 목숨을 끊은 오다 노부나가, 그의 충직한 부하 아케치 미쓰히데의 배반의 교훈은 오늘날 적은 밖이 아닌 내부에 있다는 의미로 '적은 혼노지에 있다.' 하는 말로 유행한다. 추위가 봄을 배신하는 보은의 아침이 밝아온다.

보은 읍내를 돌아보며 터미널 앞 식당으로 들어갔다. 매운 고추를 넣은 우거지 해장국이 속으로 들어가자 얼굴에는 땀이 확확 쏟아진다. 주인아저씨가 이상한 듯 어디서 왔는지를 묻는다. "제주에서 땅끝으로, 흘러흘러 여기까지 왔지요." 하니 어디까지 가느냐고 묻는다. "고성 통일전망대까지 가는 길이오." 하자 아저씨는 부러워한다. "왜 그렇게 힘든 일 하세요?"

하며 아주머니가 다분히 시비조의 말투로 묻는다. "나도 남자로 태어나서 한번쯤은 해보고 싶은 멋있는 일이지만, 현실을 뛰쳐나갈 용기가 없어서 못 해. 얼마나 멋있고 낭만이 있나?" 하며 아저씨가 아주머니를 나무라는 듯하다. 아주머니는 자전거 타면 쉬울 텐데 왜 꼭 그렇게 걷느냐며 안쓰러운 듯 자신들의 아침식사로 준비한 꽃게탕을 한 그릇 퍼준다. 청량고추를 넣은 해장국과 꽃게탕의 인심을 맛보고 거리로 나섰다. 보은의 아침이 활기차다. 거리의 사람들이 제각기 바쁘게 움직인다. 모두가 바쁜 일상인데 나만 한가로운가. '시간이 많으신가 봐요?' '할일이 없으신가 봐요?' 하는 낯선 사람들의 이야기가 스쳐간다. 길을 떠나기 전 친구가 걱정스레 말했다. "그렇게 오랫동안 시간을 내어도 괜찮은가?" 그의 말에 나는 "소중한 하나를 얻기 위해서는 그만한 희생이 따라야 하지 않겠나? 이 일을 행하는 감동과 성취감은 남은 인생에 두고두고 즐거움과 기쁨을 줄 거야." 라고 했었다.

바쁘게 사는 것이 열심히 사는 것이고 훌륭한 삶이라고 믿어오다가 한순간 돌아보면 공허감을 느낀다. 바쁘다는 이름으로 평범하고 소중한 삶들을 놓쳐버린 적이 얼마나 많았던가. 빛나는 햇살의 아름다운 아침을 느껴보지 못하고 밤하늘에 반짝이는 달과 별, 옷깃을 스쳐가는 바람결, 그리고 소중한 얼굴들을 다정하게 바라보지 못하는 그러한 바쁨은 오히려 불행하다고 해야 하지 않을까. 삶의 한가운데를 가로지르지 못하는 바쁨만으로는 삶과 영혼에 충실하지 못하다. 삶의 기쁨과 행복은 아름다운 꿈과 싱그러운 일상이 만나 이루는 조화에서 출발하고 완성될 것이기 때문이다. 화려한 목표는 언제나 상응하는 대가를 요구한다. 세상에는 공짜 점심이 없다는 말이 있다. 미국의 어느 한 호프집에서 일정량 이상의 술을 사먹는 손님에게 점심을 공짜로 제공했다. 술이 어느 정도 취해서 합리적인 판단이 가능한 손님은 곧 자신이 내는 술값에 점심값이 포함되어 있다는 것을 깨닫게 된다. 공짜 점심을 먹는 것은 내 것의 일부를 포기하거나 내어놓아야 한다. 어떠한 것에도 공짜는 없다. 회계비용은 물론이고 기회비용도 감내해야 한다. 아름다운 바닷가에서 살려면 매서운 겨울의 바닷바람을 즐겁게 참아내야 한다.

사람들은 "바쁜 사람이 어떻게 그런 시간을 내려고 하느냐?"며 우려했다. 하지만 그런 희생 없이는 얻을 수 있는 것 또한 없다. 이제 이 여행을 통해서 마음속의 부정적인 생각들을 스치는 바람결에, 만나는 대자연의 품 속으로 흩어놓아야 한다. 좋은 것으로 채우려면 먼저 그릇을 비워야 하는 법. 마음의 그릇을 비우고 깨끗이 씻어 그곳에 좋은 생각, 싱그러운 봄의 풀내음, 온갖 것들에 대한 사랑으로 가득 채워야 한다. 여행을 떠나게 한 그 이유조차도 사랑하고 포용해야 한다. 여행이 끝나는 날 나는 자유를 즐기는, 모든 굴레에서 벗어나 자유인으로 거듭난 자유자재인(自由自在人)이 되어야 한다. "나는 내 인생의 주인공이다. 나는 내 운명의 주인이며 내 영혼의 선장이다. 그러니 나는 내 시간의 주인이다. 시간에 쫓겨 살지 말고 시간의 주인이 되자. 어제보다는 오늘, 오늘보다는 내일이 더 새로운 '구일신일일신우일신(苟日新日日新又日新)'의 도전적이고 창조적인 내 인생의 시간을 가지자. 시간을 소중히 여기고 세월을 아끼자. 바쁘게만 살 것이 아니라 의미 있는 일로 바쁘자. 세월을 헛되이 소비하지 말자. 경중완급(輕重緩急)을 따져가며 남은 세월에 충실하자." 하고 다짐하며 길을 간다.

아인슈타인에게 한 제자가 물었다.

"선생님, 인생에서 성공하려면 어떻게 해야 되겠습니까?"

아인슈타인은 칠판에 'S = X+Y+Z' 라고 쓰고는 말했다. S는 물론 성공이다. 성공하려면 말을 적게 하고, 즐겁게 일하고, 한가로운 시간을 갖는 것이다. 한가로운 시간을 가지라는 것은 여유를 가지고 충전의 시간을 가지라는 뜻이니, 도보여행과 딱 들어맞는 이야기 아닌가. 얼굴에 기쁨의 화

색이 돈다. 모처럼 파란 하늘과 눈부신 햇살이 동행한다. 계속되는 비와 흐린 날씨 뒤에 만나는 반가움이다. 하지만 여전히 바람은 차고 매섭다. 얼굴을 감싸고 보은 읍내를 벗어나 한적한 길로 들어선다. 비가 올 때는 차량이 지나가도 흙먼지가 없었는데 오늘은 먼지투성이다. 역시 물 좋고 정자 좋은 곳은 없는가. 살구나무가 도로를 따라 끝없이 보인다. 하천의 제방 길에도 살구나무들이 도열해 있다. '살구나무에 꽃이 만발한 보은, 그 시절에 다시 와봐야지.' 하며 빠른 걸음으로 걷는다.

가로수 길이 끝나는 지점, 삼거리의 소공원에서 휴식을 갖는다. '국민의 용군의용경찰전적기념탑' 앞에서 잠시 머리를 숙인다. 6·25 당시 보은 일대에 출몰한 공비들을 격멸하기 위해 목숨을 바친 국민 방위군과 의용경찰들의 희생정신을 기리기 위해 건립된 탑이다. 한쪽에서는 새마을 깃발이 바람에 힘차게 휘날린다. 새마을운동, 1970년 박정희 대통령이 주민의 힘으로 마을을 가꾸는 운동 구상을 밝히면서 시작되어 40년이 지났다. 건국 이후 60년 동안 가장 위대한 업적을 묻는 여론조사에서 응답자의 40% 이상이 새마을운동을 꼽았지만, 지금은 국내보다 국외에서 관심이 더 높다. 중국, 몽골, 베트남, 네팔, 캄보디아 등 많은 국가에서 새마을운동을 배우려 하고 있다. 세월이 지난 지금 1970년대의 새마을운동을 그대로 부활시키는 것은 시대정신에 맞지 않지만, 선진국 진입을 앞둔 현 시점에 맞는 새마을운동 모델을 찾아서 계승 발전시켜야 하지 않을까 생각해본다. 대한민국의 성공신화, 그 원동력이 되었던 새마을 노래가 아침바람에 펄럭인다.

새벽종이 울렸네 새 아침이 밝았네
너도나도 일어나 새 마을을 만드세
살기 좋은 내 마을 우리 힘으로 만드세 (후렴)

초가집도 없애고 마을길도 넓히고
푸른 동산 만들어 알뜰살뜰 다듬세

575번 지방도를 따라 한적한 길로 들어선다. 바람소리 새소리만 들려온다. 월요일인데 휴대폰이 조용하다 생각하며 주머니에 손을 넣는 순간 머리카락이 곤두선다. 없다. 휴대폰이 없다. 망연자실, 어디에 떨어뜨렸을까. 그래서 이렇게 조용했단 말인가. 다시 오던 길을 돌아간다. 발길을 재촉한다. 발걸음이 빨라진다. 혹시 누가 벌써 줍지나 않았을까. 길가 주유소에 들러 전화기를 빌려 전화를 걸어본다. 받지 않는다. 그렇다면 아직 길가 어딘가에 누워 있다. 지난주에는 남원에서 카메라를 분실하고, 이번에는 휴대폰이라니. 생각만 해도 창피하다. 다시 보은 읍내까지 걸으며 찾았지만 만나지 못했다. '아아, 이렇게 너와 헤어져서는 안 되는데. 너는 이 도보여행에 내게 얼마나 소중한 존재인데, 나의 부주의로 정든 너와 헤어진다면 나는 많이 힘들 거야.' 하며 보은에서 다시 되돌아간다. 간절한 마음으로 길을 응시하며 간다. 우와~! 보인다. 풀숲에 돌아누운 뒷모습이 보인다. 두 손으로 꼭 껴안고 반가워한다. '미안하다. 다시는 너를 보내지 않으마.' 하고는 키스를 하고 약속을 한다. 너를 찾아 왕복 12km를 더 걸었다. 그런데도 발걸음이 가벼운 것은 왜일까? 휴대폰이 보은을 떠나기 아쉬워서일까, 아니면 보은이 나를 조금이라도 더 머물게 하고 싶어서일까. 가벼운 발걸음을 내딛는다. 2시간에 걸친 땀나는 보물찾기는 그렇게 막을 내렸다.

"내려갈 때 보았네 올라갈 때 못 본 그 꽃."

고은 시인이 한 줄로 쓴 이 시는 많은 의미를 가져다준다. '별을 따려고 손을 뻗는 자는 자기 발밑의 꽃을 잊어버린다.' 고 했던가. 바쁜 마음으로 달려갈 때는 볼 수가 없었다. 약간의 여유와 섬세함이 눈을 밝게 해주어 갈 때는 보지 못했지만 돌아올 때는 찾을 수가 있었다. 목적지를 향해 땀 흘리며 올라가는 것도 산행이면, 느릿느릿 여유롭게 하산하는 것도 산행이다. 올라갈 때는 치열하게 올라가고, 내려올 때는 관조하며 내려온다. 앞을 다투면 길이 좁아지고, 한 걸음 물러서면 한 걸음 넓어진다. 눈에 보이는 현상세계가 전부가 아니요, 여유를 갖고 다시 보면 새로운 세계가 있으니, 본질과 영원을 바라보는 혜안을 가져야 하리. 잃어버린 휴대폰과의 재회가 더 큰 깨달음과 기쁨으로 다가온다.

산외 면소재지인 구티리에 도착하니 점심시간이다. 면소재지라지만 조용한 시골이다. 슈퍼에서 식당을 물으니 '일억조' 란 중식집이 있단다. 길가에 간판은 있는데 식당이 보이지 않는다. 혹시 저긴가 하면서 신발이 여

러 켤레 놓여 있는 가정집 문틈으로 보니 식당이다. 신발을 벗고 들어가서 자장면을 먹고 나오니 '일억조' 란 상호와 걸맞지 않는 촌스러움이라 미소가 스쳐간다. 마을 중앙에는 수령(樹齡)이 500년이라는 보호수 느티나무가 서 있다. 이 나무를 심은 사람은 누구일까. 500년 전 그는 왜 이 나무를 이곳에 심었을까. 500년 세월 동안 느티나무는 이곳에 살다가 떠나간 수많은 사람들, 그들의 삶과 애환을 만났을 것이다. 100년도 살지 못할 인생들이 천년만년 살다가 갈 것같이 아웅다웅 살다 간 사연들을 알고 있을 것이다. 또한 소박하고 아름답게 다정한 이웃들과 정을 나누며 살아간 사람들의 삶을 기억하고 있을 것이다. 나무 한쪽 옆에는 마을 자랑비가 서 있다. "…새마을 정신을 승화시켜 근면, 자조, 협동을 생활화하여 살기 좋은 마을

을 만들었으며…, 인심 좋은 훈훈한 마을로 지켜갈 것이다. 1994.7.10 산외면 구티리 주민 일동"이라고 쓰여 있다. 나무그늘에 앉아본다. 새들이 나무 위에 앉아 지저귀는 소리가 들린다. 구름이 나무 위에 앉아 한가롭다. 바람도 쉬어 간다. 밤이면 달빛과 별빛이 이 나무 위에 내려앉아 소곤거리며 잠을 청하겠지. 이곳에서 살다 간 많은 사람들과 생명체들에게 오랜 세월 아낌없이 베풀어준 장수 느티나무의 미덕(美德)을 생각한다. 침묵으로 포용하는 느티나무의 관대함과 베풂에 경의를 표한다.

에반젤린의 작가인 미국 시인 롱펠로는 나이가 들어 머리카락은 하얗게 세었으나 얼굴안색이나 피부는 청년 못지않게 싱그러웠다. 하루는 친구가 롱펠로에게 물었다.

"자넨 여전히 젊군 그래. 이렇게 젊게 사는 비결이 대체 뭔가?"

그 말에 롱펠로는 정원에 서 있는 커다란 나무 쪽으로 시선을 돌리며 말했다.

"저 나무를 보게나! 나이 든 늙은 나무지. 하지만 봄이 오면 저렇게 변함없이 꽃을 피우고 열매를 맺는다네. 그것이 가능한 건 저 늙은 나무가 아직도 매일 성장하고 있기 때문일세. 나도 그렇다네. 나이가 들었어도 매일매일 성장한다는 마음가짐으로 살아가는 것, 그게 내 젊음의 비결인 셈이지!"

성장한다는 것은 향하(向下)가 아닌 향상(向上)하는 것이고, 퇴보(退步)가 아닌 진보(進步)하는 것이다. 성장에는 도전적 정신과 창의적 정신, 그리고 진취성이 있다. 현 상황에 안주하지 않고 노력하는 자만이 성장할 수 있다.

영국인들이 호주에 도착했을 때 점프를 하며 뛰어다니는 캥거루를 보고 신기해서 원주민에게 그 동물의 이름을 물었다. 원주민은 '캥거루'라고 대답했다. 이는 '모르겠다'는 뜻으로 한 말인데 캥거루라는 이름이 되었

다는 이야기다. 사람은 성인이 되면 태어날 때보다 평균 30배 정도 성장하지만, 캥거루는 가장 많은 1600배 성장을 해서 기네스북에 올라 있다. 길이 2.5cm 정도의 새끼손가락만큼 작게 태어나서 엄마의 육아낭 주머니로 기어 올라가 젖을 먹는다. 새끼가 주머니에 올라가려고 안간힘을 쓰지만 어미는 결코 도와주지 않는다. 스스로 올라가려고 몸부림치면서 근육이 키워지고 훗날 빨리 달릴 수 있게 된다. 캥거루는 보통 5~8m 점프한다.

　흔히 '나이는 숫자에 불과한 것, 생각이 젊으면 육체도 젊어진다.'고들 말한다. 사람의 나이에는 생물학적 나이와 육체의 나이, 영혼의 나이가 있다. 그래서 비록 몸은 늙어도 마음은 청춘이라 하지 않는가. 육체의 나이가 늙었다고 하여 영혼의 나이마저 늙는 것은 아니다. 모든 것은 마음에 있는

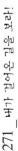

것, 영혼이 젊으면 육체의 나이에 상관없이 끝없이 도전하고 성취하는 건강한 인생을 살아갈 수 있다.

마을을 벗어나 구티재를 오른다. '구티유래비'가 있고 비 위에는 의젓하게 거북이가 앉아 있다. 산의 모양이 거북이 같다고 해서 이름 붙여진 구티 고갯길을 엉금엉금 올라와서 다시 거북이가 산천 유람길을 즐기는 마음으로 느릿느릿 내려간다. 고개를 내려가니 이정표다. 괴산, 속리산, 다른 한쪽은 화양동 계곡으로 가는 길이다. 몸은 송시열이 은거했던 화양동으로 가면서 마음은 속리산을 향한다. 한국 팔경으로 일컬어지는 속리산, 백두산에서 시작해 한반도 산줄기의 근원을 이루는 십이종산의 하나다. 신라 말기의 방랑자 고운(孤雲) 최치원의 시가 들려온다.

도불원인인원도(道不遠人人遠道)
산비이속속리산(山非離俗俗離山)
도는 사람을 멀리하지 않는데 사람은 도를 멀리 하려 하고, 산은 사람을 떠나지 않는데 사람은 산을 떠나려 하는구나.

많은 사람들이 세속(俗)을 뒤로 하고(離) 산(山)으로 몰려들어 와서 이름이 불린 산이 속리산이다. 겨우 40여 세의 나이에 은둔의 길을 간 최치원은 경주 남산, 의성의 고운사, 지리산 쌍계사, 속리산의 법주사 같은 지역을 두루 돌아다니며 세상의 시름을 씻으려 애썼다. 그는 당나라 과거시험에 단 한 번에 급제한 천재였다. 12세의 어린 나이에 당나라에 조기유학을 가서 유학 6년 만인 18세 때, 그것도 단 한 번에 빈공과에 급제한 일은 과히 기록적인 놀라운 일이었다. "10년 안에 과거에 급제하지 못하면 내 아들이 아니니 힘써 공부하라."고 다짐시킨 아버지의 뜻을 받들어 최치원은 새로운 경지에 진입한다. 879년 황소의 난이 일어나자 '토황소격

문'을 써서 당나라에 문명을 떨쳤다. 출세의 기회는 잡았지만 그는 고향에 대한 향수를 견딜 수가 없었다. 최치원의 시 '가을밤 비 내리는데(秋夜雨中)'이다.

가을바람에 오직 괴로이 읊나니 (秋風惟苦吟)

세상에 나를 알아주는 친구 적구나 (世路少知音)

창밖 삼경에 비가 내리는데 (窓外三更雨)

등 앞의 외로운 마음 고향을 달리네 (燈前萬里心)

최치원이 향수에 젖어 있자 당 희종은 그를 신라에 사신으로 보낸다. 그때가 28세였다. 신라인으로 신라에 사신으로 오자 헌강왕이 그를 붙들어 벼슬을 내려 17년간의 당나라 생활을 청산하고 신라의 벼슬에 올랐다. 그러나 최치원은 골품제의 벽에 부딪혀 좌절하고, 지방 직인 외직에 자원해 태안, 함양, 서산 등지의 태수를 지낸다. 귀국 10년째인 894년 진성여왕에게 능력에 따른 인재등용 등의 시무책 10여 조를 올려 가납되었으나 진골 귀족들에 의해 거부당하고 결국 은둔의 길을 간다. 자신의 온몸을 던져 시대를 개혁하기보다는 현실 도피를 선택한 것이다. 고운 최치원은 시대를 잘못 만난 외로운[孤] 구름[雲]이었다. 유, 불, 선에 통달한 불우한 천재는 유랑 속에서 언제 생을 마쳤는지 알 수 없다. 『삼국사기』는 단지 가야산 해인사에서 여생을 마쳤다고만 전한다.

속리산의 주봉은 천황봉이다. 주봉이면서도 문장대의 유명세에 가려져 대접을 제대로 못 받는 천황봉은 지리적으로 매우 중요한 봉우리다. 천황봉은 삼파수가 흐른다. 천황봉에 빗방울이 떨어지면 남쪽으로 흐르는 물은 금강으로, 동쪽으로 흐르는 물은 낙동강으로, 또 서쪽으로 흐르는 물은 한강으로 흘러간다. 원래 옛 이름은 천왕봉(天王峰)이었다. 일제 강점기에 우리 민족의 정체성을 부인하기 위해 일제는 지명을 한자 동음이어나 비슷한 단어로 바꿔버리곤 했는데, 산 이름에서는 왕(王)이란 글자를 일본 왕을 뜻하는 왕(旺)이나 황(皇)으로 변경했다.

속리산의 얼굴 문장대(1054m)는 원래 늘 신비한 구름으로 뒤덮여 있다고 해서 운장대(雲藏臺)였지만, 신병 치료차 속리산을 찾은 조선의 세조가 신하들과 더불어 시를 지었다 해서 문장대(文藏臺)라 불렸다. 천년고찰 법주사가 있고, 56억 7천만 년 후에 나타날 미륵대불이 있는 속리산 기슭에 해질 무렵 울려 퍼지는 법고소리와 풍경소리가 귓가를 스쳐지나간다.

지난 해 겨울, 직원들을 데리고 산행을 간 속리산에는 눈이 많이 왔다. 강한 바람에 눈보라 몰아치자 직원들이 산행을 중도 포기하는 바람에 2명을 데리고 문장대를 올라갔다. 구름에 덮여 한 치 앞을 볼 수 없는 문장대는 강한 바람으로 서 있을 수조차 없었다. 직원 둘은 하산하고 설경(雪景)에 취해 나 혼자 천황봉으로 향했다. 아무도 가지 않은 순백의 눈길을 홀로 걸어가며 즐기는 기쁨은 이루 형용할 수 없었다.

열반에 이르기 위한 불가의 실천수행 8정도(八正道)인 아름다운 8봉, 8대, 8석문을 지나며 걸었다. 한편 길을 잘못 들면 조난당할 수도 있다는 생각이 스쳐갔다. 올라오는 길에 작년 9월에 조난당한 사람을 아직 못 찾았다는 현수막이 걸려 있었다. 아무도 밟지 않은 길을 가는 즐거움의 대가는 주의력과 일말의 불안감이었다. 발이 푹푹 빠지도록 하얗게 눈으로 덮인 산 능선을 따라 걷다가 큰 바위를 돌아서는 순간 위쪽에서 탄성이 들려왔다. 철계단을 밟고 내려오던 두 여성이 사람을 만난 반가움에 어쩔 줄 몰라 한다. 나 역시 반가웠다. "천상에서 내려오는 선녀 같아요." 하며 악수를 청하자 뒤에 있던 여성은 악수로는 부족하다며 포옹하잔다. 속리산에서 만난 낯선 여인과 반가움의 어색한 포옹을 하고 다시 길을 간다. 이제는 눈 위의 발자국이 선명하다. "발자국을 조심해라. 뒷사람이 보고 걷는다." 라는 백범 김구의 말이 떠오른다. 진리의 불빛을 따라가는 수행자처럼 눈 위에 새겨진 고마운 발자국을 따라 천황봉에 도착했다. 천황봉에서 바라본 속리산은 천상의 낙원이었다. 아무도 없는 정상에서 꽁꽁 언 손으로 사과를 깎는데 전화가 온다. 아우 윤상열이다. "하얗게 눈으로 덮인 속리산 천황봉 정상이야. 정말 환상적이야!" "언제 또 거기까지 갔어요. 형님 정말 너무 멋져요!" 그 해 폭설과 눈보라 속에서의 겨울산행은 참으로 아름다웠다.

언덕을 넘고 다리를 건너 한적한 시골을 지나 청천면으로 간다. 주먹만한 강아지가 맹렬히 짖는다. "하룻강아지 범 무서운 줄 모른다더니, 내가 진돗개를 기르는 줄 모르지?" 하며 웃는데 온 마을 개들이 일제히 난리가 난 것 같다. 동네 개들이 웬 미친 행려병자가 우리 마을을 지나는가 하며 짖는 것은 아닌지 모르겠다. 도보여행 중 수많은 개들이 나를 경계하며 짖었다. 두려움의 표시이자 주인에 대한 충정인지는 모르겠지만, "나는 너희들을 이해한다. 개만도 못한 의리를 가진 인간들이 얼마나 많은 세상인가. 또한 국토종단의 숭고한 인간의 꿈을 너희들이 어떻게 알겠는가. 아니, 하루에 50여 마리 이상, 곧 20일간 1000여 마리의 너희 동료들의 심기를 불편하게 했으니 내가 공개 사과문이라도 발표해야지." 한다.

『신증동국여지승람』 '남원도호부' 조에는 의견(義犬)에 대한 이야기가 실려 있다.

김개인은 거령현 사람인데 집에서 기르는 개를 몹시 사랑했다. 하루는 개인이 출행하는데 개가 따라왔다. 개인이 술에 취하여 길가에서 잠들었는데, 들불이 일어나 사방이 타들어왔다. 개는 가까이 있는 내로 뛰어가 몸을 물에 적셔 와서는 개인이 잠든 주위의 풀이 물에 젖게 했다. 이 짓을 반복하여 불은 껐으나 개는 기진하여 죽고 말았다. 개인이 술에서 깬 뒤 개의 모습을 보고 감동하여 노래를 지어 슬픔을 표하고 봉분을 만들어 묻어준 뒤 지팡이를 꽂아 표시했더니, 그 지팡이에서 잎이 피어 나무가 되었다. 이로 인하여 그 지명을 오수라 했으니 개 '오(獒)' 나무 '수(樹)'를 썼다. 악부(樂府) 중에 견분곡(犬墳曲)은 바로 이것을 읊은 것이다. 세상에는 하루아침에 의리를 배신하는 개만도 못한 인간들이 많다. '한 번 주인의 발뒤꿈치를 문 개는 다시 문다.'고 하지만 대부분의 개는 주인을 물지 않는다. 주인을 구한 의로운 개 때문에 '의견제(義犬祭)'가 열리고 있는 임실의 오수에는 전국에서도 맛이 가장 뛰어난 개장국집이 성황을 이루고 있다. 참으로 아이러니하다. 김삿갓의 시다.

성품이 충직해서 주인을 잘 섬겨
가라면 가고 오라면 와.
꼬리를 치고 뛰어올라 사랑을 받다가도
도리어 욕을 먹곤 머리를 수그린다.
도적을 지키는 그 직책 무거워
공적을 후세에 전하는 의총(義塚)의 이름이 높아
옛날부터 공 있는 개 시체에
유개를 덮었나니
이로써 볼진대 일 안 하고 먹는 자는
개만도 못하구나.

마을을 벗어나니 개들의 합창이 조용하다. 한적한 시골길을 간다. 차도 사람도 없다. 하얀 구름이 두둥실 떠간다. 마음이 여유로워지고 발걸음도 가볍다. 바쁜 일상에서 벗어나 눈을 들어 하늘을 보고 흘러가는 구름에게 손짓하고 반짝이는 별빛에 미소 짓는 여유를 가지자고 다짐한다. 모든 밤 뒤에는 다시 밝고 새로운 아침이 온다. 모든 여행의 시작에는 그 끝이 있다. 캄캄한 밤과 아침의 태양, 시련과 역경 끝에 다가오는 달콤함은 하늘의 섭리다. 영원한 낮도 영원한 밤도 없다. 남극의 백야(白夜)도 어느 땐가 어둠으로 바뀐다. 삶은 과거도 없다. 미래도 없다. 단지 현재를 살 뿐이다. 현재에 최선을 다해야 한다. 여행을 계획하고 길을 나선 것은 자신이지만 '보이지 않는 신의 손길'을 느낀다. 행복의 비결은 자기답게 사는 것, 홀로 있어도 언제나 의연하고 늘 한 자리에 서 있는 나무처럼 나 자신의 길을 나답게 가는 것이다. 간절한 소망은 하늘을 감동시킨다. 이 여행이 끝나는 날 기다리고 있을 또 다른 삶을 바라보며 아름다운 이 길을 간다. 회교 신비주의 시인 잘랄루딘 루미의 노래를 떠올리며 길을 간다.

인간이란 존재는 여인숙과 같다.
매일 아침 새로운 손님이 도착한다.
'기쁨, 절망, 슬픔'
그리고 약간의 순간적인 깨달음 등이
예기치 않은 방문객처럼 찾아온다.

그 모두를 환영하고 맞아들여라.
설령 그들이 슬픔의 군중이어서
그대의 집을 난폭하게 쓸어가버리고
가구들을 몽땅 내가더라도

그렇다 해도 각각의 손님을 존중하라.
그들은 어떤 새로운 기쁨을 주기 위해
그대를 청소하는 것인지도 모르니까.